✿活用、實用✿

寫作名句辭典

宋　裕　❀主編

南飛、謝淑玲、鄭美秀　❀編著

適用：從國中至大學暨社會人士

✪提昇語文能力

✪寫作能力

✪參加各種語文考試

總目錄

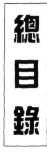

序

這是一個速食的年代，凡事求快、求EASY。看看時下E世代年輕人在網路上的對話內容及文字用詞，往往錯字連篇、內容空洞，雖然可以說是「我手寫我口」、直接了當，但總讓人覺得少了份值得回味的美感。

許多雅俗共賞的名言佳句，之所以能夠流傳久遠、至今猶存，主要在於它不但字詞精簡，更能適切地表達人們在各種領域、情境中的情感與意念。例如：「路遙知馬力，日久見人心」、「落花有意，流水無情」、「春宵一刻值千金，花有清香月有陰」等名句，如果能適切地運用在文章中，不僅可以增添文章的文采，更可以增加文章的深度，讓人讀後有咀嚼回味的空間。有鑑於此，編者特別從一般學生所讀的課本及名篇中，摘取通俗易懂的名言佳句作爲條目，標明出處、加以解釋和簡析，以便於記誦及寫作文章時的運用。在此，希望本書的出版，能對於讀者的寫作能力提升，有一定的助益。

凡例

一、本書前附有兩類索引：筆畫索引、分類索引，以便讀者不同的需求。

二、本書收錄的名句條目約一一四九條，以目前課本及常見較為實用者為主。內容編排上以每條名句首字的筆畫多少為序，筆畫相同的條目再依第二字筆畫多少為序排列下去。而在體例上分為譯註、出處、簡析三個部分，茲略述於下：

㈠譯註

每個條目都以淺近易懂的文字，依原意為主加以翻譯，為使得意義完整，必要時擴大翻譯至上下句。

字詞若有較難者，另加注音及詳解。

㈡出處

每條名句都標明出處，讓讀者能夠藉由原文，去領略此條名句的原義。而內容上包括作者及其年代、書篇名，原文較短的引出全文，詩詞則引前後相關的部分，原文較長的只引出前後相關的句子，目的是為便利讀者明白條目原意之用。

由於時代久遠的緣故，許多名句會出現在許多書本和名篇上，而本書出處的引用，僅表示此條目曾出現在某本書或名篇上，該出處未必是每條名句的最早源頭。

㈢簡析

解釋整個條目的含義，一般只採用常用義或後人的引申義。

三、本書書後附試題評量32回，分成選擇、填空、配合等三種題型，供讀者自我評量之用。

筆畫索引

一畫

二畫

三畫

四畫

五畫

六畫

七畫

八畫

九畫

十畫

十一畫

十二畫

十三畫

十四畫

十五畫

十六畫

十七畫

十八畫

十九畫

二十畫

二十一畫

二十二畫

二十三畫

二十五畫

分類索引

一、政治民生

二、軍事權謀

三、爭戰苦楚

四、文化教育

五、識人求才

六、事理寓義

七、群眾心理

八、人際關係

九、處世行為

十、謹言慎行

十一、經驗教訓

十二、作事態度

十三、個人描寫

十四、外在環境

十五、景物描寫

十六、短暫人生

十七、學習動機

十八、定立志趣

十九、自我修養

二十、友誼思親

二十一、愛慕情愫

二十二、傷春感懷

二十三、文學創作

二十四、音樂美感

一畫

一人之智，不如眾人之愚；一目之察，不如眾目之明

【譯註】一個人的聰明才智，有時不如一般人的見解。一個人的眼睛看得再清楚，有時也不如大家的眼睛看得清楚。

【出處】唐・馬總《意林》引《任子》：「一人之智，不如衆人之愚；一目之察，不如衆目之明。」

【簡析】說明集合衆人力量的重要性。

一人得道，雞犬昇天

【譯註】一個人只要修道成仙後，連他家的雞狗都會跟著他升入天堂。

【出處】漢・王充《論衡・道虛》：「儒書言：淮南王學道，……奇方異術，莫不爭出。王遂得道，舉家昇天，畜產皆仙，犬吠於天上，雞鳴於雲中。此言仙藥有餘，犬雞食之，並隨王而昇天也。好道學仙之人，皆謂之然。此虛言也。」

【簡析】譏刺掌權者用人唯親的陋習。

一心以為有鴻鵠將至，思援弓繳而射之，雖與之俱學，弗若之矣

【譯註】這個人一心想著天鵝快快來，他想要用繫著細線的箭去射牠，如果以這樣的心態來學習事物，那麼他的成績一定是不如人的。

鴻鵠：天鵝。繳：ㄓㄨㄛˊ繫著絲線的箭。

【出處】《孟子・告子上》：「一人雖聽之，一心

以為有鴻鵠將至，思援弓繳而射之，雖與之俱學，弗若之矣。」

【簡析】是說明在學習事物時專心的重要性。

一犬吠形，百犬吠聲

【譯註】只要一隻狗見到影子狂吠之後，其他的狗也會跟著狂吠不已。

【出處】漢・王符《潛夫論・賢難》：「諺曰：『一犬吠形，百犬吠聲。』一人傳虛，萬人傳實。」

【簡析】比喻世人不明事理，隨聲附和，盲目跟從的樣子。

一夫當關，萬夫莫敵

【譯註】四川的劍閣地形險惡，雖然是一個人把守著關口，但縱然是有千萬人也難以攻入。當：把守。夫：成年的男子。開：攻破。

【出處】唐・李白《蜀道難》：「劍閣崢嶸而崔嵬，一夫當關，萬夫莫開。」

【簡析】原比喻四川地勢險要，易守難攻，後用以比喻一人把持，力抗衆意。

一日不見，如三秋兮

【譯註】我倆只要有一天沒見到面，我的思念就像隔了三年那麼久。三秋：三個秋天，即三年。

【出處】《詩經・王風・采葛》：「彼采葛兮，一日不見，如三秋兮。」

【簡析】比喻思念的殷切。

一日為師，終身為父

【譯註】只要是教導過我們的人，一輩子要以對

父親般的態度尊敬他。

【出處】漢．司馬遷《史記．仲尼弟子列傳》：「孔子卒，子夏曰：『一日爲師，終身爲父。』乃結廬于墓側，三年而後返。」

【簡析】強調對老師應有的尊敬態度。

一日暴之，十日寒之

【譯註】再容易生長的東西，如果先曝曬一天後，再凍上十天，沒有什麼東西是還可以長得出來的。暴：同「曝」，曬。寒：凍。

【出處】《孟子．告子上》：「雖有天下易生之物也，一日暴之，十日寒之，未有能生者也。」

【簡析】孟子原是藉此說明若沒有恆心，就不可能培養出善良的思想。後多用以比喻學習沒有恆心，時常間斷不做，是不會有任何成就。

一生大笑能幾回，斗酒相逢須醉倒

【譯註】在人的一生中，能夠敞開心胸大笑的時候有多少呢？所以這次相逢，大家要開懷暢飲，不醉不歸。

【出處】唐．岑參《涼州館中與諸判官夜集》：「花門樓前見秋草，豈能貧賤相看老。一生大笑能幾回，斗酒相逢須醉倒。」

【簡析】說明與好友相逢時的快樂心境。

一失足成千古恨，再回頭是百年身

【譯註】一旦犯了重大的錯誤，往往會成爲終身的遺憾，等到幡然悔悟時，已是[illegible]髮暮年

了。一失足：走路時不小心跌倒，比喻犯嚴重的錯誤。

【出處】清・魏子安《花月痕》第二十五回：「一失足成千古恨，再回頭是百年身。」

【簡析】勸人在行爲上應特別檢點。

一在天之涯，一在地之角

【譯註】我們叔侄二人相隔之遠，好像一個在天的邊際，一個在地的盡頭。

【出處】唐・韓愈《祭十二郎文》：「一在天之涯，一在地之角。生而影不與吾形相依，死而魂不與吾夢相接。」

【簡析】比喻雙方相距遙遠。

一死一生，乃知交情；一貧一富，乃知交態；一貴一賤，交情乃見

【譯註】在面臨生死關頭時，才能體會出友情的忠貞。在人面臨貧富更替時，才能體會出友情的深淺。在面臨社會地位的轉變時，才能體會出友情的眞假。

【出處】漢・司馬遷《史記・汲鄭列傳贊》：「一死一生，乃知交情；一貧一富，乃知交態；一貴一賤，交情乃見。」

【簡析】說明在人發生變故或危難時，最能考驗出友情的眞假。

一年之計，莫如樹穀；十年之計，莫如樹木；終身之計，莫如樹人

【譯註】計畫一年的事情，沒有比栽種五穀更爲重要的。計畫十年的事情，沒有比種植樹木更爲重要的。計畫長遠以後的事情，沒有比培育人才更重要的事。樹：培育。

【出處】春秋・管仲子《管子・權修》：「一年之計，莫如樹穀；十年之計，莫如樹木；終身之計，莫如樹人。」

【簡析】比喻人才的培育，需要長遠的時間與計畫。

一沐三握髮，一飯三吐哺

【譯註】周公曾有好幾次握著尚未洗完的頭髮，去會見來訪的客人。也曾好幾次吐掉嘴裡的食物，以免怠慢了來訪的客人。沐：洗頭髮。哺：ㄅㄨˇ成鳥向幼鳥口中餵食，這裡形容口中所嚼的食物。

【出處】漢・韓嬰《韓詩外傳》三：「周公誡之曰吾於天下，亦不輕矣，然一沐三握髮，一飯三吐哺，猶恐失天下之士。』」

【簡析】形容求才心切的樣子。

一言既出，駟馬難追

【譯註】一句話說離了口，即使是用最快的馬車去追，也追不回來。駟馬：用四匹馬共拉的車，這是古時候最快的交通工具。

【出處】宋・歐陽修《筆說・駟不及舌說》：「俗云：『一言出口，駟馬難追。』即《論語》：『駟不及舌』也。」

【簡析】比喻說話要謹慎小心。

一肚皮不合時宜

【譯註】滿肚子裝的是不合時勢所需的東西。

【出處】宋．費袞《梁溪漫志．侍兒對東坡語》：「全朝雲乃曰：『學士一肚皮不入時宜。』」

【簡析】說明人的行徑特立獨行，不合時事潮流。

一將功成萬骨枯

【譯註】將軍建立起自己的功勳，是由多少士兵戰死沙場換來的。

【出處】唐．曹松《己亥歲》：「澤國江山入戰圖，生民何計樂樵蘇。憑君莫話封侯事，一將功成萬骨枯。」

【簡析】以譏諷的口吻揭露戰爭的殘酷。

一朝天子一朝臣

【譯註】當一個新皇帝上任之後，就要更換朝中的一班大臣。朝：朝代。

【出處】元．金仁傑《追韓信》：「咱王是一朝天子一朝臣。」

【簡析】比喻當新官上任之後，會換上自己信任的從屬人員，藉指對時勢轉變的慨歎。

一朝被蛇咬，三年怕草繩

【譯註】只要曾經被蛇咬過後，以後即使是看到草繩，就以爲是蛇而害怕不已。

【出處】明．凌濛初《初刻拍案驚奇》卷一：「一年被蛇咬，三年怕草繩。」

【簡析】比喻某些人因爲受到過度驚嚇後，總是心有餘悸的樣子。

一登龍門，則聲譽十倍

【譯註】得到有聲望的人的薦舉，那社會地位就會大為躍升。龍門：傳說鯉魚游到黃河上游的龍門，如果能躍過去，就可以成為龍。此比喻貴人所居住的地方。

【出處】唐．李白《與韓荊州書》：「豈不以有周公之風，躬吐握之事，使海內豪俊，奔走而歸之，一登龍門，則聲譽十倍。」

【簡析】嘲諷人得到某種顯貴的身分之後，社會地位便大大提高。

一鼓作氣，再而衰，三而竭

【譯註】在戰場上，戰士們聽到第一次戰鼓響時，勇氣十足地殺向前去，聽到第二次戰鼓響時，殺敵的勇氣稍微減弱些，等到第三次戰鼓響時，所有殺敵的勇氣便蕩然無存了。鼓：敲響戰鼓，指進攻。

【出處】春秋．左丘明《左傳．莊公十年》：「夫戰，勇氣也。一鼓作氣，再而衰，三而竭。彼竭我盈，故克之。」

【簡析】後用以形容人作事時先盛後衰的情形。

一粥一飯，當思來處不易；半絲半縷，恆念物力維艱

【譯註】日常吃飯時，要想到糧食的取得是如何的不簡單。穿衣服時，要想到衣物的製成是如何的不容易。粥：稀飯。半絲半縷：形容物力之微。

【出處】清．朱柏廬《治家格言》：「一粥一飯，當思來處不易；半絲半縷，恆念物力維艱。」

【簡析】勸人要常懷惜福及感恩的心去愛惜物

資，不可任意浪費。

一葉落知天下秋

【譯註】看見一片黃葉由樹上掉落下來，就知道時序已經要進入秋天了。

【出處】宋・唐庚《文錄》：「山僧不解數甲子，一葉落知天下秋。」

【簡析】由落葉得知季節的更替，比喻見微知著。

一蟹不如一蟹

【譯註】在比較之下，所見到螃蟹的體形，眞是一隻比一隻小。

【出處】宋・蘇軾《艾子雜說・三物》：「又於後得一物，狀貌皆若前所見而極小，問居人曰：『此何物也？』曰：『彭越也。』艾子喟然嘆曰：『何一蟹不如一蟹也』。」

【簡析】形容一個不如一個，越來越差。

一顧傾人城，再顧傾人國

【譯註】這個美女回眸一看的美姿，讓全城的人爲之傾心，如果她第二次再回眸一看的話，那會讓全國的人爲之傾倒的。

【出處】漢・李延年《歌》：「北方有佳人，絕世而獨立。一顧傾人城，再顧傾人國。」

【簡析】後用以形容女子貌美，令人讚嘆不已。

二畫

二人同心，其利斷金

【譯註】二人同心協力的話，結合的力量有如鋒利的刀子，可以斬斷金屬的器物。

【出處】《易經・繫辭上》：「二人同心，其利斷金，同心之言，其臭如蘭。」

【簡析】說明團結的力量是無敵的，可以戰勝萬事萬物。

二句三年得，一吟雙淚流

【譯註】這兩句詩句是我反覆思索了三年才得到的，每每吟誦時，我就感慨的不禁流下淚來。二句：指賈島《送無可上人》詩中的「獨行潭底影，數息樹邊身」。

【出處】唐・賈島《題詩後》：「二句三年得，一吟雙淚流。知音如不賞，歸臥故山秋。」

【簡析】用以形容文人創作時的艱辛。

二虎相鬥，必有一傷

【譯註】兩隻老虎在打架，最後一定有一隻會受傷的。

【出處】清・劉璋《斬鬼傳》第四回：「這叫做『二虎相鬥，必有一傷』，待他傷了一個，便容易了。」

【簡析】意謂人在某事中可以隔山觀虎鬥，坐收漁翁之利。或勸人不要與人相爭，以免有所損傷。

七年之病，求三年之艾

【譯註】病了多年之後，需要陳年的老艾草才能

醫得好。艾：一種中藥草，可以爲炙治病，放陳愈久，療效愈佳。

【出處】《孟子・離婁上》：「今之欲王者，猶七年之病，求三年之艾也。苟爲不畜，終身不得。」

【簡析】說明事前準備的重要性。

十目所視，十手所指

【譯註】許多人眼睛的焦點只看你一人，許多人的手指頭只指向你一人，這種壓力能說不大嗎？

【出處】《禮記・大學》：「十目所視，十手所指，其嚴乎。」

【簡析】用以說明輿論的力量是很大的。

十年一覺揚州夢，贏得青樓薄倖名

【譯註】在揚州放浪形骸十年後，回首前塵就像做了一場夢，於是不再作狎邪之遊，最後連青樓的紅粉知己都怨聲連連，送我負心漢的名號。青樓：妓院。薄倖：薄情負心。

【出處】唐・杜牧《遣懷》：「落拓江湖載酒行，楚腰纖細掌中輕。十年一覺揚州夢，贏得青樓薄倖名。」

【簡析】後形容對醉生夢死生活的覺悟和悔恨。

十年生死兩茫茫，不思量，自難忘

【譯註】十年來陰陽兩界的相隔，彼此互不相知。雖然不去刻意想念她，但在內心深處卻不自主的常常想起她。

【出處】宋・蘇軾《江城子・乙卯正月二十日夜記夢》：「十年生死兩茫茫，不思量，自難忘。千里孤墳，無處話淒涼。」

【簡析】這句詞是蘇軾思念亡妻王弗而寫的，後用以表示思念離別已久的親友。

十年生聚，十年教訓

【譯註】用十年的時間來蕃殖人口，積蓄財物，並用十年的時間來教育及訓練人民。

【出處】春秋・左丘明《左傳・哀公元年》：「越十年生聚，而十年教訓，二十年之外，吳其爲沼乎！」

【簡析】說明對某事做長期的經營和奮戰的計畫。

十年寒窗無人問，一舉成名天下知

【譯註】長期閉門苦讀沒有人問候一聲，一旦考試中榜，聲名立即傳播到各處。

【出處】金・劉祁《歸潛志》卷七：「古人謂十年窗下無人問，一舉成名天下知。今日一舉成名天下知，十年窗下無人問也。」

【簡析】這是昔日鼓勵讀書人努力讀書求取功名的話，今日是祝賀學界的人得名時的用語。

十年磨一劍

【譯註】費了十年的時間才磨出這把好劍。

【出處】唐・賈島《劍客》：「十年磨一劍，霜刃未曾試。今日把示君，誰有不平事？」

【簡析】說明長期努力地鑽研某種學問的精神。

十步之內，必有芳草

【譯註】在小範圍之內一定有香草的存在。

【出處】唐・魏徵等《隋書・煬帝紀》：「十步之內，必有芳草，四海之中，豈無奇秀！」

【簡析】說明人才到處都有，只是待發現而已。

力拔山兮氣蓋世

【譯註】我的力量大的可以將山移動，我的勇猛勝過天下所有的英雄。

【出處】漢・司馬遷《史記・項羽本紀》：「力拔山兮氣蓋世，時不利兮騅不逝，騅不逝兮可奈何？虞兮虞兮奈若何。」

【簡析】後用來形容一個人的力大無窮，威猛逼人。

入境而問禁，入國而問俗，入門而問諱

【譯註】進入別人的國境時，要先問這個國家的法令所禁止的事物有那些；進入別人的國家時，要先問這個國家的風俗習慣爲何；進入別人家時，要先問問這家人所避諱的事物有那些。

【出處】《禮記・曲禮上》：「入境而問禁，入國而問俗，入門而問諱。」

【簡析】說明入鄉隨俗的重要性。

八仙過海，各顯神通

【譯註】民間知名的八位神仙爲了要渡海，各自展現自己的本事。八仙：民間傳說中的鐵拐李、漢鍾離、呂洞賓、張果老、曹國舅、韓湘子、何仙姑、藍采和等八個神仙。

【出處】清·李綠園《岐路燈》第六十九回：「這弟兄們是八仙過海，各顯神通。」

【簡析】比喻用各自的本領來完成共同的任務。

人一能之，己百之；人十能之，己千之

【譯註】別人用一分的力量就能做好的事，我花一百分的力量也能做好；別人用十分的力量就能做好的事，我花一千分的力量也能做好。

【出處】《禮記·中庸》：「人一能之，己百之；人十能之，己千之。果能此道矣，雖愚，必明，雖柔，必强。」

【簡析】只要努力不懈，即使比他人能力差，也能獲致最後的成功，說明勤能補拙的道理。

人生一世，草生一秋

【譯註】人只有一輩子可以活，而草也只有一年可以生長。

【出處】元·施耐庵《水滸傳》第十五回：「阮小七說道：『人生一世，草生一秋，我們只管打魚營生，學得他們過一日也好。』」

【簡析】說明萬物的壽命雖有不同，但生命都是一樣有時間的限制。用以勸勉人要愛惜時光。

人心之不同，各如其面

【譯註】每個人內心所想事情各不同，一如每個人的長像不同一樣。

【出處】春秋·左丘明《左傳·襄公三十一年》：「子產曰：『人心之不同，如其面焉。吾豈敢謂子面如吾面乎？』」

【簡析】原意是說每個人的心思各不同，後用以比喻人因背景之不同，以致在面對同一件事情時，所表現出來的反應也各不相同。

人心不足蛇吞象

【譯註】人的慾望是無窮無盡的，往往就像一隻小蛇，妄想將一頭巨象吞到肚子裡一樣可笑。

【出處】元・無名氏《冤家債主》楔子：「得失榮枯總在天，機關用盡也徒然。人心不足蛇吞象，世事到頭螳捕蟬。」

【簡析】諷刺人的自不量力，且貪得無厭。

人之多言，亦可畏也

【譯註】那些街頭巷尾的議論，所形成的壓力，實在令人害怕。

【出處】《詩經・鄭風・將仲子》：「豈敢愛之，畏人之多言。仲可懷也，人之多言，亦可畏也。」

【簡析】說明流言所帶給人的困擾之多，是令人害怕的。

人之相知，貴相知心

【譯註】朋友之間最可貴的是相知相惜的心。

【出處】漢・李陵《答蘇武書》：「嗟乎！子卿，人之相知，貴相知心。」

【簡析】說明交友重在交心，彼此坦誠。

人之患在好為人師

【譯註】一般人最大的缺點是喜歡以老師的身分，來教訓別人。

【出處】《孟子・離婁上》：「孟子曰：『人之患

在好爲人師。』」

【簡析】說明不要自以爲是，應虛心爲懷。

人不可以無恥，無恥之恥，無恥矣

【譯註】一個人不能夠沒有認識所謂的羞恥心，從不知羞恥到眞正懂得羞恥，才能夠終身沒有恥辱。

【出處】《孟子．盡心上》：「孟子曰：『人不可以無恥，無恥之恥，無恥矣。』」

【簡析】說明人應該有正確的榮辱觀。

人不可貌相，海水不可斗量

【譯註】千萬不可以用人的外貌來衡量一個人的品行，一如不能用盛酒的酒斗來測量大海的容量。相：判斷。

【出處】元．無名氏《小尉遲》第二折：「古語有云：『凡人不可貌相，海水不可斗量。』休輕覷了也。」

【簡析】說明評估一個人時，不能光憑外表來評斷。

人不知而不慍，不亦君子乎

【譯註】不爲別人不了解而生氣，這不就是爲君子的氣度嗎？慍：ㄩㄣˋ，心中含著怨怒。

【出處】《論語．學而》：「子曰：『學而時習之，不亦說乎？有朋自遠方來，不亦樂乎？人不知而不慍，不亦君子乎？』」

【簡析】這說明一個人的修養，是即便他人不瞭解，也要心無怨尤的繼續努力著。

人必自侮，然後人侮之

【譯註】一個人一定先有羞辱自己的言行，才會給他人欺侮自己的機會。

【出處】《孟子．離婁上》：「夫人必自侮，然後人侮之；家必自毀，而後人毀之；國必自伐，而後人伐之。」

【簡析】說明人惟有自尊自重，才能避免他人的羞辱。

人世幾回傷往事，山形依舊枕寒流

【譯註】人間令人傷感的興亡交替不斷地在上演著，而形勢險要的西塞山卻依然故我的依傍著長江水。往事：指的是三國的東吳、東晉及南朝的宋、齊、梁、陳六朝的歷史事件。山形：指的西塞山，在今湖北省大冶縣之東。寒流：指的是長江。

【出處】唐．劉禹錫《西塞山懷古》：「人世幾回傷往事，山形依舊枕寒流；今逢四海為家日，故壘蕭蕭蘆荻秋。」

【簡析】用以表達山川依舊而人世早已滄桑的感嘆。

人生不相見，動如參與商

【譯註】人們分別之後，往往像相對的參商二星一樣，見面是很困難的。參、商：二十八宿星，兩星在天體上的距離約一百八十度，因此會不同時間出現。

【出處】唐．杜甫《贈衞八處士》：「人生不相見，動如參與商。今夕復何夕，共此燈燭光。」

【簡析】比喻親友之間難得相見。

人生不得行胸懷，雖壽百歲，猶為夭也

【譯註】一個人活在這世界上，如果不能實踐自己的理想，即便能活到一百歲，也好像是一個早夭的人一樣，白活了。

【出處】南朝梁・沈約《宋書・蕭惠開傳》：「寺內所住齋前，有向種花草甚美，惠開悉鏟除，列種百楊樹。每謂人曰：『人生不得行胸懷，雖壽百歲，猶爲夭也。』」

【簡析】說明人活著貴在有爲。

人生不滿百，長懷千歲憂

【譯註】人很少有一百歲的壽命，卻常常憂慮更久遠以後的事。

【出處】漢・無名氏《西門行》：「人生不滿百，長懷千歲憂。晝短苦夜長，何不秉燭遊？」

【簡析】說明人生短促，何必憂慮太多。

人生天地間，忽如遠行客

【譯註】人活在這天地之間，宛若做長途旅行的旅人，這旅程既艱辛又匆忙。

【出處】漢・無名氏《古詩十九首・青青陵上柏》：「青青陵上柏，磊磊澗中石。人生天地間，忽如遠行客。」

【簡析】比喻人生短暫。

人生如白駒過隙

【譯註】人活在天與地之間，就像是陽光穿透縫隙，不過是刹那之間的功夫罷了。白駒：白色的駿馬，此處比喻日影。

【出處】《莊子・知北遊》：「人生天地之間，若白駒之過隙，忽然而已。」

【簡析】用以說明人生短暫。

人生代代無窮已，江月年年只相似

【譯註】人類代代相傳沒有終止的時候，而悠悠的長江上的明月卻是年年都相似。

【出處】唐·張若虛《春江花月夜》：「人生代代無窮已，江月年年只相似。不知江月待何人，但見長江送流水。」

【簡析】感嘆宇宙是永恆的，而人生卻是短暫的。

人生自古誰無死，留取丹心照汗青

【譯註】從古到今有誰能逃過一死的呢？我只想在歷史上留下我赤誠的事跡。丹心：忠心。汗青：古時在竹簡上記事，需將青竹烤出水，以便於書寫，也可以防蟲蛀。後引申爲史册。

【出處】宋·文天祥《過零丁洋》：「皇恐灘頭說皇恐，零丁洋裡歎零丁。人生自古誰無死，留取丹心照汗青。」

【簡析】用來表示愛國的赤誠，即便是犧牲性命也在所不惜。

人生交契無老少，論心何必先同調

【譯註】人與人之間的友情，並沒有年齡上老少之分，只問投不投緣。坦誠相交，又何必一定要對方認同你的意見呢？

【出處】唐·杜甫《徒步歸行》：「人生交契無老少，論心何必先同調？妻子山中哭向天，須公壢上追風驃。」

【簡析】朋友相交不在外在條件或見解相同，而貴在相知相惜。

人生何處不相逢

【譯註】人生在世機遇難測，又有那個地方不會有相逢的機會呢？

【出處】宋．歐陽修《歸田錄》卷一：「當時好事者相語曰：『若見雷州寇司戶，人生何處不相逢。』」

【簡析】用以表示對意外相逢的感歎和歡喜。

人生到處知何似？恰似飛鴻踏雪泥

【譯註】人的一生到處飄泊遊走，到底像什麼呢？不正像是南北飛翔的雁鳥，在雪地上偶爾留下的足跡，沒多久就消失了。鴻：大雁。

【出處】宋．蘇軾《和子由澠池懷舊》：「人生到處知何似？恰似飛鴻踏雪泥：泥上偶然留指爪，鴻飛那復計東西。」

【簡析】感慨人生路途奔波。

人生寄一世，奄忽若飆塵

【譯註】人活在這世界上，短暫的有如狂風揚起的一陣塵土，在轉瞬間就消失於無形。飆塵：狂風揚起的塵土。

【出處】漢．無名氏《古詩十九首．今日良宴會》：「人生寄一世，奄忽若飆塵。何不策高足，先據要路津？」

【簡析】感嘆人生過於短促。

人生得意須盡歡，莫使金樽空對月

【譯註】在得意的時候就要縱情歡樂，在美景當前的月夜裡，別讓酒杯空著，要盡情暢飲。金樽：黃金做的酒杯，酒杯的美稱。

【出處】唐．李白《將進酒》：「人生得意須盡歡，莫使金樽空對月；天生我材必有用，千金散盡還復來。」

【簡析】多用在宴客的場合，勸人不妨放鬆一下，盡情暢飲。

人生貴相知，何必金與錢

【譯註】人生最重要的是遇到惺惺相惜的知音，所以金錢算得了什麼呢？

【出處】唐．李白《贈友人》：「人生貴相知，何必金與錢。」

【簡析】說明得到友情重於物質的獲得。

人生無根蒂，飄如陌上塵

【譯註】人活在這世界上，就如同沒有根也沒有蒂的飄萍，也像是路上的揚塵一般到處飛揚。陌：田間道路。

【出處】晉．陶潛《雜詩》：「人生無根蒂，飄如陌上塵；分散逐風轉，此已非常身。」

【簡析】感嘆人生的顛沛流離。

人生識字憂患始

【譯註】人一旦認識字之後，就能明白事理，也是一切苦憂及犯罪的開始。

【出處】宋．蘇軾《石蒼舒醉墨堂》：「人生識字憂患始，姓名粗記可以休。何用草書誇神速？開卷惝怳令人愁。」

【簡析】感慨懂得知識越多，憂愁煩惱也隨之增多。

人有不為也，而後可以有為

【譯註】人在處理事情時，要有所取捨，才能做出一番事業。

【出處】《孟子．離婁下》：「孟子曰：『人有不爲也，而後可以有爲。』」

【簡析】說明人在辦事時不可能面面俱到。

人有悲歡離合，月有陰晴圓缺，此事古難全

【譯註】每個人都會遭遇到悲痛、歡樂、離別和聚合，一如月亮有陰晴圓缺的變化，這兩者自古以來都是無法十全十美的。

【出處】宋．蘇軾《水調歌頭》：「人有悲歡離合，月有陰晴圓缺，此事古難全。但願人長久，千里共嬋娟。」

【簡析】後用以說明悲歡離合是人生難免的事情。

人而無信，不知其可也

【譯註】一個人不講究信用，那也就不知道他還能做些什麼了。

【出處】《論語．爲政》：「子曰：『人而無信，不知其可也。大車無輗，小車無軏，其何以行之哉？』」

【簡析】說明守信的重要性。

人怕出名豬怕肥

【譯註】人害怕出名後招致許多不必要的麻煩，就像豬害怕一旦長肥之後，將被宰殺一樣。

【出處】清・曹雪芹《紅樓夢》第八十三回：「鳳姐道：『俗語兒說的，人怕出名豬怕壯。況且又是個虛名兒。』」

【簡析】說明人因出名後所帶來的麻煩，所以應謹言愼行。

人恆過，然後能改

【譯註】人常常會犯錯，然後從教訓中尋得正確的方法，改正自己的錯誤。

【出處】《孟子・告子下》：「人恆過，然後能改；困於心，衡於慮，而後作。徵於色，發於聲，而後喻。」

【簡析】說明人可以從反面經驗中學得教訓，改正自己的錯誤。

人事有代謝，往來成古今

【譯註】因爲人世間的事物不斷在盛衰中交替著，才構成從古至今的歷史。

【出處】唐・孟浩然《與諸子登峴山》：「人事有代謝，往來成古今。江山留勝迹，我輩復登臨。」

【簡析】後多用在形容人事及政局的不斷變遷。

人到情多情轉薄，而今真個不多情

【譯註】人若是用情太深後，往往表現出來的是薄情的樣貌，如今看起來，眞得好像是冷漠無情。

【出處】清・納蘭性德《攤破浣溪沙》：「人到情多情轉薄，而今眞個不多情；又到斷腸處，淚偸零。」

【簡析】說明重感情的人因不易付出眞情，反倒讓人誤以爲是冷漠寡情。

人到愁來無處會，不關情處總傷心

【譯註】當一陣愁緒來襲時，簡直無法排解；這時遇到不相干的事物，也會牽動我的傷心。

【出處】宋・黃庭堅《和陳君儀讀太眞外傳》：「扶風喬木夏陰合，斜谷鈴聲秋夜深；人到愁來無處會，不關情處總傷心。」

【簡析】形容人處於愁情憂緒中，觸目所見皆是傷心物。

人爭一口氣，佛爭一爐香

【譯註】人爭的是一口好勝之氣，就像佛菩薩要受一爐香火供奉一樣。

【出處】明・蘭陵笑笑生《金瓶梅》第七十六回：「人爭一口氣，佛受一爐香。你去與他賠過不是兒，天大事都了。」

【簡析】說明人不甘示弱的樣貌。

人為刀俎，我為魚肉

【譯註】現在人家是刀和砧板，而我們是砧板上待宰的魚和肉。俎：廚房裡的刀砧板。

【出處】漢・司馬遷《史記・項羽本紀》：「樊噲曰：『如今人方爲刀俎，我爲魚肉，何爲辭？』」

【簡析】形容因處於劣勢，所以處境是極其危險的。

人為財死，鳥為食亡

【譯註】人爲了錢財貪慾而招致殺身之禍，一如

鳥爲貪食而遭到捕殺一般。

【出處】漢・班固《漢書・鄧通傳》：「文帝時，鄧通就相人相之，當餓死。文帝曰：『富通者在我，我賜通守銅山，必不餓死。』後犯私鑄銅錢得罪，稅逃餓死於野人家。景帝曰：『人爲財死，鳥爲食亡。』」

【簡析】警誡人們不可有貪慾，以免惹禍上身。

人面不知何處去，桃花依舊笑春風

【譯註】佳人現在不知道到那裡去了，而桃花依舊如昔日般在春風中綻開笑靨。

【出處】唐・崔護《題都城南莊》：「去年今日此門中，人面桃花相映紅。人面不知何處去，桃花依舊笑春風。」

【簡析】今用於物是人非，睹物思人的感傷心情。

人若志趣不遠，心不在焉，雖學無成

【譯註】一個人如果沒有遠大的志向，致使無法專一心志在一件事情上，即使他仍在學習中，也不會有多大的成就的。

【出處】宋・張載《經學理窟・義理篇》：「人若志趣不遠，心不在焉，雖學無成。人惰於進道，無自得達。」

【簡析】說明立志及專心是學業成功的必要條件。

人皆可以為堯舜

【譯註】每個人都可以藉由努力，而成爲和堯舜一樣品行完美的人。

【出處】《孟子・告子下》：「曹交問曰：『人皆可以爲堯舜，有諸？』孟子曰：『然。』」

【簡析】鼓勵人們努力在任何事情上，以高標準自我要求。

人皆養子望聰明，我被聰明誤一生

【譯註】做父母的總希望自己的子女聰明伶俐，可是聰明有何用呢？我就是被聰明誤了一輩子。

【出處】宋・蘇軾《洗兒戲作》：「人皆養子望聰明，我被聰明誤一生。惟願孩兒愚且魯，無災無難到公卿。」

【簡析】感嘆聰明是會誤人一生的。

人情翻覆似波瀾

【譯註】人情翻覆無常，猶如水面上的波濤一般，忽起忽落，變化不定。

【出處】唐・王維《酌酒與裴迪》：「酌酒與君君自寬，人情翻覆似波瀾。白首相知猶按劍，朱門先達笑彈冠。」

【簡析】感歎世態炎涼，人心善變。

人棄我取，人取我與

【譯註】做一個商人就要看準商機，當別人不要時大量收購，而別人需求時拋售，賣得好價錢。

【出處】漢・司馬遷《史記・貨殖列傳》：「白圭，周人也。當魏文侯時，李克務盡地方，而白圭樂觀時變，故人棄我取，人取我與。夫歲孰取穀，予之絲漆。繭出取帛絮，予之食，太陰在卯穰。」

【簡析】說明自己的興趣與見解與衆不同。

人患志之不立，亦何憂令名不彰

【譯註】人所要擔心的是志向沒有確立，而無須擔心自己的名聲無法傳揚。

【出處】南朝宋・劉義慶《世說新語・自新》：「清河曰：『古人貴朝聞夕死，況君前途尚可。且人患志之不立，亦何憂令名不彰邪？』」

【簡析】這句話是勉勵人，只要努力向上，名聲自然緊跟著而來。

人莫知其子之惡，莫知其苗之碩

【譯註】做父母的往往看不到自己孩子的缺點，就像農夫不知道自己已種出肥碩的秧苗。

【出處】《禮記・大學》：「故諺有之曰：『人莫知其子之惡，莫知其苗之碩。』此謂不修不可以修其家。」

【簡析】說明人因爲溺愛而心存偏見。

人逢喜事精神爽

【譯註】只要遇到喜慶的事情，人的精神就特別輕鬆愉快。

【出處】宋・普濟《五燈會元・天封覺禪師》：「人逢好事精神爽，入火眞金色轉鮮。」

【簡析】形容人有得意事時春風滿面樣子。

人善被人欺，馬善被人騎

【譯註】善良的人容易被人欺侮，就像馴良的馬容易爲人所騎一樣。

【出處】明・蘭陵笑笑生《金瓶梅》第七十六回：「自古人善得人欺，馬善得人騎，便是如此。」

【簡析】說明人過於軟弱就容易爲人所欺侮。

人無千日好，花無百日紅

【譯註】人生在世不可能日日都是好運氣，正如花不可能長期的綻放。

【出處】元・楊文奎《兒女團圓》楔子：「人無千日好，花無百日紅，早時不算計，過後一場空。」

【簡析】勸人在得意時，切勿太驕傲。

人無害虎心，虎有傷人意

【譯註】人並沒有傷害老虎的念頭，而老虎卻有吃人的獸性。

【出處】元・李行道《灰闌記》：「常言道：『人無害虎心，虎有傷人意。』」

【簡析】用以說明人雖無害人之心，但需有防人之心。

人無遠慮，必有近憂

【譯註】對任何事若沒有做好規畫的話，不幸會隨時到來的。

【出處】《論語・衞靈公》：「子曰：『人無遠慮，必有近憂。』」

【簡析】說明凡事都要深思熟慮，以杜絕後患。

人無橫財不富，馬無野草不肥

【譯註】人如果沒有意外之財，就不容易發財；就像馬如果沒有多吃野外的草料，就不容易肥壯起來。橫財：指非法或僥倖獲得的錢財。

【出處】元・張國賓《合汗衫》第三折：「人無橫財不富，馬無野草不肥。」

【簡析】比喻人爲求財富而不擇手段的心態。

人過留名，雁過留聲

【譯註】人只要在某地停留一段時間後，必定會留下好壞的名聲；就像大雁飛過時，牠啼叫的餘音會迴盪在天際。

【出處】淸・文康《兒女英雄傳》第三十二回：「人過留名，雁過留聲。」

【簡析】多用以勸告人應多做好事，以留下好的名聲。

人誰無過？過而能改，善莫大焉

【譯註】做人難免會犯錯，只要是犯過錯後能立即改過，就是件極好的事情。

【出處】春秋・左丘明《左傳・宣公二年》：「人誰無過，過而能改，善莫大焉。」

【簡析】常用來勉勵犯錯的人，因爲犯錯後能改正，是很可貴的行爲。

三畫

亡羊補牢，為時不晚

【譯註】當羊走失之後，才開始修理羊圈，還不算太遲。

【出處】漢．劉向《戰國策．楚策四》：「見兔而顧犬，未爲晚也；亡羊而補牢，未爲遲也。」

【簡析】比喻事後的補救工作，還是有成功的機會。

三人行，必有我師

【譯註】當三個人走在一起時，另外兩人的優缺點，一定有我可以效法及改正之處。

【出處】《論語．述而》：「三人行，必有我師焉。擇其善者而從之，其不善者而改之。」

【簡析】說明每個人都有我們值得學習之處。

三十六計，走為上策

【譯註】當無力抵抗敵人時，在許多策略中，以避開敵人的正面衝突是最好的策略。三十六：泛指數多。上策：高明的計策。

【出處】南朝梁．蕭子顯《南齊書．王敬則傳》：「敬則曰：『檀公（檀道濟），三十六策，走是上計，汝父子唯應急走耳！』」

【簡析】用以說明唯有迴避，才是脫離困難的方法。

三十年河東，三十年河西

【譯註】黃河因爲氾濫，時常改變河道，三十年前原是河的東岸，經過三十年之後就變成了

河的西岸。

【出處】清・吳敬梓《儒林外史》第四十六回：「成老爹道：『大先生，三十年河東，三十年河西。就像三十年前，你二位府上何等氣勢？』」

【簡析】說明世事變幻無常，盛衰難測。今又作「十年河東，十年河西」

三千寵愛在一身

【譯註】唐明皇將對後宮三千佳麗的寵愛，全部加諸在楊貴妃一人的身上。三千：指後宮的衆多美女。

【出處】唐・白居易《長恨歌》：「承歡侍宴無閒暇，春從春遊夜專夜；後宮佳麗三千人，三千寵愛在一身。」

【簡析】比喻對某一個人特別的寵愛。

三月不知肉味

【譯註】聽到好聽的韶樂，竟讓孔子陶醉得長時間吃肉而不知肉味的地步。三月：泛指長時間。

【出處】《論語・述而》：「子在齊聞《韶》，三月不知肉味，曰：『不圖爲樂之至於斯也。』」

【簡析】形容專心在某一件事物上，而將其他的事情置之身外。

三日不讀書，便覺面目可憎，語言乏味

【譯註】只要幾天不讀書，就會覺得自己長得很討厭，和別人交談時，也覺得內容空洞沒有趣味。

【出處】南朝宋・劉義慶《世說新語・言語》：「士大夫三日不讀書，則理義不交於胸中，

便覺面貌可憎，語言無味。」

【簡析】用以鼓勵人要有讀書的習慣。

三折肱而成良醫

【譯註】常常手臂骨折的人，因爲經驗豐富，而爲好的醫生。三：比喻多次。肱：ㄍㄨㄥ，胳膊上從肩到肘的部分，泛指胳膊。

【出處】春秋・左丘明《左傳・定公十三年》：「三折肱知爲良醫，唯伐君爲不可，民弗與也。」

【簡析】比喻因對某事經驗豐富，而成爲這方面的專家。

三思而後行

【譯註】事情經過反覆的思索後才做。

【出處】《論語・公冶長》：「季文子三思而後行，子聞之，曰：『再，斯可矣。』」

【簡析】說明人行事應謹慎小心。

三軍可奪帥，匹夫不可奪志

【譯註】可以將軍隊中的主帥俘虜來，但無法令一個普通的人改變他的志向。三軍：指古時大國所有的軍隊。匹夫：泛指一般人。

【出處】《論語・子罕》：「子曰：『三軍可奪帥，匹夫不可奪志也。』」

【簡析】說明志向堅定的人，別人很難改變他的志向的。

士不可不弘毅，任重而道遠

【譯註】讀書人不可以不堅強而果斷起來，因爲他須爲所擔負的責任，長期奮戰。

【出處】《論語・泰伯》：「曾子曰：『士不可不

弘毅，任重而道遠。仁以爲己任，不亦重乎？死而后矣，不亦遠乎？』」

【簡析】比喻人所擔負的責任重大。

士別三日，刮目相待

【譯註】與讀書人分別三天之後，就要用新的眼光去看待他。刮目：擦眼睛，意謂用新眼光。

【出處】晉·陳壽《三國志·吳書·呂蒙傳》：「蒙曰：『士別三日，即更刮目相待，大兄今論，何一稱穰侯乎？』」

【簡析】稱贊他人有長足的進步。

士先器識而後辭章

【譯註】讀書人要先著眼在自己的器度及修養上，而後才是去鑽研文章的辭藻。

【出處】宋·司馬光《資治通鑑·唐紀·高宗永淳元年》：「裴行儉曰：『士之致遠，當士先器識而後辭章。』」

【簡析】說明修養品德比才學更爲重要。

士為知己者死，女為悅己者容

【譯註】讀書人甘心爲賞識自己的人賣命，女孩子刻意爲自己的心上人打扮。士：春秋戰國時期的一個社會階層。後泛指讀書人、知識階層。

【出處】漢·劉向《戰國策·趙策一》：「嗟夫！士爲知己者死，女爲悅己者容，吾其報智氏之讎矣。」

【簡析】表示對知己者的感激之情。

子規夜半猶啼血，不信東風喚不回

【譯註】杜鵑夜半時分還不停止鳴叫，叫到吐血，因爲牠不相信春風再也呼喚不回來。子規：即杜鵑。啼血：因爲杜鵑喙紅，據傳是因杜鵑啼叫時口中出血的緣故。

【出處】宋．王令《送春》：「三月殘花落更開，小簷日日燕飛來。子規夜半猶啼血，不信東風喚不回。」

【簡析】說明只要堅持到底，事情最後仍會成功。

工欲善其事，必先利其器

【譯註】工匠若想要做好自己的工作，那就必須將自己的工具維修到最好的狀態。

【出處】《論語．衛靈公》：「子貢問仁，子曰：『工欲善其事，必先利其器。居是邦也，事其大夫之賢者，友其士之仁者。』」

【簡析】比喻若要將事情做好，那事前的準備工作要先做好。

己所不欲，勿施於人

【譯註】自己所不喜歡的，就不要任意加諸在別人的身上。

【出處】《論語．顏淵》：「仲弓問仁，子曰：『出門如見大賓，使民如承大祭。己所不欲，勿施於人。』」

【簡析】說明凡事要將心比心，設身處地爲他人著想。

丈夫有淚不輕彈，只因未到傷心處

【譯註】一名個性堅强男人是不輕易流眼淚的，那是因爲事情還沒有到他傷心落淚的地步。

【出處】明・李開先《寶劍記》：「回首西山日又斜，天涯孤客眞難渡。丈夫有淚不輕彈，只因未到傷心處。」

【簡析】說明身爲男人也是有平常人的感情的。

大水沖了龍王廟，一家人不認得一家人

【譯註】現在大水竟然沖垮了專管水的龍王廟，這不是一家人和一家人過不去嗎？龍王：傳說主宰水域的神。

【出處】清・文康《兒女英雄傳》第七回：「那婦人聽了，這才裂著那大薄片子嘴笑道：『你瞧，大水沖了龍王廟，一家人不認得一家人咧！那麼著，請屋裡坐。』」

【簡析】比喻起內訌。

大巧若拙，大辯若訥

【譯註】頭腦靈巧的人表面看起來好像很笨拙，而善於言詞的人看起來好像很木訥。

【出處】《老子》四十五章：「大直若屈，大巧若拙，大辯若訥。」

【簡析】說明很多事情不能只由表面去研判，而應從事實面去探究。

大江東去，浪淘盡，千古風流人物

【譯註】奔騰翻滾長江水往東流去，在那波濤滾滾的歲月中，多少的英雄人物，已然進入歷

史。

【出處】宋・蘇軾《念奴嬌・赤壁懷古》：「大江東去，浪淘盡，千古風流人物。故壘西邊，人道是，三國周郎赤壁。」

【簡析】用以感嘆歷史的興亡。

大匠能與人規矩，不能使人巧

【譯註】最有名的工匠能將製作器物時的準則，傳授給學習者，但無法使人立即得到高明的手藝。

【出處】《孟子・盡心下》：「孟子曰：『梓匠輪輿能與人規矩，不能使人巧。』」

【簡析】說明在學習的歷程中，一切都要靠自己去努力精進。

大匠誨人必以規矩

【譯註】有巧名的木匠在教學生時，一定先教他如何使用校圓用的圓規和校方正的矩尺後，才正式開始製作的課程。

【出處】《孟子・告子上》：「孟子曰：『羿之教人射，必志於彀，學者亦必志於彀。大匠誨人必以規矩，學者亦必以規矩。』」

【簡析】說明在學習的過程中，都有一定的規則要遵守。

大名之下，難以久居

【譯註】太大的名聲很難維持的很久。

【出處】漢・司馬遷《史記・越王勾踐世家》：「范蠡以為大名之下，難以久居。且勾踐為人，可與同患，難與處安。」

【簡析】用以勸戒因成功而享有盛名的人，要知足常樂。

大行不顧細謹，大禮不辭小讓

【譯註】要做大事業，就不要太計較那些枝微末節，要講究大的禮儀規矩，就不要太在意那些小的缺失。

【出處】漢·司馬遷《史記·項羽本紀》：「沛公曰：『今者出，未辭也。為之奈何？』樊噲曰：『大行不顧細謹，大禮不辭小讓。如今人方為刀俎，我為魚肉？何辭為。』於是遂去。」

【簡析】用以說明凡事要知變通，以講求實效。

大姦似忠，大詐似信

【譯註】最奸巧的人在外表上看起來好像很忠誠，最奸詐的人外表看起來好像很老實。

【出處】宋·曾先之《十八史略·宋神宗皇帝》：「大姦似忠，大詐似信。」

【簡析】表示看人不可只看外表。

大勇若怯，大智若愚

【譯註】眞正有勇氣的人凡事謹愼，所以看起好像很膽怯。眞正有智慧的人不會鋒芒畢露，所以看起來好像很愚笨。

【出處】宋·蘇軾《賀歐陽少師致仕啓》：「力辭於未及之年，退托以不能而止，大勇若怯，大智若愚。」

【簡析】表示眞正有才有識的人，大多是深藏不露的。

大風吹倒梧桐樹，自有旁人論短長

【譯註】大風將梧桐樹吹倒之後，一定有人會趨前來議論樹幹的長短。

【出處】元・高明《琵琶記》：「一心只欲轉家鄉，爭奈爹行不忖量。大風吹倒梧桐樹，自有旁人論短長。」

【簡析】表示是非自有公論來評斷。

大道之行也，天下為公

【譯註】治理國家的方法，即是爲全天下的人著想，實行世界大同的理想。

【出處】《禮記・禮運》：「大道之行也，天下爲公，選賢與能，講信修睦。」

【簡析】說明實現世界大同的理想。

大廈將傾，獨木難支

【譯註】一棟大樓即將要傾倒時，一根木頭是支撐不了的。

【出處】隋・王通《文中子・事君》：「大廈將顚，非一木所支也。」

【簡析】說明憑一個人的力量，是無法挽回已經衰落的情勢。

大塊假我以文章

【譯註】這個寬廣的大地提供我寫作的素材。大塊：大地。

【出處】唐・李白《春夜宴桃李園序》：「而浮生若夢，爲歡幾何？古人秉燭夜遊，良有以也。況陽春召我以煙景，大塊假我以文章。」

【簡析】表示大自然中俯拾皆是創作的素材。

大德不逾閑，小德出入可也

【譯註】大節操要符合禮節，不可以出錯越軌，而行爲上的小細節若稍有瑕疵，是可以容許的。閑：木欄，引申爲界限。

【出處】《論語．子張》：「子夏曰：『大德不逾閑，小德出入可也。』」

【簡析】常用在識人、用人的標準上。

小人之過也必文

【譯註】一般人對自己犯的過錯，一定會加以掩飾。文：ㄨㄣˋ，掩飾。

【出處】《論語．子張》：「子夏曰：『小人之過也必文。』」

【簡析】用以說明一般人的習慣會用很多的藉口，來遮掩自己所犯的過錯。

小人好議論，不樂成人之美

【譯註】一般人喜歡議論別人的好壞，不高興成全別人的好事。

【出處】唐．韓愈《張中丞傳後序》：「人之將死，其藏腑必有先受其病者；引繩而絕之，其絕必有處。觀者見其然，從而尤之，其亦不達於理矣。小人之好議論，不樂成人之美，如是哉！」

【簡析】批評一般人有喜歡挑剔他人缺點的毛病。

小不忍則亂大謀

【譯註】若是在小的事情上不能夠忍耐的話，那往往會壞了整個大事。謀：決策或計謀。

【出處】《論語．衞靈公》：「巧言亂德，小不忍則亂大謀。」

【簡析】用以說明人要懂得權衡事情的輕重緩急，否則容易影響大局。

小時了了，大未必佳

【譯註】人在小的時候一副聰明伶俐的模樣，長大之後未必有大成就。了了：ㄌㄧㄠˇ ㄌㄧㄠˇ，聰明、懂事。

【出處】南朝宋・劉義慶《世說新語・言語》：「太中大夫陳韙後至，人以其語語之，韙曰：『小時了了，大未必佳。』文舉曰：『想君小時，必當了了。』」

【簡析】用以告誡他人切勿太自恃聰明，而爲所欲爲。或是以略帶嘲諷的口吻，預測他人日後的成就。

上山擒虎易，開口求人難

【譯註】到山上去捕捉老虎是件容易的事，而要開口求人幫助，卻是件困難的事情。

【出處】明・馮夢龍《醒世恆言・十五貫戲言成巧禍》：「道不得個『上山擒虎易，開口告人難』。如今的時勢，再有誰似泰山這般憐念我的？」

【簡析】用以形容向人求助時，難以啓齒的心情。

上天無路，入地無門

【譯註】沒有到達天堂的路徑，也沒有進入地獄的門徑。

【出處】宋・悟明《聯燈會要・體柔禪師》：「進前即觸途成滯，退後即噎氣塡胸，直得上天無路，入地無門。」

【簡析】形容處於極其困難的絕境中，無以解脫。

上窮碧落下黃泉，兩處茫茫皆不見

【譯註】這個方士找遍了天上和地下，只見到眼前一片渺茫，就是看不見楊貴妃的蹤迹。碧落：道家對天界的稱謂，此處指天上。黃泉：古人以爲天玄地黃，泉在地下，所以泛指地下。

【出處】唐・白居易《長恨歌》：「排空馭氣奔如電，升天入地求之遍。上窮碧落下黃泉，兩處茫茫皆不見。」

【簡析】形容費盡心力去尋找，最後還是不得結果。

山不在高，有仙則名；水不在深，有龍則靈

【譯註】一座山不必在乎山的高度，只要傳說神仙曾經居住過，就會聲名大噪。一條水流不必在乎水的深淺，只要傳說有蛟龍在其中出沒，就會沾染靈氣。

【出處】唐・劉禹錫《陋室銘》：「山不在高，有仙則名；水不在深，有龍則靈。斯是陋室，唯吾德馨。」

【簡析】比喻人們聲譽的高低在於德望，而不在於其地位。

山中方一日，世上已千年

【譯註】這位王子才在山中住上一日，回到家後，才發現人世間已經過去了上千年之久。

【出處】明・葉盛《水東日記》：「王子求仙去，山中方一日，世上已千年。」

【簡析】形容世事的變化快速。

山中無甲子，寒盡不知年

【譯註】住在山裡沒有曆書可以看，當寒氣消盡之後，我還不知道一年已經過完了。

【出處】唐・太上隱者《答人》：「偶來松樹下，高枕石頭眠。山中無甲子，寒盡不知年。」

【簡析】描寫隱逸的生活，或是表示對外界的情況不是很瞭解。

山外青山樓外樓

【譯註】高山之外還有更高的山，美好樓閣之外還有更美好的樓閣存在。

【出處】宋・林升《西湖》：「山外青山樓外樓，西湖歌舞幾時休。暖風薰得遊人醉，直把杭州作汴州。」

【簡析】形容風景是一處勝過一處，或是比喻能人之外還有能人。

山在虛無縹緲間

【譯註】仙山在那隱約、若有似無的虛幻渺茫之間。縹緲：若有似無的樣子。

【出處】唐・白居易《長恨歌》：「忽聞海上有仙山，山在虛無縹緲間，樓閣玲瓏五雲起，其中綽約多仙子。」

【簡析】形容遠山隱約看不清楚的樣子。

山河風景原無異，城郭人民半已非

【譯註】整個國家的山川美景和往日沒有什麼不同，可是城市已被敵人踐踏得面目全非。

【出處】宋・文天祥《金陵驛》：「草合離宮轉夕暉，孤雲飄泊復何依？山河風景原無異，城郭人民半已非。」

【簡析】用以感慨城市風貌變化之大。

山雨欲來風滿樓

【譯註】在山雨即將來臨之前，陣陣强風已經吹滿了整座樓宇。

【出處】唐·許渾《咸陽城東樓》：「一上高城萬里愁，蒹葭楊柳似汀洲。溪雲初起日沈閣，山雨欲來風滿樓。」

【簡析】比喻重大事變要發生前的種種緊張氣氛。

山映斜陽天接水，芳草無情，更在斜陽外

【譯註】夕陽的餘暉映照著遠山，雲天與秋水看似連成一片。那冷瑟無情的芳草，更綿延到了夕陽斜照的那一邊。

【出處】宋·范仲淹《蘇幕遮·懷舊》：「碧雲天，黃葉地，秋色連波，波上寒煙翠。山映斜陽天接水，芳草無情，更在斜陽外。」

【簡析】這句話是描寫傍晚時，極目遠眺遠方的景色，挑起遊子的思鄉之情。後用以表示對遠方人兒的無限思念。

山窮水盡疑無路，柳暗花明又一村

【譯註】重重山嶺阻隔，密佈的水道橫隔在前，好像前路已經斷絕，可是只要彎過了這些阻隔之後，忽然別有天地，綠柳成蔭，花兒燦爛，美麗的山村就在不遠之處。

【出處】宋·陸游《遊山西村》：「莫笑農家臘酒渾，豐年留客足雞豚。山重水複疑無路，柳暗花明又一村。」

【簡析】形容進入一個別有天地的境界，或鼓勵人們雖處於逆境之中仍有轉機。

凡事豫則立，不豫則廢

【譯註】事情只要事先有規畫就會成功，如果沒有規畫就容易失敗。豫：同「預」，事先做準備。

【出處】《禮記．中庸》：「凡事豫則立，不豫則廢。言前定，則不跲。事前定，則不困。行前定，則不疚。道前定，則不窮。」

【簡析】說明事前計畫的重要性。

夕陽芳草本無恨，才子佳人空自悲

【譯註】大自然中的夕陽及原野本來是無別離愁緒的，可是那些才子佳人卻因觸景而傷情，而獨自傷悲。

【出處】宋．晁補之《鷓鴣天》：「臨晚景，憶當時，心一時亂如絲。夕陽芳草本無恨，才子佳人空自悲。」

【簡析】說明傷春悲秋是人的心緒使然，與大自然無關。

夕陽無限好，只是近黃昏

【譯註】美麗的夕陽將整個大地映照得金碧輝煌，多麼震人心弦，只可惜緊接而來的是銜接夜幕的黃昏。

【出處】唐．李商隱《樂遊原》：「向晚意不適，驅車登古原。夕陽無限好，只是近黃昏。」

【簡析】比喻再繁華興盛的事物，也會很快地衰落下去。

千人所指，無病而死

【譯註】受到很多人的指責，即使沒有生病，也會因爲社會的輿論壓力而死掉。指：指責。

千人：形容很多人。

【出處】漢・班固《漢書・王嘉傳》：「里諺曰：『千人所指，無病而死』，臣常為之寒心。」

【簡析】形容人言可畏或社會輿論給人壓力之大。

千里之行，始於足下

【譯註】千里遠的路程，是從邁開腳上的第一步開始的。

【出處】《老子》六十四章：「合抱之木，生於毫末。九層之臺，起於累土。千里之行，始於足下。」

【簡析】說明做任何事或學習都有一個循序漸進的歷程，所以要從眼前的小事情，開始紮紮實實地做起。

千里馬常有，而伯樂不常有

【譯註】善於奔跑千里的良駒常常可得，可是可以識別良馬的人卻不常有。伯樂：姓孫名陽，字伯樂。春秋秦穆公時人，以善相馬著稱。

【出處】唐・韓愈《雜說四》：「世有伯樂，然後有千里馬。千里馬常有，而伯樂不常有。」

【簡析】感慨能慧眼識英雄的人不多，以致使得人才常懷才不遇。

千里送鵝毛，禮輕人意重

【譯註】從遙遠的地方送來一根鵝毛，禮物雖然微薄，但含有深厚的情意。鵝毛：比喻微薄的意思。

【出處】宋・邢俊臣《臨江仙》：「物輕人意重，

千里送鵝毛。」

【簡析】多用於送禮者表示自己所送之禮物雖然不貴重，但其中卻是情意深重。

千呼萬喚始出來

【譯註】這位琵琶女在衆人的三催四請之下，才肯走出來。

【出處】唐・白居易《琵琶行》：「移船相近邀相見，添酒回燈重開宴。千呼萬喚始出來，猶抱琵琶半遮面。」

【簡析】形容人不輕易露臉，或事情經過某種歷程之後才呈現出來。

千秋萬歲名，寂寞身後事

【譯註】他的聲名必定會流傳到千秋萬代之後，但這可是他鬱鬱不得志的一生結束之後的事了。

【出處】唐・杜甫《夢李白》之二：「孰云網恢恢？將老身竹累。千秋萬歲名，寂寞身後事。」

【簡析】用以對某些文學或學術界名人生前坎坷，卻在身後備極尊榮，而發出的感慨。

千軍易得，一將難求

【譯註】徵集上千的士兵並非難事，可是要找到一名良將卻是很困難的。

【出處】元・馬致遠《漢宮秋》：「我呵，空掌著文武三千隊，中原四百州。只待要割鴻溝。陡恁的千軍易得，一將難求。」

【簡析】表示人才的覓得是很困難的。

四畫

心病終須心藥醫，解鈴還得繫鈴人

【譯註】心的病還需要從解決心理問題著手，就像要解開鈴鐺，還必須找當初繫鈴鐺的人，才知道鈴繩的繫法。

【出處】清．曹雪芹《紅樓夢》第九十回：「心病終須心藥醫，解鈴還得繫鈴人。」

【簡析】說明要解決事情，就必須找到事情的關鍵。

心畫心聲總失真，文章寧復見為人

【譯註】文章及詩歌總是被有心人，因某種目的而加以利用，所以那能單靠文章來認識作者的眞面目呢？心畫：指書面文字。心聲：指言語，亦指以詩歌爲主的文學作品。

【出處】金．元好問《論詩》：「心畫心聲總失眞，文章寧復見爲人。高情千古閑居賦，爭信安仁拜路塵？」

【簡析】說明不能由一個人的文采來判斷一個人的人品，還要觀察這個人的言行舉止，才能加以論斷。

心誠求之，雖不中不遠矣

【譯註】如果能以一片誠心去探求，雖然不能完全準確，但也不會相差太遠。

【出處】《禮記．大學》：「《康誥》曰：『如保赤子。』心誠求之，雖不中不遠矣，未有學養子而後嫁者也。」

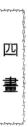

【簡析】說明只要用心去做，最後必會得到一定功效的。

方以類聚，物以羣分

【譯註】蟲獸禽鳥同類者會自然羣聚在一起，花草植物會因種性不同而形成不同的區域。方：等同，相當。

【出處】《易經・繫辭上》：「方以類聚，物以羣分。」

【簡析】比喻人會因氣味相投而糾集在一起。

文人相輕，自古而然

【譯註】自古以來，知識分子往往互相輕視。

【出處】三國魏・曹丕《典論・論文》：「文人相輕，自古而然。傅毅之於班固，伯仲之間耳，而固小之。」

【簡析】今多用來形容知識分子之間的門戶之見。

文臣不愛錢，武臣不惜死，天下太平

【譯註】文官不貪污，武官爲國盡忠不怕死，國家便太平無事。

【出處】元・脫脫《宋史・岳飛傳》：「或問天下何時太平？飛曰：『文臣不愛錢，武臣不惜死，天下太平矣。』」

【簡析】說明了爲官者只要盡其本份，不要向人性貪慾等的弱點屈服，那麼國家必定會強盛起來。

文章千古事，得失寸心知

【譯註】詩文創作是世代相傳的不朽盛事，其中

的甘苦得失，只有作者自己感受最爲深刻。

【出處】唐．杜甫《偶題》：「文章千古事，得失寸心知。作者皆殊列，名聲豈浪垂？」

【簡析】多用於表達作者的創作心情。

文章本天成，妙手偶得之

【譯註】好的詩文是由靈感中自然形成的，而作者只是以高超的語言文字偶然捕捉到它罷了。

【出處】宋．陸游《文章》：「文章本天成，妙手偶得之。粹然無疵瑕，豈復須人爲。」

【簡析】用以說明寫詩文時要著重自然，或是用於稱贊他人的詩文自然天成。

文籍雖滿腹，不如一囊錢

【譯註】學問雖是非常的豐富，但價值卻不如一袋錢。

【出處】漢．趙壹《刺世疾邪賦》：「有秦客者，乃爲詩曰：『河清不可俟，人命不可延。順風激靡草，富貴者稱賢。文籍雖滿腹，不如一囊錢。伊憂北堂上，抗髒倚門邊。』」

【簡析】感慨世道人心只重視金錢，而輕視學問。

王子犯法，與庶民同罪

【譯註】即使是貴爲王子，只要犯了刑法，也要和一般老百姓一樣，依法處理。

【出處】清．夏敬渠《野叟曝言》第六十七回：「衆人都道說那裡話，王子犯法，與庶民同罪，這是因姦殺命的事，既犯到官，還有活命的嗎？」

【簡析】說明無論貴賤，法律之前一律平等。

王者以民為天，而民者以食為天

【譯註】國君最重視的是老百姓的愛戴，而老百姓最重視的是食物是否充足。

【出處】漢．班固《漢書．酈食其傳》：「王者以民爲天，而民者以食爲天。」

【簡析】說明國君應重視老百姓的福祉，而老百姓應努力工作。

五十步笑百步

【譯註】在戰場上，自己逃了五十步後，回頭譏笑那些逃了一百步的人，而這兩者同樣是逃跑，又有什麼差別呢？

【出處】《孟子．梁惠王上》：「孟子對曰：『王好戰，請以戰喻。塡然鼓之，兵刃既接，棄甲曳兵而走，或百步而後止，或五十步而後止，以五十步笑百步，則何如？』」

【簡析】比喻缺點的程度雖然不同，但錯誤的性質是一樣的。

予豈好辯哉，予不得已也

【譯註】我那裡是愛和別人辯論的，而是因爲情勢所逼，不得不爲的啊。

【出處】《孟子．滕文公下》：「公都子曰：『外人皆稱夫子好辯，敢問何也？』孟子曰：『予豈好辯哉，予不得已也。』」

【簡析】後人用以爲自己的辯論行爲加以說明。

井蛙不可以語於海者，拘於虛也；夏蟲不可以語於冰者，篤於時也

【譯註】對於井裡的青蛙沒法對牠談論江海的寬

廣，只因牠生活的範圍過於狹窄的原故；對於夏蟲沒法對牠說明寒冷的感覺，只因牠生活的時間沒法越過夏天的原故，兩者都受限於自身的環境。篤：困苦。

【出處】《莊子．秋水》：「北海若曰：『井蛙不可以語於海者，拘於虛也；夏蟲不可以語於冰者，篤於時也。今爾出於崖涘，觀於大海，乃知爾醜，爾將可與語大理矣。』」

【簡析】說明每個人在學習時難免會受到空間及時間的侷限。

匹夫而為百世師，一言而為天下法

【譯註】一個普通的人竟可成爲歷代敬仰的師表，而他所說的話竟可成爲天下人遵循的法則。匹夫：古代指普通平民男子，後指一般人。

【出處】宋．蘇軾《潮州韓文公廟碑》：「匹夫而爲百世師，一言而爲天下法，是皆有以參天地之化，關盛衰之運。」

【簡析】形容一個人對後世的影響深遠。

匹夫無罪，懷璧其罪

【譯註】原本是個沒有罪的普通人，只因爲他持有美玉而獲罪名。

【出處】春秋．左丘明《左傳．桓公十年》：「周諺有之：『匹夫無罪，懷璧其罪』」

【簡析】比喻有才德的人常常會因遭到嫉害，而被冠上莫須有的罪名。

木受繩則直，金就礪則利

【譯註】木材利用墨線來加工後就能切直，金屬

材質一經礪石加工後就能變得鋒利。

【出處】戰國．荀況《荀子．勸學》：「木直中繩，輮以爲輪，其曲中規，雖有槁暴，不復挺者，輮使之然也。故木受繩則直，金就礪則利。」

【簡析】比喻人需要經過學習和教育，才能成材成器。

天下之民皆引領而望之

【譯註】全天下的老百姓都衷心的等待著仁君的出現。

【出處】《孟子．梁惠王上》：「今夫天下之人牧．未有不嗜殺人者也。如有不嗜殺人者，則天下之民皆引領而望之矣。」

【簡析】說明老百姓對於好的領導者的期盼。

天下之事，因循則無一事可為；奮然為之，亦未必難

【譯註】普天下的事情，如果是墨守成規而不圖改變的話，那沒有一件事情會成功的，所以只要努力去做，事情絕沒有想像中的難。

【出處】明．歸有光《奉熊分司水利集並論今年水災事宜書》：「天下之事，因循則無一事可爲；奮然爲之，亦未必難。」

【簡析】鼓勵人只要下定決心去做一事情，必定會有達成之日。

天下大勢，分久必合，合久必分

【譯註】天下形勢有個歷史規律可追尋，那就是分裂到一段時間之後，必定會趨於統一，統一承安到一段時間之後，必定會走向分裂。

【出處】明・羅貫中《三國演義》第一回：「話說天下大勢，分久必合，合久必分。」

【簡析】用以說明社會局勢或人際關係，絕對不會是一成不變的，而是不斷發展變化中的。

天下大事必做於細

【譯註】全天下的事業都是從細微的事情累積起來的。

【出處】《老子》六十三章：「圖難乎於其易也，爲大乎其於細也，天下難事必做於易，天下大事必做於細，是以聖人終不爲，故能成其大。」

【簡析】說明人應腳踏實地，從最根本的部份做起，才能獲致最後的成功。

天下本無事，庸人自擾之

【譯註】本來是沒有什麼事的，而那些沒有見識的人，卻自找麻煩，弄得擔心害怕。

【出處】元・王惲《憂民》：「天下本無事，但庸人自擾之。」

【簡析】比喻人無事生非，自尋煩惱。

天下有大勇者，卒然臨之而不驚，無故加之而不怒

【譯註】眞正堅强無懼的勇者，當災難突然降臨的時候，不會驚慌失措，遇到羞辱的時候，也不會生氣。

【出處】宋・蘇軾《留侯論》：「天下有大勇者，卒然臨之而不驚，無故加之而不怒，此其所挾持者甚大，而其志甚遠也。」

【簡析】說明成大事的人應所具備的條件是臨危

不亂。

天下治亂，繫於用人

【譯註】治理國家成績的好壞與否，全關係在用人是否得當。

【出處】宋・范祖禹《唐鑑》卷十八：「天下治亂繫於用人，明皇之政，昭焉可睹矣。」

【簡析】說明是否任用人才來治理國家，與這個國家的成敗有密切的關係。

天下事有難易乎？為之，則難者亦易矣；不為，則易者亦難矣

【譯註】所有的事情有沒有難易的區別呢？去做，那麼再困難的事情也會變得容易；不做，再簡單的事情也會變得困難了。

【出處】淸・彭端淑《爲學一首示子侄》：「天下事有難易乎？爲之，則難者亦易矣；不爲，則易者亦難矣。人之爲學有難易乎？學之，則難者亦易矣；不學，則易者亦難矣。」

【簡析】說明事情的成敗與否，全在於人的主觀努力。

天下理無常是，事無常非

【譯註】天下的眞理不是永遠正確的，而所謂的錯誤也不一定永遠是錯的。

【出處】周・列禦寇《列子・說符》：「天下理無常是，事無常非。」

【簡析】用以說明天底下所謂的眞理，因爲時空的轉變會由眞變爲非，由非變爲眞。

天下無不可為之事

【譯註】天底下沒有什麼事是無法達成的。

【出處】明・張居正《答河道吳自湖言蠲積逋疏海口》：「天下無不可爲之事。」

【簡析】意思是說天下無難事，只要努力皆可達成。

天下熙熙，皆為利來；天下攘攘，皆為利往

【譯註】人際關係的熱絡往來，都是以利爲主要目的。熙熙：繁盛貌。攘攘：衆多、豐盛。

【出處】漢・司馬遷《史記・貨殖列傳》：「諺曰：『千金之子，不死於市』，此非空言也。故曰：天下熙熙，皆爲利來；天下攘攘，皆爲利往。」

【簡析】諷刺人們唯利是圖的作法。

天可度，地可量，唯有人心不可防

【譯註】天地之大還可以測量得出，可是人心之難測卻是無可度量的。

【出處】唐・白居易《天可度》：「天可度，地可量，唯有人心不可防。但見丹誠赤如血，誰知僞言巧似簧。」

【簡析】說明世道人心的艱險。

天生我才必有用

【譯註】天賦的本能必定有派上用場的時候。

【出處】唐・李白《將進酒》：「人生得意須盡歡，莫使金樽空對月。天生我才必有用，千金散盡還復來。」

【簡析】這句話常用來勉勵人，只要有眞才實學，就一定會有舒展長才的一日。

天生麗質難自棄

【譯註】天生美麗的容顏，連自己都很難捨棄。

【出處】唐・白居易《長恨歌》：「天生麗質難自棄，一朝選在君王側；回眸一笑百媚生，六宮粉黛無顏色。」

【簡析】常用以形容女子美的清新脫俗。

天有不測風雲，人有旦夕禍福

【譯註】天氣的變化是無法預測的，而災禍和幸福也會意外的降臨在人們的身上的。

【出處】明・無名氏《合同文字》：「天有不測風雲，人有旦夕禍福。那小廝恰才無病，怎生下在牢裡便有病？」

【簡析】說的是許多事常常是突然發生，全不是人力所能掌控的。

天地不仁，以萬物為芻狗；聖人不仁，以百姓為芻狗

【譯註】天地孕化萬物不會有所偏私，把天下所有事物的生化消逝都視作祭祀的芻狗一般自然。聖人治理天下不會有所偏私，把所有百姓的生死都視爲自然的定律。芻狗：古代祭祀時用茅草紮成的狗，祭後即棄去，比喻輕賤之物。

【出處】《老子》五章：「天地不仁，以萬物爲芻狗；聖人不仁，以百姓爲芻狗。」

【簡析】多用以控訴天地的不降福，或譴責統治者殘暴。

天地者，萬物之逆旅；光陰者，百代之過客

【譯註】所謂的天和地，好像是萬物暫居的旅

店；所謂的光陰，好像是百代的旅客。

【出處】唐‧李白《春夜宴桃李園序》：「天地者，萬物之逆旅；光陰者，百代之過客。而浮生若夢，爲歡幾何？」

【簡析】勸勉人們珍惜光陰。

天行健，君子以自強不息

【譯註】大自然的運行是剛健不息的，人們也該以此爲榜樣，努力奮鬥。

【出處】《易經‧乾》：「天行健，君子以自強不息。」

【簡析】鼓勵人們要努力不懈。

天作孽猶可為，自作孽不可活

【譯註】大自然中自然生成的災禍，還可以設法避免；自己招致的禍難，是逃也逃不掉。孽：禍害。活：逃避。

【出處】《尚書‧太甲中》：「天作孽猶可爲，自作孽不可逭。」

【簡析】說明自我招致的惡果，須自作自受。

天長地久有時盡，此恨綿綿無絕期

【譯註】天地雖然長久，但也有窮盡的時候，而心中這種悵恨，卻是沒有終結的時候。

【出處】唐‧白居易《長恨歌》：「在天願作比翼鳥，在地願爲連理枝。天長地久有時盡，此恨綿綿無絕期。」

【簡析】用以說明對某事的遺恨是無窮的。

天命難知，人道易守

【譯註】人是無法掌握上天的意志及做法，卻可

以透過事物的規律性，來掌握人世間的所有事情。

【出處】南朝宋・范曄《後漢書・馮衍傳上》：「夫天命難知，人道易守。守道之臣，何患死之？」

【簡析】用以說明自己可以掌控自己的命運。

天若有情天亦老

【譯註】老天如果擁有和人一般的情感的話，有感情的話，也會因爲承受不了情愁，而加速衰老的。

【出處】唐・李賀《金銅仙人辭漢歌》：「空將漢月出宮門，憶君清淚如鉛水。衰蘭送客咸陽道，天若有情天亦老。」

【簡析】今多爲爲情所傷者表達情愁所用。

天時不如地利，地利不如人和

【譯註】遇到適合的節令，還不如占據有利的地理形勢；有利的地理形勢，還不如深得人心，大家一心對外。天時：天氣陰晴寒暑的變化。地利：指高城深池，山川險阻等，有利作戰的地勢。

【出處】《孟子・公孫丑下》：「天時不如地利，地利不如人和。三里之城，七里之郭，環而攻之而不勝。」

【簡析】指對作戰有利的各種因素中，以人心所向、內部團結最爲重要。

天涯地角有窮時，只有相思無盡處

【譯註】天際長路總有盡頭的地方，只有相思所惹來的苦楚，卻是無邊無際的。

【出處】宋・晏殊《木蘭花》：「無情不似多情苦，一寸還成千萬縷。天涯地角有窮時，只有相思無盡處。」

【簡析】說明重感情的人爲情所苦的心情。

天涯何處無芳草

【譯註】在那遙遠的廣闊天地裡，怎樣會沒有可愛的香草呢？

【出處】宋・蘇軾《蝶戀花》：「花褪殘紅青杏小，燕子飛時，綠水人家繞。枝上柳綿吹又少，天涯何處無芳草？」

【簡析】今用以安慰者失戀的人，不必因爲失去的戀情而情傷，因爲可愛的人還很多。

天將降大任於斯人也，必先苦其心志，勞其筋骨

【譯註】上天要將重大責任交付給某個人時，必定使他的意志先受到痛苦磨練，並且鍛鍊他的體魄。

【出處】《孟子・告子下》：「天將降大任於斯人也，必先苦其心志，勞其筋骨，餓其體膚，空乏其身，行拂亂其所爲，所以動心忍性，增益其所不能。」

【簡析】這句話是鼓勵人們說，要做大事業的人，一定會受到各種痛苦來加以磨練，堅定其意志，增長其才幹。

天視自我民視，天聽自我民聽

【譯註】上天的所見所聞，來自於人民的所見所聞。

【出處】《尚書．泰誓》：「天視自我民視，天聽自我民聽。」

【簡析】說明統治者須重視老百姓的心聲及意見。

天無私覆，地無私載

【譯註】老天不會偏愛某些人事物，大地不會偏愛某些人事物，所以天地是無私的。

【出處】《莊子．大宗師》：「天無私覆，地無私載，天地豈私貧我哉？求其爲之者而不得也。然而至此極者，命也矣！」

【簡析】今用以說明自然給予萬物是無所偏倚的。

天道無親，常與善人

【譯註】天理是公正無私的，常讓善良的人得到應有的福報。

【出處】《老子》七十九章：「和大怨，必有餘怨，安可以爲善？是以聖人執左契而不責於人，故有德司契、無德司徹。天道無親，常與善人。」

【簡析】說明善有善報的眞理。

天蒼蒼，野茫茫，風吹草低見牛羊

【譯註】萬里無雲的青空，原野遼闊無際，一陣風吹來，草低伏，一羣羣的牛羊，觸目可見。

【出處】南北朝．無名氏《樂府詩歌．敕勒歌》：「敕勒川，陰山下。天似穹廬，籠罩四野。天蒼蒼，野茫茫，風吹草低見牛羊。」

【簡析】作者描寫草原廣闊富饒的樣貌。

天網恢恢，疏而不漏

【譯註】冥冥中的因果關係像是一個無邊無際的大網一般，看上去網眼稀疏，但任何的罪卻不會漏失。恢恢：寬廣的樣子。

【出處】《老子》七十三章：「天之道不爭而善勝，不言而善應，不召而自來，默然而善謀。天網恢恢，疏而不失。」

【簡析】比喻作惡者逃不掉應得的懲罰。

及時當勉勵，歲月不待人

【譯註】人生應當把握時間好好努力，因爲歲月是無情的，不會爲任何人而停留等待的。

【出處】晉・陶潛《雜詩》：「盛年不重來，一日難再晨；及時當勉勵，歲月不待人。」

【簡析】勸勉人要珍惜時光，努力打拼。

不入虎穴，焉得虎子

【譯註】不冒險進入老虎藏身的洞穴，那能抓得到幼虎呢？

【出處】南朝宋・范曄《後漢書・班超傳》：「超曰：『不入虎穴，不得虎子。』」

【簡析】比喻唯有經歷艱險，才獲得最大的勝利。

不立異以為高，不逆情以干譽

【譯註】不爲了顯示自己行事高明，而做些不合情理的事；不爲了沽名釣譽，而做些違背常理的事。

【出處】宋・歐陽修《縱囚論》：「是以堯舜三王之治，必本於人情，不立異以爲高，不逆情以干譽。」

【簡析】說明人應依人情事理去行事，而不要爲了刻意突顯，而加以違逆。

不失赤子之心

【譯註】有德行的人，始終保持著一顆有如嬰兒般純眞的心，來面對世間的所有的事。

【出處】《孟子・離婁下》：「孟子曰：『大人者，不失其赤子之心者也。』」

【簡析】用以贊美人的心地純潔

不以文害辭，不以辭害志

【譯註】不要過偏重文章的文采部份，而誤解作者的原意；也不要過於拘泥理解文字的意義，而對整個作品的含義認知產生偏頗。

【出處】《孟子・萬章上》：「故說詩者，不以文害辭，不以辭害志；以意逆志，是爲得之。」

【簡析】現用以說明閱讀文學作品應有的心態是：不要因形式而損害，且誤讀內容的原意。

不以言舉人，不以人廢言

【譯註】不要因爲這個人善於說好聽的話，就特別提拔這個人；不要因爲這個人的行爲有缺憾，就不接受他的好意見。廢：摒棄。

【出處】《論語・衞靈公》：「君子不以言舉人，不以人廢言。」

【簡析】說明由於人的實際行爲與言談常常相去甚遠，所以要多方的觀察這個人，才能眞正的認識這個人。

不以物喜，不以己悲

【譯註】不會因爲外在的環境的好壞，而讓自己

的心情起起落落，憂喜不定。物：外在景物或環境。

【出處】宋．范仲淹《岳陽樓記》：「予嘗求古仁人之心，或異二者之爲，何哉？不以物喜，不以己悲。」

【簡析】說明一個人的意志，不會爲環境所影響。

不以規矩，不能成方圓

【譯註】如果不用圓規和矩尺，就無法畫出合於標準的圓形和方形。

【出處】《孟子．離婁上》：「離婁之明，公輸子之巧，不以規矩，不能成方圓。」

【簡析】說明做任事情都需要遵循一定的法則，來加以規範後，才能完成。

不在其位，不謀其政

【譯註】不擔任某個職務，就不要越職過問那個職務的事項。

【出處】《論語．泰伯》：「子曰：『不在其位，不謀其政。』」

【簡析】說明對於不屬於自己職務範圍內的事務，就不要僭越職權，常用做推託之辭。或說明與自己無關的事情，不要過問。

不如意事常八九，可與語人無二三

【譯註】人世間不如人意的事，爲數很多，可是能向他人全盤托出的，卻沒有幾件，因爲別人不能全明瞭解個中事實的緣故。

【出處】宋．方岳《別子才司令》：「不如意事常八九，可與語人無二三。自識荊門子才甫，夢馳鐵馬戰城南。」

【簡析】意思是說人生不盡心意的人事是非常多的。

不戚戚於貧賤，不汲汲於富貴

【譯註】不爲貧窮而哀傷，不熱切地追求富貴。戚戚：憂愁的樣子。汲汲：竭力求取。

【出處】晉・陶潛《五柳先生傳》：「黔婁有言：『不戚戚於貧賤，不汲汲於富貴。』其言茲若人之儔乎？」

【簡析】形容人胸懷淡泊，安於貧賤。

不忮不求，何用不臧

【譯註】沒有怨恨的心，也沒有貪婪的心，有什麼不好的呢？忮：ㄓˋ，妒嫉。臧：ㄗㄤ，善也。

【出處】《詩經・邶風・雄雉》：「百爾君子，不知德行，不忮不求，何用不臧？」

【簡析】形容安於淡泊的人寬闊的胸襟。

不求備於一人

【譯註】不以要求一個人是完美無缺的。

【出處】晉・陳壽《三國志・吳書・周瑜魯肅呂蒙傳》：「周公不求備於一人，故孤忘其短而貴其長，常以比方鄧禹也。」

【簡析】說明不可以苛求別人十全十美。

不足為外人道

【譯註】不值得對外面的人說。

【出處】晉・陶潛《桃花源記》：「停數日，辭去。此中人語云：『不足爲外人道也。』」

【簡析】這句話意思是，不要對不相干的人說得太多。

不怕官，只怕管

【譯註】對於與自己無直接管轄權的大官，根本不放在心上，但對於可以管自己的官員，卻是非常在意的。

【出處】明．施耐庵《水滸傳》第二回：「我不想正屬他管！自古道：『不怕官，只怕管。』俺如何與他爭得！」

【簡析】這是元明時期常用的俗語，所謂「天高皇帝遠」，但對於可以管自己的上司，就要小心對待。

不知人間有羞恥事

【譯註】不知道人世間所謂羞恥的事情。

【出處】宋．歐陽修《與高司諫書》：「昨日安道貶官，師魯待罪，足下猶能以面目見士大夫，出入朝中，稱諫官，是足下不復知人間有羞恥事爾。」

【簡析】用以斥責那些寡廉恥的人。

不知其人，視其友

【譯註】如果不知道這個人的人品，可以由他所交的朋友去了解。

【出處】漢．司馬遷《史記．張釋之馮唐傳》：「太史公曰：『張季之言長者，守法不阿意。馮公之論將率，有味哉。語曰：『不知其人，視其友。』」

【簡析】說明朋友大多是志趣、氣味相投的人。所以由他所交往的朋友，就可以判定他是怎麼樣的人。

不知鹿死誰手

【譯註】不知道這隻被追捕的鹿最後會死在誰的

手上。

【出處】唐・房玄齡等《晉書・石勒載記》：「脫遇光武，當並驅於中原，未知鹿死誰手？」

【簡析】表示在競爭中不知道最後勝利將屬於誰。

不為五斗米折腰

【譯註】我不想爲五斗米這樣微薄的薪水，對上級長官卑躬屈膝。五斗米：晉朝縣令等級的俸祿，引申爲俸祿微薄。

【出處】唐・房玄齡等《晉書・陶潛傳》：「郡遣督郵至縣，吏白應束帶見之。潛嘆曰：『吾不能爲五斗米折腰，拳拳事鄉里小人邪！』義熙二年，解印去縣。」

【簡析】後用以形容人的品性清高，而且很有骨氣。

不恨古人吾不見，恨古人不見吾狂耳

【譯註】我不怨恨見不到心儀的古人，卻怨恨古人看不到我今日的豪放及疏狂。

【出處】宋・辛棄疾《賀新郎》：「不恨古人吾不見，恨古人不見吾狂耳。知我者，二三子。」

【簡析】多爲狂放不羈之士所做的狂語。

不飛則已，一飛衝天；不鳴則已，一鳴驚人

【譯註】不飛就算了，一飛就直衝雲霄；不叫就算了，一叫就震驚所有的人。

【出處】戰國・韓非《韓非子・喻老》：「雖無飛，飛必沖天；雖無鳴，鳴必驚人。」

【簡析】說明有才能的人是深藏不露的，一旦遇

到關鍵時刻來臨時，才會做出驚人動地的事業來。

不畏浮雲遮望眼，自緣身在最高層

【譯註】我不怕浮雲遮住我遠眺的視線，只因我站在飛來峯的最高點。

【出處】宋・王安石《登飛來峯》：「飛來峯上千尋塔，聞說雞鳴見日升。不畏浮雲遮望眼，自緣身在最高層。」

【簡析】說明只要立場客觀，就能從錯綜複雜中，看清楚事物的本質。

不是一番寒徹骨，爭得梅花撲鼻香

【譯註】梅花若不是經過嚴寒的考驗，否則那會有撲鼻的花香呢？徹骨：形容程度極深。

【出處】唐・黃蘗禪師《上堂開示頌》：「塵勞回脫事非常，緊把繩頭做一場；不是一番寒澈骨，爭得梅花撲鼻香。」

【簡析】比喻人或物若不經過磨練，很難有成功的一日。

不是冤家不聚頭

【譯註】要不是在前世結過仇怨，要不然怎麼會在這一世裡碰面呢？

【出處】元・鄭廷玉《楚昭公》第二折：「你每做的來不周，結下了父兄仇，抵多少不是冤家不聚頭。」

【簡析】嘲諷二個專愛鬧意見的人。

不矜細行，終累大德

【譯註】放縱生活的細節而不講究，最後對於德行的修養會有很大的影響。矜：謹慎。

【出處】《尚書．旅獒》：「夙夜罔或不勤！不矜細行，終累大德。爲山九仞，功虧一簣。」

【簡析】說明培養自己的品德是要從小事情開始做起。

不怨天，不尤人

【譯註】不怨恨上天，也不責備人。

【出處】《論語．憲問》：「子曰：『不怨天，不尤人，下學而上達，知我者其天乎！』」

【簡析】說明當面對困厄時，並不會一味的抱怨客觀因素或埋怨他人。

不食人間煙火

【譯註】不吃人間的食物。煙火：熟食。

【出處】宋．阮閱《詩話總龜》：「文潛先與李公擇輩來余家作長句，後再同東坡。東坡讀其詩，嘆息云：『此不是吃煙火食人道底言語。』」

【簡析】後用以形容人無論在外貌或氣質上皆脫俗出衆。

不食嗟來之食

【譯註】吆喝自己去吃的食物不吃。

【出處】《禮記．檀弓下》：「齊大飢，黔敖爲食於路以待餓者而食之。有餓者蒙袂輯屨，貿貿然來。黔敖左奉食，右執飲，曰：『嗟！來食！』揚其目而視之曰：『予唯不食嗟來之食，以至於斯也！』」

【簡析】表示不接受別具用心或施捨性的幫助。

不看僧面看佛面

【譯註】即使不看在和尚的面子，那也要看在菩薩的面子上。

【出處】明．吳承恩《西遊記》第三十一回：「哥啊，古人云：『不看僧面看佛面』，兄長既是到此，萬望救他一救。」

【簡析】常用以請求人照看情面的意思。

不能正其身，如正人何

【譯註】如果自己行事都不端正，那又有什麼權力去指正別人呢？

【出處】《論語．子路》：「子曰：『苟正其身矣，於從政乎何有？不能正其身，如正人何？』。」

【簡析】說明做任何事都要以身作則。

不惜歌者苦，但傷知音稀

【譯註】我所痛惜的還不是唱歌者的辛苦，而是唱歌者歌聲中的苦痛無人能解。

【出處】漢．無名氏《古詩十九首．西北有高樓》：「一彈再三嘆，慷慨有餘哀。不惜歌者苦，但傷知音稀。」

【簡析】這句話有知音難遇的感慨。

不患人之不己知，患不知人也

【譯註】不要擔心別人不識認自己，反而要擔心自己不瞭解別人。

【出處】《論語．學而》：「子曰：『不患人之不己知，患不知人也。』。」

【簡析】說明不要一味的圖自己表現，而要多去了解別人。

不患寡而患不均

【譯註】不怕財物少，而怕財物分配不平均。

【出處】《論語．季氏》：「丘也聞有國有家者，不患寡而患不均，不患貧而患不安。」

【簡析】用以說明社會資源分配要公平合理。

不問蒼生問鬼神

【譯註】漢文帝在半夜接見賈誼，原來不是爲了治國大事，向賈誼請益，而是要問他有關鬼與神的事情。

【出處】唐．李商隱《賈生》：「宣室求賢訪逐臣，賈生才調更無倫。可憐夜半虛前席，不問蒼生問鬼神。」

【簡析】藉以諷刺一般人遇事時，不去請教專家，而去求虛無不可知的鬼神。

不登高山，不知天之高也；不臨深谿，不知地之厚也

【譯註】不爬上高山，就不知道天有多麼高遠。不接近深谷，就不會知道地有多麼深厚。

【出處】戰國．荀況《荀子．勸學》：「故不登高山，不知天之高也；不臨深谿，不知地之厚也；不聞先王之遺言，不知學問之大也。」

【簡析】說明知識的學習是永無止境的。

不貴尺之璧，而重寸之陰

【譯註】有智慧的人不會看重舉世罕有的大璧玉，而重視稍縱即逝的時間。璧：先秦時中間有孔的，扁平圓形玉器。

【出處】漢・劉安《淮南子・原道訓》：「故聖人不貴尺之璧，而重寸之陰，時難得而易失也。」

【簡析】勸人要珍惜時間。

不貴於無過，而貴於能改過

【譯註】對於不曾犯過錯，這不是件值得誇耀的事，唯有知錯而後能改過，才是值得稱讚的。

【出處】明・王守仁《教條示龍場諸生》：「夫過者自大賢所不免，然不害其卒爲大賢者，爲其能改也。故不貴於無過，而貴於能改過。」

【簡析】勸勉犯錯的人要知錯能改，一樣能成就事業。

不經一事，不長一智

【譯註】沒有經歷某一件事的磨練，就無法增長這方面的智慧。

【出處】宋・悟明《聯燈要會・道顏禪師》：「不因一事，不長一智。」

【簡析】說明經由挫敗，可以從中吸取到經驗。

不著一字，盡得風流

【譯註】與詩文本意無一個字有關，但卻將詩文意欲表現的圖像，完全躍然紙上。

【出處】唐・司空圖《二十四詩品・含蓄》：「不著一字，盡得風流。語不涉己，若不堪憂。是有眞宰，與之沈浮。」

【簡析】說明文藝作品的表現手法含蓄動人。

不遷怒，不貳過

【譯註】不將自己的怒氣轉嫁到別人的身上，犯過的錯不再犯。

【出處】《論語．雍也》：「孔子對曰：『有顏回者好學，不遷怒，不貳過。不幸短命死矣，今也則亡，未聞好學者也。』」

【簡析】說明修養的要求標準，在於對自我的要求。

不遇槃根錯節，何以利器乎

【譯註】沒有遇到樹木的根和枝葉糾結在一起，怎麼能知道這把刀是否是鋒利的呢？

【出處】南朝宋．范曄《後漢書．虞詡傳》：「詡笑曰：『志不求易，事不避難，臣之職也。不遇槃根錯節，何以別利器乎？』」

【簡析】用以比喻唯有在艱難的事情上，才能展現一個人的才華。

不愛江山愛美人

【譯註】不專心在治理政治上，反倒是沈溺在美人的溫柔鄉中。

【出處】清．陳于王《題桃花扇傳奇》：「玉村歌殘迹已陳，南朝宮殿柳條新。福王少小風流慣，不愛江山愛美人。」

【簡析】諷刺歷代亡國之君的行徑，或用以說明爲愛情放棄權力或名利。

不憤不啓，不悱不發

【譯註】教育學生的時候，不到他苦思不得其解的時候，絕不去點醒他；不到他欲說卻說不出口的時候，絕不去開導他。悱：ㄈㄟˇ，欲說卻說不出口。

【出處】《論語・述而》：「子曰：『不憤不啓，不悱不發。舉一隅不以三隅反，則不復也。』」

【簡析】用以說明爲人師者，必需適時掌握時機開導學生，以啓發他們的智慧。

不積跬步，無以至千里；不積小流，無以成江海

【譯註】若不是由半步半步的積累，那能走到千里遠的地方；若不是由小細流匯集，那有可能形成大江大海。跬：ㄎㄨㄟˇ，半步，舉腳跨一次爲跬，跨兩次爲步。

【出處】戰國・荀況《荀子・勸學》：「故不積跬步，無以至千里；不積小流，無以成江海。騏驥一躍，不能十步，功在不捨；駑馬十駕，功在不捨。」

【簡析】比喻學問是由日積月累而來的。

不薄今人愛古人

【譯註】我不盲目的菲薄今人的詩作，也不盲目的偏愛古人的詩作。

【出處】唐・杜甫《戲爲六絕句》：「不薄今人愛古人，清詞麗句必爲鄰。竊攀屈宋宜方駕，恐與齊梁作後塵。」

【簡析】說明學術的研究應兼容並蓄、各取所長的態度，不應有古今之分。

不識廬山真面目，只緣身在此山中

【譯註】爲什麼看不清楚廬山的眞實面貌，只因爲遊人就在這山中啊。緣：因爲。

【出處】宋・蘇軾《題西林壁》：「橫看成嶺側成

峯，遠近高低各不同。不識廬山眞面目，只緣身在此山中。」

【簡析】說明「當局者迷，旁觀者淸」的道理，因爲當事者受到事物本身的局限，所以不能認淸楚事物的眞相。

不應有恨，何事長向別時圓

【譯註】月亮啊對人世間應該無所怨恨吧，但爲什麼老是在人們離別時，呈現幸福的滿圓，逗人傷心呢。

【出處】宋・蘇軾《水調歌頭》：「轉朱閣，低綺戶，照無眠。不應有恨，何事長向別時圓。」

【簡析】後人用以表達渴望團圓的心情。

日中則昃，月盈則食

【譯註】太陽到正午，居於中央的位置後，開始向西偏斜；月亮到圓滿時，開始虧缺。昃：ㄗㄜˋ，指日西斜。

【出處】《易經・豐》：「日中則昃，月盈則食，天地盈虛，與時消息。」

【簡析】這句話藉著大自然的現象設喻，說明物極必反的道理。

日出而做，日入而息

【譯註】當太陽升起時就要工作，太陽下山時就休息。

【出處】周・愼到《愼子・外篇》引《擊壤歌》：「日出而做，日入而息，鑿井而飲，耕田而食，帝力何有於我哉？」

【簡析】這句話描繪農業社會老百姓自給自足的

生活情形，今描寫工作辛苦的情形。

日有所思，夜有所夢

【譯註】白天所懸念的事，在晚上睡覺時也會出現在夢中。

【出處】清·李漁《十二樓·拂雲樓》第六回「做女兒的人，有多少膽量。少不得要怕神怕鬼起來。又有俗語二句道得好：『日有所思，夜有所夢。』」

【簡析】這句話常用來勸誡別人不要想得太多。

日知其所亡，月無忘其所能，可謂好學也已矣

【譯註】每天都要學些自己不懂的事物，每個月都要復習自己曾經學過的事物，這樣的學習態度就是所謂的好學。

【出處】《論語·子張》：「子夏曰：『日知其所亡，月無忘其所能，可謂好學也已矣。』」

【簡析】這句話是強調學習是需要虛心及長時期積累而成的。

日間不做虧心事，半夜敲門不吃驚

【譯註】因爲沒有做違背良心的事，所以即使在半夜有人敲門，也不會心驚肉跳。

【出處】元·無名氏《陳州糶米》第三折：「日間不做虧心事，半夜敲門不吃驚。」

【簡析】指行事端正，所以心裡很安然。

日薄西山，氣息奄奄，人命危淺，朝不慮夕

【譯註】而我的祖母劉氏她剩餘的年壽，就像即

將要下山的夕陽，她老人家氣息微弱，生命處於旦夕。薄：同「迫」，逼近。淺：形容時間短促。

【出處】晉・李密《陳情表》：「但以劉日薄西山，氣息奄奄，人命危淺，朝不慮夕。」

【簡析】常用來比喻人或事物面臨即將滅亡的狀態。

止寒莫若重裘，止謗莫若自修

【譯註】要抵禦寒氣，最好的辦法是加件皮衣，來加强保暖功能；想要阻止他人的誹謗，還不如加强自我的修養，來面對流言。

【出處】晉・陳壽《三國志・魏書・王昶傳》：「諺曰：『救寒莫若重裘，止謗莫若自修。』」

【簡析】比喻唯有加强自我的能力，才能抵禦外界所有的禍患。

中人以上，可以語上也；中人以下，不可以語上也

【譯註】學生的程度在中等以上的，就可以和他講些高深的道理；但學生的程度若在中等以下的，就千萬不可以和他講太深的道理。

【出處】《論語・雍也》：「子曰：『中人以上，可以語上也；中人以下，不可以語上也。』」

【簡析】說明教育應因材施教的道理。

中心藏之，何日忘之

【譯註】將這份愛深藏在內心深處，沒有一天將它忘懷。藏：懷藏。

【出處】《詩經・小雅・隰桑》：「心乎愛矣，遐

不謂矣？中心藏之，何日忘之。」

【簡析】表達對愛戀之人或待自己好的人，無日或忘的思念之情。

少小離家老大回，鄉音無改鬢毛衰

【譯註】年輕時離開家鄉到外地打拼，直到年老有成時才再回到家鄉來，雖然家鄉的口音一直未曾改變過，而頭髮都已斑白稀落。老大：年齡很老。

【出處】唐．賀知章《回鄉偶書》：「少小離家老大回，鄉音無改鬢毛衰。兒童相見不相識，笑問客從何處來。」

【簡析】說明歲月催人老，而人事的變遷是人力所無法改變的。

少而好學，如日出之陽；壯而好學，如日中之光；老而好學，如炳燭之明

【譯註】年少時學習事物就像太陽初升時的光明燦爛，壯年時學習事物就像日正當中那樣熱力旺盛，老年時學習事物就像點燃燭火般的光亮。炳：點燃。

【出處】漢．劉向《說苑．建本》：「臣聞之：『少而好學，如日出之陽；壯而好學，如日中之光；老而好學，如炳燭之明。』」

【簡析】這句話是說只要有學習的心，任何時候都不嫌晚，只是青少年更應努力向學。

少年不識愁滋味，愛上層樓，愛上層樓，為賦新詩強說愁

【譯註】當我年少時，同年少歷練少而不解何謂

愁，卻喜歡登上高樓遠眺，寫些抒發愁緒的詞句，强說自己有無端的愁思。

【出處】宋·辛棄疾《醜奴兒》：「少年不識愁滋味，愛上層樓，愛上層樓，爲賦新詩强說愁。」

【簡析】後用以形容青年人不懂得愁，卻愛把自己想成很寂寞。

少壯不努力，老大徒傷悲

【譯註】少壯時應該把握時光努力，一旦年華老去，一事無成時，只會留給自己無限的傷感。

【出處】漢·無名氏《樂府詩集·長歌行》：「百川東到海，何時復西歸？少壯不努力，老大徒傷悲。」

【簡析】這句話是勸勉人努力要及時。

水之積也不厚，則其負大舟也無力

【譯註】蓄積的水不夠深的話，就沒有承載大船的能力。

【出處】《莊子·逍遙遊》：「且夫水之積也不厚，則其負大舟也無力。」

【簡析】比喻如果沒有基本的條件，就難以成就任何事情。

水可載舟，亦可覆舟

【譯註】水能承載船，也可以將船翻覆。

【出處】戰國·荀況《荀子·王制》：「傳曰：君者，舟也；庶人者，水也。水則載舟，水則覆舟。」

【簡析】原意是說君主與人姓民之間的依賴關係，後用以說明一件事的兩極化。

水至清則無魚，人至察則無徒

【譯註】太清澈的流水，使得魚兒無處可藏；太過精明的人，就沒有朋友。

【出處】《易經．繫辭上》：「故水至清則無魚，人至察則無徒。」

【簡析】用以說明要妥善處理人際關係，不可以要求太過，要以大局為考慮的前提。

內舉不避親，外舉不避仇

【譯註】在薦舉人才時只要是人才，不迴避自己的親人，也不迴避自己的仇家。

【出處】戰國．韓非《韓非子．說疑》：「內舉不避親，外舉不避仇。」

【簡析】在薦舉人才時，薦舉者應心懷寬大，以客觀的角度為標準。

今人不見古時月，今月曾經照古人

【譯註】今天的人們不曾見過古時的月亮，但今天的月亮卻照過古時的人。

【出處】唐．李白《把酒問月》：「今人不見古時月，今月曾經照古人。古人今人若流水，共看明月皆如此。」

【簡析】說明宇宙的時間無窮，而人事則是不斷的在變遷著。

今之視古，亦猶後之視今

【譯註】今天我們對古人所下的評論，就像日後後人也會以他們的標準，來評論我們今日的所做所為一般。

【出處】南朝宋．劉義慶《世說新語．規箴》：「房稽首曰：『將恐今之視古，亦猶後之視今也。』」

【簡析】用以勸人要謹言慎行，因爲自己所做所爲會成爲後人的借鑑。

今年歡笑復明年，秋月春風等閒度

【譯註】在年年歡笑的場面中，年輕的歲月便不經意中的揮霍了。等閒：不經意。

【出處】唐·白居易《琵琶行》：「今年歡笑復明年，秋月春風等閒度。弟走軍阿姨死，暮去朝來顏色故。」

【簡析】後用以勸人不要虛度時光。

今來縣宰加朱紱，便是生靈血染成

【譯註】縣令加官晉級，官印上的紅絲繩便是用老百姓的鮮血染成的。朱紱：繫官印的紅絲繩。

【出處】唐·杜荀鶴《再經胡城縣》：「去歲曾經此縣城，縣民無口不冤聲。今來縣宰加朱紱，便是生靈血染成。」

【簡析】說明惡政殺人的事實。

今宵賸把銀釭照，猶恐相逢是夢中

【譯註】今晚把燈火挑亮些，將對方的臉仔仔細細的端詳一番，生怕這次的相逢不是眞的，而是一場夢。賸：儘管。銀釭：銀燈。

【出處】宋·晏殊《鷓鴣天》：「從別後，憶相逢，幾回魂夢與君同。今宵賸把銀釭照，猶恐相逢是夢中。」

【簡析】這句話形容重逢驚喜之情。

今朝有酒今朝醉，明日愁來明日愁

【譯註】今天有酒就喝個大醉，明天的憂愁等到明天再說吧。

【出處】唐・羅隱《自遣》：「得即高歌失即休，多愁多恨亦悠悠。今朝有酒今朝醉，明日愁來明日愁。」

【簡析】常用以說明人藉酒澆愁，得過且過，不願面對事實的心態。

月子彎彎照九州，幾家歡樂幾家愁

【譯註】月亮的光芒普照好幾個州縣，在這裡面有多少家是快樂的，又有多少家是憂愁的呢？九州：指整個中國。

【出處】宋・楊萬里《竹枝歌》：「月子彎彎照九州，幾家歡樂幾家愁？愁殺人來關月事，得休休處且休休。」

【簡析】說明每個人都有不同的境遇。

月上柳梢頭，人約黃昏後

【譯註】月兒悄悄的從東方升起，遠遠望去好似掛在柳樹的梢頭上，情人相約在黃昏花燈高掛的時候。

【出處】宋・歐陽修《生查子》：「去年元夜時，花市燈如晝。月上柳梢頭，人約黃昏後。」

【簡析】形容戀人相見時歡愉的心情。

月是故鄉明

【譯註】在遊子的眼中，還是故鄉的月亮特別的明亮。

【出處】唐・杜甫《月夜憶舍弟》：「戍鼓斷人

行，邊秋一雁聲。露從今夜白，月是故鄉明，。」

【簡析】通常是用在遊子表達對故鄉的思念之情。

月暈而風，礎潤而雨

【譯註】當月亮周圍出現暈圈時，代表沒多久就要起風了；石墩反潮，代表沒多久就會下雨。礎：柱下的基石。

【出處】宋．蘇洵《辨奸論》：「事有必至，理有固然。惟天下之靜者，乃能見微而知著。月暈而風，礎潤而雨，人人知之。」

【簡析】比喻見微知著，提醒人們要注意一些徵兆，預防事情的發生。

月滿則虧，水滿則溢

【譯註】當月圓之後就開始月缺的週期，水只要裝滿就容易溢洩出來。

【出處】清．曹雪芹《紅樓夢》第十三回：「常言月滿則虧，水滿則溢。否極泰來，榮辱自古週而復始，豈人力能可保常的。」

【簡析】說明所謂的達到成功的境地，也就是走向衰敗的開始。

仁者不憂，知者不惑，勇者不懼

【譯註】仁德的人不會憂慮，有智慧的人不會迷惑，勇敢的人不會畏懼。

【出處】《論語．憲問》：「君子道者三，我無能焉：仁者不憂，知者不惑，勇者不懼。」

【簡析】說明智仁勇三達德是人們應具備的修

養。

父子無隔宿之仇

【譯註】父子之間的怨恨是不會留到第二天的。

【出處】明・吳承恩《西遊記》第三十一回：「父子無隔宿之仇，你傷害了我師父，我怎麼不來救他？」

【簡析】說明親人之間的怨隙是很容易化解的。

父母之年不可不知，一則以喜，一則以懼

【譯註】對於父母的年齡要謹記在心，爲的是父母高壽，身體依然健朗而高興，但又爲父母高壽不知何時會離開我們而擔憂。

【出處】《論語・里仁》：「父母之年不可不知，一則以喜，一則以懼。」

【簡析】說明盡孝的重要性。

父母之愛子，則為之計深遠

【譯註】父母因爲疼愛子女，往往爲他們的將來做長遠的打算。

【出處】漢・劉向《戰國策・趙策四》：「古師公曰：『父母之愛子，則爲之計深遠。』」

【簡析】今用以勸誡父母，不要溺愛子女。

仇人相見，分外眼紅

【譯註】當與有間隙的人相遇之後，情緒格外激動而眼露凶光。分外：格外。眼紅：被激怒的樣子。

【出處】元・李致遠《還牢末》：「仇人相見，分外眼明。我領著大人的言語，拿李孔目去來。」

【簡析】說明互有怨仇的人相見時，所發生的緊張氣氛。

勿以惡小而為之，勿以善小而不為

【譯註】不要因爲是件小小的壞事，就放膽去做；不要因爲是件小小的善事，就不好意思去做。

【出處】晉・陳壽《三國志・蜀書・先主傳》：「勿以惡小而爲之，勿以善小而不爲。唯賢唯德，能服於人。」

【簡析】告誡人們不可忽略小善小惡，因爲這些經過累積後，就會便成大善大惡的。

尺有所短，寸有所長

【譯註】雖然尺和寸比起來較長，但是和其他較長的物品比起來，就顯得短些；就像寸是比尺短，但是和其他較短的物品比起來，就顯得長些一樣。

【出處】戰國・屈原《卜居》：「詹尹乃釋策而謝曰：『尺有所短，寸有所長；物有所不足，智有所不明。』」

【簡析】說明人或物皆有其長處及短處。

五畫

立志在堅不在銳，成功在久不在速

【譯註】志向的確定在於鎖定目標，而不是要求急進；成就一件事情在於持續不懈，而不是要求速成。

【出處】宋·張孝祥《論治體札子》：「然臣聞之，立志欲堅不欲銳，成功在久不在速。治有大體，不當毛舉細故，令在必行，不當徒為文具。」

【簡析】說明要成就一番事業，必須確定目標，努力不懈。

玉不琢，不成器

【譯註】璞玉若不經過加工琢磨，就無法成為有價值的器物。

【出處】《禮記·學記》：「玉不琢，不成器；人不學，不知道。」

【簡析】說明知識及才能，都是靠後天的學習而來的。

玉處於山而木潤，淵生珠而岸不枯

【譯註】蘊藏有玉石的山上，草木就茂盛；藏有寶石的深潭，岸上的草木自然叢生。

【出處】戰國·荀況《荀子·勸學》：「玉處於山而木潤，淵生珠而岸不枯。」

【簡析】比喻人的內在美一定會顯現出來。

正是江南好風景，落花時節又逢君

【譯註】落拓的我現今流落到江南，正逢江南風景最美的時候，沒想到在這暮春花兒凋落時候，又與你在此相逢。君：指唐開元、天寶時期的著名歌唱家李龜年。

【出處】唐・杜甫《江南逢李龜年》：「岐王宅裡尋常見，崔九堂前幾度聞。正是江南好風景，落花時節又逢君。」

【簡析】後人多用在兩個失意人相逢時，心中的感慨萬千。

司馬昭之心，路人皆知

【譯註】司馬昭的居心，連不相干的人都知道。司馬昭：魏末權臣司馬懿的兒子，繼承其父兄的權勢，圖謀篡魏。路人：指一般人。

【出處】晉・陳壽《三國志・魏書・高貴鄉公傳》：「司馬昭之心，路人所知也。吾不能坐受廢辱，今日當與卿等自出討之。」

【簡析】後人用以形容野心或用心已爲人所洞悉。

本是同根生，相煎何太急

【譯註】兩人都是同母所生的兄弟，爲何緊緊逼迫而不相容？

【出處】三國魏・曹植《七步詩》：「其在釜下燃，豆在釜中泣。本是同根生，相煎何太急。」

【簡析】後用以對兄弟骨肉自相殘殺，表示慨嘆。

古人學問無遺力，少壯功夫老始成

【譯註】古人在追求知識學問上是全心全力的，從年輕時就扎下功夫，等到老年才見得到成果。

【出處】宋・陸游《冬夜讀書示子聿》：「古人學問無遺力，少壯功夫老始成。紙上得來終覺淺，絕知此事要躬行。」

【簡析】用以說明立志求學不僅要早，而且要有持之以恆的決心，才能夠有所成就。

古之立大事者，不惟有超世之才，亦必有堅韌不拔之志

【譯註】古代能夠成就大事業的人，不僅要有傑出的才能，還必須有在任何情況下都要有堅定不動搖的志向。

【出處】宋・蘇軾《鼂錯論》：「天下悲錯之以忠而受禍，不知錯有以取之也。古之立大事者，不惟有超世之才，亦必有堅韌不拔之志。」

【簡析】說明成就大事業的關鍵，在於有堅定，頑強進取的志向。

古之學者為己，今之學者為人

【譯註】古時候人學習的目的，在於獲得知識；而現在人學習的目的，在於向他人炫耀自己的才學。

【出處】《論語・憲問》：「子曰：『古之學者爲己，今之學者爲人。』」

【簡析】說明古時的人學習的目的是爲個人所需，而現在的人學習的目的應該是爲大眾服務，此與原意有出入。

古者言之不出，恥躬之不逮也

【譯註】古時候的人不隨便許諾，因爲他們認爲話一旦說出口後，自己卻無法實踐，是件可恥的事。逮：趕到。

【出處】《論語．里仁》：「古者言之不出，恥躬之不逮也。」

【簡析】說明人不可言過其實，應該說到做到。

古來聖賢皆寂寞，惟有飲者留其名

【譯註】自古以來的聖賢，都因不能爲人所瞭解，而感到很寂寞，只有寄情詩酒的人才能留下好的聲名。

【出處】唐．李白《將進酒》：「鐘鼓饌玉不足貴，但願長醉不願醒。古來聖賢皆寂寞，惟有飲者留其名。」

【簡析】後人常以此爲懷才不遇者，表示憤慨之情。

古調雖自愛，今人多不彈

【譯註】我雖然喜愛古曲古調，但現代的人卻大都不願再彈奏了。

【出處】唐．劉長卿《聽琴》：「泠泠七弦上，靜聽松風寒。古調雖自愛，今人多不彈。」

【簡析】今多以說明人們喜好新鮮的事物，是必然的趨勢。或是說明自己缺少知音。

世人都曉神仙好，惟有功名忘不了

【譯註】人們都知道神仙的生活是無憂無慮的，可是卻偏偏執著於人世間的名利。

【出處】清．曹雪芹《好了歌》：「世人都曉神仙好，惟有功名忘不了。古今將相在何方？荒塚一堆草沒了！」

【簡析】說明追求功名利祿，到頭來只是一場空。

世必有非常之人，然後有非常之事；有非常之事，然後有非常之功

【譯註】這世上一定先有非凡的人才，才有非凡的事業產生；有非凡的事業，才會有非凡的功績產生。

【出處】明・張居正《答總督方金湖》：「世必有非常之人，然後有非常之事；有非常之事，然後有非常之功。」

【簡析】這句話說明時勢造英雄。

世有伯樂，然後有千里馬

【譯註】世上有善相馬的伯樂，才能發現能跑千里之遠的馬。伯樂：孫陽，春秋秦穆公時人，以善相馬聞名。

【出處】唐・韓愈《雜說四》：「世有伯樂，然後有千里馬。千里馬常有，而伯樂不常有。」

【簡析】比喻識人的人才不可多得。

世胄躡高位，英俊沈下僚

【譯註】世家弟子都位居高官，有才能的知識分子卻只能位居在下層，當個小官。英俊：才智出眾的人。

【出處】晉・左思《詠史》：「世胄躡高位，英俊沈下僚。地勢使之然，由來非一朝。」

【簡析】後代不得志的人，藉此為自己的努力因為受到社會地位的限制，遭受打壓，抒發心

中不平之氣。

世混濁而不清，蟬翼爲重，千鈞爲輕

【譯註】社會黑暗黑白不分，將極輕的蟬翼看成重物，將千鈞重的東西看成輕物。蟬翼：蟬的翅膀，比喻爲極輕的東西。千鈞：古以三十斤爲一鈞，千鈞比喻爲極重的東西。

【出處】戰國・屈原《卜居》：「世混濁而不清，蟬翼爲重，千鈞爲輕。」

【簡析】說明社會是黑白不分，愚忠不辨。

世無英雄，遂使豎子成名

【譯註】因爲現在沒有特出的人才，所以才給我有成名機會。豎子：小子。

【出處】唐・房玄齡等《晉書・阮籍傳》：「世無英雄，遂使豎子成名。」

【簡析】慨嘆一個人之所以成功，並不代表這個人很有才能，而是因爲沒有更傑出的人。

世路如今已慣，此心到處悠然

【譯註】世路崎嶇不平，也已經走得很習慣，因此無論遇到什麼情況，我都能以平靜的心境處之。

【出處】宋・張孝祥《西江月》：「世路如今已慣，此心到處悠然。寒光亭下水連天，飛起沙鷗一片。」

【簡析】描寫灑脫面對人生坎坷的胸襟。

世事洞明皆學問，人情練達即文章

【譯註】弄清楚世故人情，就像做了一番學問；

熟悉通達人情，就像寫了一篇流暢的文章一般。

【出處】清・曹雪芹《紅樓夢》第五回：「又有一副對聯，寫的是：『世事洞明皆學問，人情練達即文章。』」

【簡析】說明要將世故人情弄清楚是很不容易的。

世事茫茫難自料，春愁黯黯獨成眠

【譯註】人世的事情總是渺茫難以預料的，在大好的春天裡，經常懷抱著愁苦獨自睡去。黯黯：低沈愁苦的樣子。

【出處】唐・韋應物《寄李儋元錫》：「去年花裡逢君別，今日花開又一年。世事茫茫難自料，春愁黯黯獨成眠。」

【簡析】說明對未來的不安全感及憂愁。

世事短如春夢，人情薄似秋雲

【譯註】人世間的事物都有如春夢般的短暫，人情有如秋雲般的淡薄。

【出處】宋・朱敦儒《西江月》：「世事短如春夢，人情薄似秋雲。不需計較苦勞心，萬事原來有命。」

【簡析】作者感嘆世態炎涼，人情淡薄。

世間萬物有盛衰，人生安得常少年

【譯註】萬事萬物的盛衰有一定的規律可循，由此得知人的一生中，哪裡都是像少年時期的精力無窮呢？

【出處】明・于謙《昔有〈莫惱翁〉曲，予因效之，改爲〈翁莫惱〉，聊以調笑云耳》：「花不常好，月不常圓，世間萬物有盛衰，人生安得常少年？」

【簡析】說明新陳代謝是大自然的規律，所以要珍惜時光，好好努力。

可以共患難，而不可以共處樂

【譯註】當困難時，可以和他協力共渡難關；但無法和他共享勝利的成果。

【出處】漢・趙曄《吳越春秋・句踐伐吳外傳》：「可以共患難，而不可以共樂。」

【簡析】說明人因現實而冷酷。

可與言而不與之言，失人；不可與言而與之言，失言

【譯註】值得交談的人，不和他深談，是失去認識人才的機會；不值得交談的人，卻和他深談，是說話不看對象，浪費時間。

【出處】《論語・衛靈公》：「子曰：『可與言而不與之言，失人；不可與言而與之言，失言。知者不失人，亦不失言。』」

【簡析】這句話是說一個聰明的人，在待人接物方面應恰如其分。

可憐無定河邊骨，猶是春閨夢裡人

【譯註】可憐那些征人已變成無定河邊的白骨，而他們的妻子卻對他們魂縈夢牽，希望他們能早日返家團圓。無定河：在今陝西北部，黃河中游支流，因流急沙多、深淺不定而得名。

【出處】唐・陳陶《隴西行》：「誓掃匈奴不顧

身，五千貂錦喪胡塵。可憐無定河邊骨，猶是春閨夢裡人。」

【簡析】後多用於形容戰事殘酷的破壞老百姓幸福的生活。

平生不作皺眉事，世上應無切齒人

【譯註】平時作事問心無愧，那就不會有怨恨自己到咬牙切齒地步的人。

【出處】宋．邵雍《詔三下答鄉人不起之意》：「平生不作皺眉事，天下應無切齒人。斷送落花安用雨，裝添舊物豈須春。」

【簡析】多用於表達自己潔身自好，而且問心無愧。

平生不會相思，才會相思，便害相思

【譯註】以往根本不知道什麼叫做相思，而今才初嚐相思的滋味，就立刻害起相思病來了。

【出處】元．徐再思《折桂令．春情》：「平生不會相思，才會相思，便害相思。身似浮雲，心如飛絮，氣若游絲。」

【簡析】用以形容青少年初嚐情愛時的心境。

平地一聲雷

【譯註】天際突然響起一聲響雷。

【出處】五代．韋莊《喜遷鶯》：「鳳銜金榜出雲來，平地一聲雷。」

【簡析】比喻突發的重大事件，令人錯愕。

平地起風波

【譯註】晴朗的好天氣突然吹來一陣狂風。
【出處】元・關漢卿《魯齋郎》第四折：「想人生平地起風波，爭似我樂清閒支著個枕頭兒高臥。」
【簡析】比喻無緣無故發生事端。

民之所好，好之；民之所惡，惡之

【譯註】人民喜愛的，就要親近它；人民厭惡的，就該捨棄它。
【出處】《禮記・大學》：「民之所以，好之；民之所惡，惡之，此之謂民之父母。」
【簡析】說明在上位者應多關心老百姓的需求爲何。

民不畏死，奈何以死懼之

【譯註】老百姓連死都不怕死，再用死來使他們心生畏懼感，又有什麼用？
【出處】《老子》七十四章：「民不畏死，奈何以死懼之。若使民常畏死，而爲奇者吾得執而殺之，孰敢？」
【簡析】用以說明老百姓敢於反抗暴政，不怕犧牲的精神。

民生在勤，勤則不匱

【譯註】一般人的生計主要關鍵在於勤勞與否，只要勤奮努力，就不會有匱乏的憂慮，匱：貧乏。
【出處】春秋・左丘明《左傳・宣公十二年》：「訓之以若敖、蚡冒，蓽路藍縷，以啓山林。箴之曰：『民生在勤，勤則不匱。』」
【簡析】說明勤勞的重要性。

民我同胞，物吾與也

【譯註】將他人視爲和自己同父母所生的兄弟姊妹，將世間的萬類視同和自己同類的生物。

【出處】宋・張載《西銘》：「民我同胞，物吾與也。」

【簡析】說明人應有物我平等，一視同仁的寬厚胸懷。

民爲邦本，本固邦寧

【譯註】國家的根本是老百姓，老百姓的生活穩定之後，國家就會太平。邦：國家。寧：平安，安定。

【出處】《尙書・五子之歌》：「民爲邦本，本固邦寧。予視天下，愚夫愚婦，一能勝予。」

【簡析】強調要將國家穩定住，就要使人民的生活安定。

民爲貴，社稷次之，君爲輕

【譯註】對整個天下而言，老百姓才是最爲重要的，國家是次要，國君才是最不重要的。社稷：古代帝王所祭祀的土穀神，後作爲國家的代稱。

【出處】《孟子・盡心下》：「民爲貴，社稷次之，君爲輕。是故得乎丘民而爲天子，得乎天子爲諸侯，得乎諸侯爲大夫。」

【簡析】說明國家最重要的是在老百姓。

民無信不立

【譯註】國家的政權若得不到老百姓的信任，這國家就會動搖不安。

【出處】《論語・顏淵》：「自古皆有死，民無信不立。」

【簡析】強調爲政取信於民的重要性。

巧言令色，鮮矣仁

【譯註】說著不得罪別人的話，鞠躬哈腰表現出溫順神情的人，內心是很少有仁德的。令色：舉躬哈腰，假裝和善。

【出處】《論語・學而》：「子曰：『巧言令色，鮮矣仁。』」

【簡析】這句話譴責口蜜腹劍的偽君子。

巧言如簧，顏之厚矣

【譯註】一個人說著比唱好聽的話，臉皮眞是厚啊。簧：簧舌，樂器中用振動發聲的彈性薄片，這裡泛指音樂。

【出處】《詩經・小雅・巧言》：「蛇蛇碩言，出之口矣。巧言如簧，顏之厚矣。」

【簡析】多用來諷刺那些阿諛諂媚的無恥之徒。

巧笑倩兮，美目盼兮

【譯註】這位女子笑起來的酒渦很動人，一雙大眼睛黑白分明，盼顧有神。倩：笑靨，即笑時兩頰上顯露出來的酒窩。盼：眼珠黑白分明，轉動靈活有神。

【出處】《詩經・衛風・碩人》：「手如柔荑，膚如凝脂，領如蝤蠐，齒如瓠犀，螓首蛾眉，巧笑倩兮，美目盼兮。」

【簡析】用以形容美女動人的神情。

巧詐不如拙誠

【譯註】巧妙的虛偽言行，還不如笨拙的誠實。

【出處】戰國・韓非《韓非子・說林上》：「故曰：『巧詐不如拙誠，樂羊以有功見疑，秦西巴以有罪益信。』」

【簡析】說明與其投機取巧，還不如做事誠實些。

皮之不存，毛將焉附

【譯註】連賴以爲基礎的皮都不存在，那毛髮要往那兒生呢？焉：哪裡。

【出處】春秋・左丘明《左傳・僖公十四年》：「虢射曰：『皮之不存，毛將安傅？』」

【簡析】比喻人或事物對特定條件的依存關係。

功成不受爵，長揖歸田廬

【譯註】建立功業後卻不接受朝廷的爵位封賞，反倒是辭謝朝廷的厚愛而歸隱田園。長揖：高高地拱手，自上而下地深深作揖。指極恭敬的行禮。

【出處】晉・左思《詠史》：「功成不受爵，長揖歸田廬。」

【簡析】後多用在表示功成身退的高潔志趣。

未老莫還鄉，還鄉須斷腸

【譯註】當年華尚未老去之前，千萬別回到故鄉去，因爲一旦回去之後，會因爲思念江南美景而肝腸寸斷。

【出處】前蜀・韋莊《菩薩蠻》：「壚邊人似月，皓腕凝霜雪。未老莫還鄉，還鄉須斷腸。」

【簡析】多用以表達對家鄉無盡的思念及感傷之情。

未知生，焉知死

【譯註】還不知道生存的意義，那會知道死亡的意義呢？

【出處】《論語・先進》：「季路問事鬼神，子曰：『未能事人，焉能事鬼？』曰：『敢問死。』曰：『未知生，焉知死？』」

【簡析】這句話是要提醒人，要注意現實生活上的一切，而不要本末倒置，去關心那些虛妄不可知的事物。

未諳姑食性，先遣小姑嘗

【譯註】由於才嫁到這個家庭，還不知道婆婆吃東西的口味輕重，只好先請小姑嚐嚐，給點意見。諳：熟。姑：婆婆。小姑：丈夫的妹妹。

【出處】唐・王建《新嫁娘詞》：「三日入廚下，洗手做羹湯。未諳姑食性，先遣小姑嘗。」

【簡析】比喻新到一個地方，先請教同僚有關上司的一切，做起事來才不會出差錯。

只可意會，不可言傳

【譯註】只能用心揣摩領會其中的奧妙，而言語卻無法具體表達出來。意會：用心去揣摩其中的含義。

【出處】清・劉大櫆《論文偶記》：「凡行文多寡短長，抑揚高下，無一定之律，而有一定之妙，可以意會，而不可以言傳。」

【簡析】後人多用以表達對事物、道理，可以揣摸領會其中的意思，卻無法用具體的言語來說明。

只在此山中，雲深不知處

【譯註】他就在這座山裡，但因雲霧深鎖，而他的蹤迹又不定，所以不知道他在山裡的那一處。

【出處】唐・賈島《尋隱者不遇》：「松下問童子，言師採藥去。只在此山中，雲深不知處。」

【簡析】後人用以感嘆所要找的人事物，只知大概的範圍，而不知確切的所在地，具有詼諧意味。

只因一著錯，滿盤都是空

【譯註】只因一步關鍵的棋子下錯了，導致輸了整盤的棋。一著：下一步棋子。

【出處】明・馮夢龍《古今小說・陳御史巧勘金釵鈿》：「只因一著錯，滿盤都是空。」

【簡析】今多用於告誡人們做事要小心謹慎，否則只圖留遺憾滿懷。

只有錦上添花，哪有雪中送炭

【譯註】一般人只會在錦布上加繡美麗的花彩，而不會在天寒地凍的下雪天爲人送炭取煖。

【出處】明・凌濛初《初刻拍案驚奇》卷二十二：「『只有錦上添花，哪有雪中送炭』只這兩句言語，道盡世人情態。」

【簡析】這句話語說明人們大多趨炎附勢，而不肯在他人有難時伸出援手。

只知其一，不知其二

【譯註】只能瞭解事物中一方面事實，而不知道其他的事實面。

【出處】明・吳承恩《西遊記》第四十七回：「哥哥，你只知其一，不知其二，如今路多險峻，我挑著重擔，著實難走。」

【簡析】多用在說明人們對於事實的瞭解不夠全面。

只要功夫深，鐵杵磨成針

【譯註】只要持續花下勞力，即使鐵杵也可以磨成繡花針。杵：鐵槌的一種，用在舂米或搥衣用。

【出處】元・虞韶《日記故事》：「李白少讀書，未成，棄去。道逢一老嫗，磨鐵杵。白問：『將欲何用？』曰：『欲做針。』李感其言，遂還卒業。」

【簡析】用以自勉或勉勵他人，只要堅持不懈的努力著，做任何事都會成功的。

以小人之心，度君子之腹

【譯註】道德低下的人用卑劣的想法，來揣度道德高尚的人的想法。

【出處】春秋・左丘明《左傳・昭公二十八年》：「願以小人之腹，爲君子之心。」

【簡析】用以自責或責人，不該用卑劣的想法，去推測別人的想法。

以子之矛，攻子之盾

【譯註】用你銳利無比的矛，來刺你堅硬無敵的盾。矛：古代用於進攻的武器。盾：古代用於防禦的武器。

【出處】戰國・韓非《韓非子・難一》：「楚人有鬻盾與矛者，譽之曰：『吾盾之堅，物莫能陷也。』又譽其矛曰：『吾矛之利，於物無不陷也。』或曰：『以子之矛陷子之盾，何如？』其人弗能應也。」

【簡析】矛和盾代表著事物之間的衝突性，今用於比喻用對方的論點來反駁對方言論中相互衝突之處。

以文會友，以友輔仁

【譯註】用談論詩書禮樂的機會，來結交一些志同道合的朋友。並通過與朋友切磋的機會，來增進彼此的仁德。文：指詩書禮樂。

【出處】《論語・顏淵》：「曾子曰：『君子以文會友，以友輔仁。』」

【簡析】說明交朋友的意義及方法，常用於勸人多交益友，讓個人的進德修業，能更加精進。

以古爲鏡，可以知興替；以人爲鏡，可以明得失

【譯註】以歷史爲借鑑，可以尋出各個朝代興衰更替的關鍵所在；以他人爲借鑑，可以明白自己的優缺點所在。

【出處】唐・吳兢《貞觀政要・任賢》：「以銅爲鏡，可以正衣冠；以古爲鏡，可以知興替；以人爲鏡，可以明得失。」

【簡析】後用以說明歷史和他人的經驗教訓，對國家和個人都有非常重要的借鑑作用。

以言傷人者，利於刀斧

【譯註】用言語來傷害別人，比刀斧傷人肉體更爲嚴重。

【出處】宋・林逋《省心錄》：「以言傷人者，利於刀斧；以術害人者，毒於虎狼。」

【簡析】這句話是告誡人在說話之前多想想後果，否則人往往在說話之間，不經意地傷害到別人。

以其人之道，還治其人之身

【譯註】用他自己對待別人的方式，來對待他自己。

【出處】《中庸第十三章》：「故君子之治人也，即以其人之道，還治其人之身，其人能改，即止不治。」

【簡析】爲用對方所使用的手段，來反擊對方，以遏止對方的行爲，語多含敵意。

以直報怨，以德報德

【譯註】對待有怨尤的人事，以公平的態度處之；對待有恩惠的人事，以感恩的心處之。

【出處】《論語・憲問》：「或曰：『以德報怨，何如？』子曰：『何以報德？以直報怨，以德報德。』」

【簡析】現常用以告誡人回報他人的德怨時應有的態度。

以能問於不能，以多問於寡

【譯註】有能力的人有時也會向沒有能力的人請教，才學豐富的人有時也向知識貧瘠的人請教。

【出處】《論語・泰伯》：「曾子曰：『以能問於不能，以多問於寡；有若無，實若虛，犯而不校。昔者吾友嘗從事於斯矣。』」

【簡析】後常用以說明人不能自滿，要常常向人虛心求教。

以無厚而入有間，恢恢乎其於遊刃必有餘地

【譯註】用刀刃很薄的刀子，插入牛的關節交接的地方，這把刀就有很大的運作空間了。恢恢：寬綽的樣子。

【出處】《莊子．養生主》：「彼節者有間，而刀刃者無厚。以無厚而入有間，恢恢乎其於遊刃必有餘地矣。」

【簡析】後用以形容人的技術熟練，或是處理事情輕鬆俐落。

以管窺天，以蠡測海

【譯註】用竹管來看天空，用葫蘆瓢來測量大海。蠡：ㄌㄧˊ，瓢。

【出處】漢．東方朔《答客難》：「以管窺天，以蠡測海，以莛撞鐘。豈能通其條貫，考其文理，發其聲音哉！」

【簡析】後人多用於自謙，或批評他人，對於事物的瞭解層面，僅限於片面，而不是全面性的。

以貌取人，失之子羽

【譯註】根據人的外貌來評斷一個人的好與壞，像子羽這樣的賢人，就很容易因爲他醜陋的外貌而判斷錯誤。子羽：春秋時孔子的弟子，相貌醜陋，孔子以爲他才薄。

【出處】漢．司馬遷《史記．仲尼弟子列傳》：「孔子聞之曰：『吾以言取人，失之宰予；以貌取人，失之子羽。』」

【簡析】比喻用以貌取人，往往失之偏頗。

四海之內，皆兄弟也

【譯註】普天下的人都是情同親兄弟一般。四海：全國、全天下。

【出處】《論語・顏淵》：「子夏曰：『商聞之矣，死生有命，富貴在天。君子敬而無失，與人恭而有禮，四海之內，皆兄弟也。君子何患乎無兄弟也？』」

【簡析】常用在幫助他人時的感想語，或表示人與人之間應保持親密關係。

四體不勤，五穀不分

【譯註】身體不勞動，連農作物都分不清楚。四肢：指兩手兩腳，在此泛指身體。五穀：黍、稷、菽、麥、稻，在此泛指各種農作物。

【出處】《論語・微子》：「子路問曰：『子見夫子乎？』丈人曰：『四體不勤，五穀不分，孰為夫子？』植其杖而芸。」

【簡析】後用來諷刺養尊處優的人，脫離現實，缺乏實際經驗。

田園寥落干戈後，骨肉流離道路中

【譯註】戰爭過後，田園都荒蕪，骨肉至親都流離失散，不知去向。

【出處】唐・白居易《自河南經亂，關內阻饑，兄弟離散，各在一處，因望月有感，聊書所懷，寄上浮梁大兄、於潛七兄、烏江十五兄，兼示符離及下邽弟妹》：「時難年荒世業空，弟兄羈旅各西東。田園寥落干戈後，骨肉流離道路中。」

【簡析】用以形容戰事帶給人們的災難與苦楚。

目不能兩視而明，耳不能兩聽而聰

【譯註】眼睛不能同時看清楚兩樣東西，耳朵不能同時聽清楚兩種聲音。

【出處】戰國・荀況《荀子・勸學》：「目不能兩視而明，耳不能兩聽而聰。螣蛇無足而飛，梧鼠五技而窮。」

【簡析】用以說明學習必須專心一致。

出於其類，拔乎其萃

【譯註】聖人是超越他的同類，並在他的同類中是特出的。拔：特出。萃：羣、聚集。

【出處】《孟子・公孫丑上》：「聖人之於民，亦類也。出於其類，拔乎其萃，自生民以來，未有盛於孔子也。」

【簡析】形容人卓越出衆。

出乎爾者，反乎爾者也

【譯註】你怎樣對待他人，別人也就以同樣的方式對待你。

【出處】《孟子・梁惠王下》：「孟子曰：『戒之！戒之！出乎爾者，反乎爾者也。夫民今而后得反之也。君無尤焉！』」

【簡析】這句話本是孟子警告梁惠王的話，後用以比喻言行自相予盾，反覆無常。

出於幽谷，遷於喬木

【譯註】住在深谷的鳥兒，有遷往高大樹木的習性。幽谷：深暗的山谷，以喻低下。喬木：高大的樹木，比喻高上。

【出處】《詩經・小雅・伐木》：「伐木丁丁，鳥鳴嚶嚶，出於幽谷，遷於喬木。」

【簡析】後比喻一個人的經濟條件改善，或社會地位提高。

出師未捷身先死，長使英雄淚滿襟

【譯註】諸葛亮出兵還未成功之際，他就懷著憾恨而亡，這讓後世的英雄們爲了他的壯志未酬而傷感落淚。出師未捷身先死：指西元二三四年諸葛亮出兵伐魏，和司馬懿對峙於陝西五丈原，病死在軍中。

【出處】唐．杜甫《蜀相》：「三顧頻煩天下計，兩朝開濟老臣心。出師未捷身先死，長使英雄淚滿襟。」

【簡析】用以感嘆對一些英雄志士志願尚未達成，就英年早逝。

出淤泥而不染，濯清漣而不妖

【譯註】蓮花雖然是藉著水中的淤泥而成長出來的，花朵卻是無比的潔淨無染；雖然是沐浴在清澈的水中，卻是無比的樸實無華。

【出處】宋．周敦頤《愛蓮說》：「予獨愛蓮之出泥而不染，濯清漣而不妖。」

【簡析】後用以贊美人處於惡劣的環境中，仍能保持純眞高尚的節操。

由儉入奢易，由奢入儉難

【譯註】由儉樸的生活變爲奢靡的生活是很容易的，但是由奢靡的生活變爲儉樸的生活卻是很困難的。

【出處】宋．司馬光《訓儉示康》：「公嘆曰：『吾今日之俸，雖舉家錦衣玉食，何患不能？顧人之常情，由儉入奢易，由奢入儉難。』」

【簡析】勸人要學會勤儉的好習慣。

兄弟鬩於牆，外禦其侮

【譯註】兄弟們雖然在家中吵吵鬧鬧的，但面對外侮時，仍是團結一致，共同抵抗。鬩：ㄒㄧˋ，爭吵。

【出處】《詩經・小雅・常棣》：「兄弟鬩於牆，外禦其侮。每有良朋，烝也無戎。」

【簡析】比喻無論內部有多麼不合，但大敵當前，仍能共同一致對外。

生也有涯，知也無涯

【譯註】每個人的生命是有局限的，而知識卻是無邊無際的。涯：邊際。

【出處】戰國・莊周《莊子・養生主》：「吾生也有涯，而知也無涯。以有涯隨無涯，殆已。」

【簡析】莊子在此以極爲消極的態度，說明既然生命有限而知識無限，那麼爲何要自討苦吃呢？今人將其意義轉爲積極，說明人應把握時間，努力學習。

生亦我所欲也，義亦我所欲也，二者不可得兼，捨生而取義者也

【譯註】生命是我所珍愛的，行義也是我所希望的，如果這兩者不能同時並得的話，那我就會捨棄生命來成就義行。

【出處】《孟子・告子上》：「魚，我所欲也，熊掌亦我所欲也；二者不可得兼，捨魚而取熊掌者也。生亦我所欲也，義亦我欲也；二者

不可得兼，捨生而取義者也。」

【簡析】後以「捨生取義」來稱頌爲正義而犧牲生命的行爲。

生而辱，不如死而榮

【譯註】與其接受他人的屈辱活著，還不如爲某個目標光榮的犧牲。

【出處】漢·司馬遷《史記·范睢蔡澤列傳》：「是故君子以義死難，視死如歸。生而辱，不如死而榮。」

【簡析】說明人應有尊嚴的活著，而不是委曲求全的苟活著。

生年不滿百，常懷千歲憂

【譯註】人的一生還活不滿百歲，卻總是憂慮著自己死後的事。

【出處】漢·佚名《古詩十九首·生年不滿百》：「生年不滿百，常懷千歲憂。晝短苦夜長，何不秉燭遊？」

【簡析】現用以形容一些人常以不安的心態面對事情。

生我者父母，知我者鮑叔

【譯註】生養我的是父母，而最了解的我是鮑叔。鮑叔，即鮑叔牙，春秋時齊人，是管仲的好友。

【出處】漢·司馬遷《史記·管晏列傳》：「鮑叔不以我爲無恥，知我不羞小節，而恥功名不顯於天下也。生我者父母，知我者鮑叔。」

【簡析】這句是管仲對於鮑叔牙爲他做的一切，有感而的發的一句話，後泛指知己的難得，或指稱某人是自己的知己朋友。

生於憂患，死於安樂

【譯註】憂愁患難能磨練人的意志力，讓人更奮發向上，使生命得以延續；安逸享樂的環境，容易讓人怠惰，而趨近死亡。

【出處】《孟子．告子下》：「入則無法家拂士，出則無敵國外患者，國恆亡。然後知生於憂患，而死於安樂也。」

【簡析】現用於告誡人們須時時有憂患意識。或是鼓勵他人摒除安逸的生活，在艱苦的條件之下，磨鍊自己的意志力。

生當做人傑，死亦為鬼雄

【譯註】活著要做人中的豪傑，即使死了，也要做鬼中的英雄。

【出處】宋．李清照《絕句》：「生當做人傑，死亦爲鬼雄。至今思項羽，不肯過江東。」

【簡析】今則多用於表現自己欲有一番作爲的豪情壯志。

白日莫空過，青春不再來

【譯註】美好的時光不要任其白白流失，大好的青春一旦錯過是不會再回來的。

【出處】唐．林寬《少年行》：「柳煙侵御道，門映夾城開。白日莫空過，青春不再來。」

【簡析】這句話是勸勉人要珍惜美好的光陰。

白圭之玷，尚可磨也；斯言之玷，不可為也

【譯註】白圭上的污點，還可以加以磨掉；而說錯的話，卻是收不回來的。圭：一種上尖下方的玉製禮器。玷：ㄉㄧㄢˋ，玉器上的斑點，比喻人的過失或缺點。

【出處】《詩經．大雅．抑》：「愼爾出話，敬爾威儀，無不柔嘉。白圭之玷，尚可磨也；斯言之玷，不可爲也。」

【簡析】用以告誡人們說話做事要謹愼。

白沙在涅，與之俱黑

【譯註】將白色的沙子倒入水中的黑土之中，加以混合，沙與土均呈現黑色，分不清何者爲沙，何者爲土了。涅：ㄋㄧㄝˋ，水中黑土。

【出處】戰國．荀況《荀子．勸學》：「蓬生麻中，不扶而直；白沙在涅，與之俱黑。」

【簡析】說明外在的環境，對人的影響是很大的。

白髮三千丈，緣愁似個長

【譯註】我的愁緒就像頭上的白髮一般長。三千丈：形容極長，並非實際上長得這麼長。個：這樣。

【出處】唐．李白《秋浦歌》之十五：「白髮三千丈，緣愁似個長。不知明鏡裡，何處得秋霜。」

【簡析】用以形容自己的愁緒是又多又長的。

用人之術，任之必專，信之必篤

【譯註】用人的方法是委任必須專一，並且充分信任。篤：專一。

【出處】宋．歐陽修《爲君難論上》：「夫用人之術，任之必專，信之必篤，然能盡其材，而可共成事。」

【簡析】這句話强調在用人時，要讓他盡量發揮專才，並付予全然的信任。

用人如器，各取所長

【譯註】運用人才爲國做事，就像使用器物一樣，必須取其長處而用。

【出處】宋．司馬光《資治通鑑．唐太宗貞觀元年》：「君子用人如器，各取所長。古之致治者，豈借人才於異代乎？」

【簡析】說明要知人善用，讓人才能盡量發揮出自己的優點。

用人者，取人之長，避人之短

【譯註】用人就是用他的長處，而避開他的短處。

【出處】清．魏源《默觚下．治篇七》：「用人者，取人之長，避人之短；教人者，成人之長，去人之短也。」

【簡析】說明在用人之前，必須知道他的長短處。

用之則行，捨之則藏

【譯註】得到重用的時候就出來做官，發揮自己的專長。被冷落的時候，就退隱起來，過自己的生活。行：出仕爲官。藏：退隱。

【出處】《論語．述而》：「子謂顏淵曰：『用之則行，舍之則藏，惟我與爾有是夫？』」

【簡析】這裡表達出中國古代儒家的處世態度，那就是視整個政治情勢，做爲自己決定去留的準則。

用志不分，乃凝於神

【譯註】心無二用時，才能使精神集中，完成一

件事情。凝：專注。

【出處】《莊子．達生》：「孔子顧謂弟子曰：『用志不分，乃凝於神，其痀僂丈人之謂乎！』」

【簡析】後用以說明做任何都必須專心致志，才能有所成就。

用兵之道，攻心為上

【譯註】在戰場上，指揮作戰的原則，運用心理戰來攻敵，才是上上策。

【出處】晉．陳壽《三國志．蜀書．馬謖傳》：「用兵之道，攻心爲上，攻城爲下，心戰爲上，兵戰爲下。」

【簡析】後人多用以指競賽時的策略運用，以擾亂對手的心，才是致勝最高明的辦法。

瓜田不納履，李下不整冠

【譯註】經過瓜田的時候，不要彎下腰來穿鞋子，以免被人懷疑要偷摘瓜。走過李子樹下時，不扶正帽子，以免被人懷疑要偷摘李子。

【出處】三國魏．曹植《君子行》：「君子防未然，不處嫌疑間。瓜田不納履，李下不整冠。」

【簡析】告誡人們應防患於未然，避免招致不必要的嫌疑，而謹愼行事。

他山之石，可以攻錯

【譯註】別處山上的石頭，可以用作打磨玉器的礪石。攻：磨礪。錯：磨石。

【出處】《詩經．小雅．鶴鳴》：「他山之石，可以攻玉。」

【簡析】比喻虛心向別人學習，取人之長，補己之短。

失之東隅，收之桑榆

【譯註】早晨丟掉的東西，到了黃昏時刻又收回來了。東隅：東方，指太陽升起的地方或早晨。桑榆：日之將落時，日光餘暉照射在桑榆之間，後引申爲太陽下山的地方或日暮。

【出處】南朝宋．范曄《後漢書．馮異傳》：「始雖垂翅回溪，終能奮翼澠池，可謂失之東隅，收之桑榆。」

【簡析】用以勸誡人們，當變故降臨時，要以積極的態度面對，那開始時所受的損失，最後還是會得到補償的。

失之毫釐，差以千里

【譯註】一點點的誤差，經過累積之後將會造成千里的偏差。毫釐：十毫爲一釐，是個很小的長度計量單位，在此形容微小。

【出處】漢．司馬遷《史記．太史公自序》：「察其所以，皆失其本已，故易曰：『失之毫釐，差以千里。』」

【簡析】這句話是告誡人做任何事皆需愼始，因爲可能以極細微的差錯，將導致成極爲嚴重的後果。

六畫

江山代有才人出，各領風騷數百年

【譯註】每個時代都會出現傑出的作家，各自影響幾百年的文學創作風格。風騷：指《詩經》的國風及《楚辭》的離騷，這裡泛指文學的創作。

【出處】清．趙翼《論詩》：「李杜詩篇萬口傳，至今已覺不新鮮。江山代有才人出，各領風騷數百年。」

【簡析】說明各個時代都人才輩出及新事物的湧現。

江山如畫，一時多少豪傑

【譯註】赤壁這裡的景色雄偉壯闊，美麗的有如一幅山水畫，這不禁令人想起在當時三國時期，多少傑出的英雄人物在此交鋒過。

【出處】宋．蘇軾《念奴嬌．赤壁懷古》：「故壘西邊，人道三國周郎赤壁，亂石崩雲，驚濤裂岸，卷起千堆雪。江山如畫，一時多少豪傑。」

【簡析】今多用對歷史上英雄人物的讚嘆，並對當代的才俊之士，有某種程度的期盼。

江山易改，本性難移

【譯註】想要移動江河及山脈的位置，只要經過天氣及地質的變動，是件很容易的事情，可是想要改變一個人既定的個性，卻是件很困難的事情。

【出處】元．無名氏《謝金吾》第三折：「江山易改，本性難移。」

【簡析】譏諷人或事墨守成規，不易改變。

江海所以能爲百谷王者，以其善下之

【譯註】江海之所以能容納衆流的原因，就在於它的位置低窪的原故。百谷王：所有山谷的出口就是衆流匯集的地方。

【出處】《老子》六十六章：「江海所以能爲百谷王者，以其善下之。」

【簡析】比喻虛心處事，才能得到許多的益處。

字字看來皆是血，十年辛苦不尋常

【譯註】這本書裡的每個字都是我嘔心瀝血得來的。

【出處】清．曹雪芹《題紅樓夢》：「謾言紅袖啼痕重，更有情癡抱恨長。字字看來皆是血，十年辛苦不尋常。」

【簡析】形容創作時的艱辛。

冰凍三尺，非一日之寒

【譯註】水能結成三尺厚的冰塊，不是用一天的寒冷就能造成的。

【出處】明．蘭陵笑笑生《金瓶梅》第九十二回：「冰厚三尺，非一日之寒。」

【簡析】說明任何事情的形成，不是偶然的，而是需要一定的時間來蘊釀的。

安而不忘危，存而不忘亡，治而不忘亂

【譯註】生活安定的時候，不要忘記危機是隨時

會發生的；活著的時候，不要忘記死亡的存在；政治安定的時候，不要忘記動亂是隱藏在某處而未發的。治：安定。

【出處】《易經・繫辭下》：「是故君子安而不忘危，存而不忘亡，治而不忘亂，是以身安而國家可保也。」

【簡析】這句話是勸人要居安思危，這樣當禍患降臨時，才不會亂了手腳。

安危相易，禍福相生

【譯註】安定和危難、災禍和幸福都是相互交替出現的。

【出處】《莊子・則陽》：「安危相易，禍福相生，緩急相摩，聚散以成。」

【簡析】說明許多事都有好壞，交相出現的。

安能摧眉折腰事權貴，使我不得開心顏

【譯註】那能要我卑躬屈膝低聲下氣地去侍奉那些權貴，並刻意地壓抑自我，活得不開心呢？摧眉折腰：順從的樣子。摧眉，低首。

【出處】唐・李白《夢遊天姥吟留別》：「別君去兮何時還，且放白鹿青崖間，須行即騎訪名山。安能摧眉折腰事權貴，使我不得開心顏。」

【簡析】後用以表示無視權貴，只求過得適性。

安得廣廈千萬間，大庇天下寒士俱歡顏，風雨不動安如山

【譯註】要如何才能得到許多間遮風避雨的房子呢？讓普天下窮苦的讀書人都能快快樂樂的住在裡面，即使風雨來襲，這些房子也能如

山般穩固。

【出處】唐・杜甫《茅屋爲秋風所破歌》：「安得廣廈千萬間，大庇天下寒士俱歡顏，風雨不動安如山。嗚呼！何時眼前突兀見此屋，吾廬獨破受凍死亦足。」

【簡析】後用以教育人們要多爲別人著想。

衣不如新，人不如故

【譯註】舊衣服總沒有新衣服的光鮮亮麗，但新人卻沒有舊人的深厚感情。

【出處】漢・無名氏《古豔歌》：「煢煢白兔，東走西顧。衣不如新，人不如故。」

【簡析】這句話常用在男女或夫妻的關係上，說明人有一種喜新厭舊，見異思遷的心態度。

衣帶漸寬終不悔，為伊消得人憔悴

【譯註】衣服原本是合身的，現在衣帶越來越寬鬆，我也始終不曾後悔爲他而憔悴、消瘦。

【出處】宋・柳永《鳳棲梧》：「擬把疏狂圖一醉，對酒當歌，强樂還無味。衣帶漸寬終不悔，爲伊消得人憔悴！」

【簡析】說明對愛情的執著，或對某事的執著追求，是無怨無悔的。

共看明月應垂淚，一夜鄉心五處同

【譯註】今晚我們兄弟雖分散在各處，但望著這天上的明月，一定都會流下傷心的淚水，只因大家思念家鄉，彼此掛念的心情都是一樣的。

【出處】唐．白居易《自河南經亂，關內阻饑，兄弟離散，各在一處。因望月有感，聊書所懷，寄上浮梁大兄，於潛七兄、烏江十五兄，兼示符離及下邽弟妹》：「弔影分爲千里雁，辭根散做九秋蓬；共看明月應垂淚，一夜鄉心五處同。」

【簡析】表達親人雖散居各地，相互思念的情懷卻是一致的。

成人不自在，自在不成人

【譯註】若要尋求成功，就無法自由自在；要享樂，就無法獲致成功。

【出處】清．曹雪芹《紅樓夢》第八十二回：「成人不自在，自在不成人。」

【簡析】說明唯有付出辛勞，才能得到成功。

成也蕭何，敗也蕭何

【譯註】韓信的成功在於蕭何的推薦，最後會被殺害身亡，也是因爲蕭何獻計的緣故。蕭何：漢丞相，曾佐漢高祖劉邦定天下。

【出處】宋．洪邁《容齋續筆．蕭何給韓信》：「信之爲大將軍，實蕭何所薦，今其死也，又出其謀。故俚語有『成也蕭何，敗也蕭何』之語。」

【簡析】比喻事情的成功或失敗，其關鍵全繫於一個人或事情上。

成則為王，敗則為寇

【譯註】歷史上的成規，成功的人就可稱王稱帝，失敗的人就會被冠上賊寇的罪名。

【出處】元．紀君祥《趙氏孤兒》第五折：「我成則爲王，敗則爲虜，事已至此，唯求早死而已。」

【簡析】說明世俗對人事的觀點是只問結果，不問過程。

成事不足，敗事有餘

【譯註】沒有將事情做好的本領，卻有將事情做壞的本領。成事：辦妥某一件事情。

【出處】清・李綠園《歧路燈》第一〇五回：「部由裡書辦們，成事不足，壞事有餘。」

【簡析】多用以批評人做事時，不僅不會將事情辦妥，反而一定會將事情弄得更糟。

在人屋簷下，怎敢不低頭

【譯註】站在別人家的房子的簷廊下，怎麼能夠不把頭低下來。

【出處】元・施耐庵《水滸傳》第二十八回：「『在人矮簷下，怎敢不低頭。』只是小心便好。」

【簡析】表示有求於人時，不得不忍氣吞聲，委曲求全。

在天願作比翼鳥，在地願為連理枝

【譯註】我們願做在天比翼雙飛的鳥兒，在地上爲枝葉相連的兩棵樹木。比翼鳥：傳說中各有一眼一翼的雌雄兩隻鳥，要併行飛行，相互支援。後常比喻形影不離的好友或愛侶。

【出處】唐・白居易《長恨歌》：「在天願作比翼鳥，在地願爲連理枝。天長地久有時盡，此恨綿綿無絕期。」

【簡析】常爲夫妻或情人們的誓言，表示彼此之間堅貞不渝的愛情。

有不虞之譽，有求全之毀

【譯註】有些聲名是在意料之外得到的，而有些苛責也是過於嚴厲。虞：預料之中。

【出處】《孟子・離婁上》：「孟子曰：『有不虞之譽，有求全之毀。』」

【簡析】說明在面對各種各樣的毀謗和讚譽，應有各種調適的心理準備。

有朋自遠方來，不亦樂乎

【譯註】有朋友從遙遠的地方來拜訪你，談談彼此最近的情況，這不是人生最快慰的事嗎？

【出處】《論語・學而》：「子曰：『學而時習之，不亦樂乎？有朋自遠方來，不亦樂乎？』」

【簡析】後用以表現出對故友來訪時的快樂。

有花堪折直須折，莫待無花空折枝

【譯註】當花兒盛開值得折取的時候，就要把握時機折取。不要等到花兒凋謝的時候，屆時只能折花枝了。

【出處】唐・杜秋娘《金縷衣》：「勸君莫惜金縷衣，勸君惜取少年時；有花堪折直須折，莫待無花空折枝。」

【簡析】勸勉人要把握時光及時行樂，否則時機一旦錯失，只會徒留遺憾在心中。

有南威之容，乃可以論於淑媛；有龍淵之利，乃可以議於斷割

【譯註】要有像南威這樣的美貌，才能去批評其他女子的美醜；要有像龍泉寶劍這樣鋒利的劍，才能去品評其他寶劍是否鋒利。南威：

古代美女的名字。淑媛：泛指美女。龍淵：寶劍名，即龍泉劍。斷割：截斷與切割，引申爲鋒利的意思。

【出處】三國魏．曹植《與楊德祖書》：「蓋有南威之容，乃可以論於淑媛；有龍淵之利，乃可以議於斷割。」

【簡析】意思是說要評論他人，要先衡量自己是否有這樣的能力。

有眼不識泰山

【譯註】雖親眼看見，卻不認識這座山是泰山。泰山：在今山東省中部。爲古代帝王封禪大典的所在地。

【出處】晉．劉伶《酒德頌》：「孰視不睹泰山之形。」

【簡析】比喻見識淺陋，或用作得罪人後的道歉自責語。

有備則制人，無備則制於人

【譯註】事前有萬全的準備，就能輕易地制服敵人；但在毫無準備下就去迎敵的話，就很容易被敵人打敗。

【出處】漢．桓寬《鹽鐵論．險固》：「龜猥有介，狐貉不能擒；蝮蛇有螫，人忌而不輕。故有備則制人，無備則制於人。」

【簡析】說明在處理事情上，事先的準備，是成就事情的主要原因。

有意栽花花不活，無心插柳柳成蔭

【譯註】刻意去栽種花卉，花卻怎麼也種不活；反而是在無意中插種下柳枝，柳枝卻長成枝

葉繁茂的柳樹。

【出處】明・馮夢龍《醒世恆言・張廷秀逃生救父》：「常言道：『有意栽花花不活，無心插柳柳成蔭。』既然張木匠兒子恁般聰明俊秀，何不與他說，承繼一個，豈不是無子而有子？」

【簡析】形容刻意想做成的事卻做不成，在偶然中順手去做的事，反倒有意想之外的效果出現。

有錢能使鬼推磨

【譯註】只要有了錢，即使鬼也能被我們役使。磨：ㄇㄛˋ，舊時用以將穀類磨成粉的用具。

【出處】唐・房玄齡等《晉書・魯褒傳》：「諺曰：『錢無耳，可使鬼。』凡今之人，唯錢而已。」

【簡析】形容金錢萬能。

有緣千里來相會，無緣對面不相逢

【譯註】只要是有緣份的話，即使是相隔千萬里的人，也會有相見的一天；但是若是無緣的話，即便是面對面走過，也會擦身而過錯。

【出處】明・施耐庵《水滸傳》第三十五回：「宋江聽了大喜，向前拖住道：『有緣千里來相會，無緣對面不相逢！只我便是黑三郎宋江。』」

【簡析】比喻人生遇合早有定數，所以應珍惜彼此之間的情感。

百年枉作千年計，今日不知明日事

【譯註】如果將人最多百年的壽命做出千年的規畫，那不是很枉然的嗎？因爲人都無法在今天預測到明天的事情啊。

【出處】元．劉固《玉樓春》：「百年枉作千年計，今日不知明日事。春風欲動座中人，一片落紅當眼墜。」

【簡析】感慨人命的短暫。

百足之蟲，死而不僵

【譯註】馬陸死後，牠的屍體不會僵硬。百足之蟲：指的是馬陸，被砍成數段後，仍能蠕動。

【出處】魏．曹冏《六代論》：「百足之蟲，至死而不僵，扶之者衆也。」

【簡析】說明某人或事物雖已消失，但其影響力依然存在。

百無一用是書生

【譯註】在社會上所有的行業中，唯有讀書人是對社會最沒有貢獻的。

【出處】清．黃景仁《雜感》：「十有九人堪白眼，百無一用是書生。莫因詩卷愁成讖，春鳥秋蟲自作聲。」

【簡析】用以自嘲或譏諷讀書人在現實社會中微薄的貢獻。

百萬買宅，千萬買鄰

【譯註】若屋價是一百萬元的話，那麼鄰居的價值是一千萬。

【出處】唐．李延壽《南史．呂僧珍傳》：「宋季雅罷南康郡，市宅居僧珍宅側。僧珍問宅價。曰：『一千一百萬。』怪其貴。季雅曰：『一百萬買宅，一千萬買鄰。』」

【簡析】强調好鄰居是非常難得的。

朽木不可雕也，糞土之牆不可杇也

【譯註】朽爛的木頭是無法雕刻出任何東西來的，用糞土打造的泥牆也是無法粉刷的。糞土：不好汚濁的土壤。杇：ㄨ，泥水匠砌牆用的工具，引申爲粉刷牆壁。

【出處】《論語‧公冶長》：「宰予晝寢。子曰：『朽木不可雕也，糞土之牆不可杇也。于予與何誅？』」

【簡析】比喻一個人一旦自甘墮落，就不堪造就。

老有所終，壯有所用，幼有所長，鰥寡孤獨廢疾者，皆有所養

【譯註】年老的人可以得到安養的地方，壯年的人可以有發揮能力的地方，孩子可以平安的長成，而其他沒有能力自我供養的人，都能得到妥善的安置。鰥：年老無妻。

【出處】《禮記‧禮運》：「故人不獨親其親，不獨子其子；使老有所終，壯有所用，幼有所長，鰥寡孤獨廢疾者，皆有所養，男有分，女有歸。」

【簡析】這是儒家傳統的大同思想。後用以說明完善的社會制度所能提供的功用所在。

老吾老，以及人之老；幼吾幼，以及人之幼

【譯註】尊敬我的長輩，並將這種敬心推及到別人的長輩身上；愛護我的晚輩，並將這種愛心推及到別人的晚輩。及：推及

【出處】《孟子・梁惠王上》：「老吾老，以及人之老；幼吾幼，以及人之幼：天下可運於掌。」

【簡析】用以說明人如何對待自己的親人，並將這種心情推及到別人的身上。

老者安之，朋友信之，少者懷之

【譯註】使老年人能在老年時得到安樂，朋友之間得到相互信任，使年輕人得到應有的關懷。

【出處】《論語・公治長》：「子路云：『願聞子之志。』子曰：『老者安之，朋友信之，少者懷之。』」

【簡析】後用以形容社會和樂安祥的景象。

老當益壯，寧移白首之心？窮且益堅，不墜青雲之志

【譯註】到了老年更應有壯志，這種心情怎麼可能因年紀，而有所改變呢？身處在困境時，決心更堅強，永不喪失奮發向上的志向。青雲：比喻崇高。

【出處】唐・王勃《滕王閣序》：「所賴君子見幾，達人知命。老當益壯，寧移白首之心？窮且益堅，不墜青雲之志。」

【簡析】說明雖生不逢時，仍需自勵自勉。

老驥伏櫪，志在千里

【譯註】千里良馬雖因老邁不能再上戰場，而伏臥在馬槽中，但牠仍一心想馳騁千里。驥：良馬。櫪：馬槽。

【出處】漢・曹操《步出夏門行・龜雖壽》：「老驥伏櫪，志在千里，烈士暮年，壯心不已。」

【簡析】比喻雖年齡老邁，仍有雄心壯志。

西子蒙不潔，則人皆掩鼻而過之

【譯註】即便是像西施這樣的美女，如穿得一身髒兮兮的，他人走過她的身旁時，也會掩住鼻子而過，一臉鄙夷的樣子。

【出處】《孟子・離婁下》：「孟子曰：『西子蒙不潔，則人皆掩鼻而過之。』」

【簡析】比喻再美好的事物，只要有一點缺憾，也會爲人所鄙夷的。

死生有命，富貴在天

【譯註】人的生與死是命中早已註定好的事，富與貴也是老天早就安排好的事。

【出處】《論語・顏淵》：「司馬牛憂曰：『人皆有兄弟，我獨亡。』子夏曰：『商聞之矣：「死生有命，富貴在天。」』」

【簡析】這是古代的一種宿命觀，勸人凡事莫過於强求。

死有重於泰山，有輕於鴻毛

【譯註】有人的死如泰山一般爲人所重視，同時也有人的死如微小的羽一般，不爲人所重視。

【出處】《燕丹子》卷下：「聞烈士之節，死有重於泰山，有輕於鴻毛者，但問用之所在耳。」

【簡析】表示人要死得其所，死得有意義。

羽毛未豐，不足以高飛

【譯註】幼鳥的羽毛沒有長好，以致於不能飛的又高又遠。

【出處】漢．晁錯《論伐蜀》：「羽毛未豐，不足以高飛。」

【簡析】比喻人在行事前，應先衡量自己的實力，以免自取失敗。

刑罰不中，則民無所措手足

【譯註】當刑責訂立不當時，老百姓就惶惶不安，不知該如何是好。中：ㄓㄨㄥˋ，適合。

【出處】《論語．子路》：「名不正則言不順，言不順則事不成，事不成則禮樂不興，禮樂不興則刑罰不中，刑罰不中則民無所措手足。」

【簡析】表示刑罰一定得立得當，過嚴或過鬆都不好。

肉腐出蟲，魚枯生蠹

【譯註】肉類腐敗後才會生蛆，魚乾枯後才會爲蟲所蛀。

【出處】戰國．荀況《荀子．勸學》：「肉腐出蟲，魚枯生蠹，怠慢忘身，禍災乃作。」

【簡析】比喻任何事情的發生都是有原因的。

同是天涯淪落人，相逢何必曾相識

【譯註】同樣是流落在他鄉的失意人，彼此都有著同樣的感傷，而今在異鄉相遇，又何必是舊識呢？天涯：天邊，今指異鄉。淪落：失意流落。

【出處】唐・白居易《琵琶行》：「我聞琵琶已嘆息，又聞此語重唧唧。同是天涯淪落人，相逢何必曾相識。」

【簡析】形容二個境遇相同的人，可以明白彼此心情上的哀愁。

同學少年多不賤

【譯註】我少時一起學習的同學，今天多已發達並有聲名。

【出處】唐・杜甫《秋興八首》：「匡衡抗疏功名薄，劉向傳經心事違。同學少年多不賤，五陵裘馬自輕肥。」

【簡析】多用在眼見自己的舊識或同學已經紛紛飛黃騰達，而自己淪落不遇，至今仍是潦倒失意。

同聲相應，同氣相求

【譯註】同類的聲音會互相、共鳴，同樣的氣味會相互融合。

【出處】《易經・乾》：「同聲相應，同氣相求。水流濕，火就燥，雲從龍，風從虎。」

【簡析】比喻志趣相同的人會相互投合，自然而然地結交成友。

因嫌紗帽小，致使鎖枷扛

【譯註】只為了嫌官位小，而無所不用其極的用

盡各種手段，最後淪爲罪犯，鋃鐺入獄。

【出處】清・曹雪芹《紅樓夢》第一回：「因嫌紗帽小，致使鎖枷扛。昨憐破襖寒，今嫌紫蟒長。」

【簡析】諷刺那些投機取巧的貪官，往往會因貪污觸犯國法而入獄。

回眸一笑百媚生

【譯註】楊貴妃只要回頭嫣然一笑，就顯得千嬌百媚。

【出處】唐・白居易《長恨歌》：「天生麗質難自棄，一朝選在君王側。回眸一笑百媚生，六宮粉黛無顏色。」

【簡析】後用以比喻美人動人的樣貌。

吃著碗裡，看著鍋裡

【譯註】正端著碗吃著東西，眼睛卻又看著鍋裡還有什麼。

【出處】明・蘭陵笑笑生《金瓶梅》第十九回：「吃著碗裡，看著鍋裡。」

【簡析】說明人是貪得無厭的，或用以形容人的饞相。

此中有真意，欲辯已忘言

【譯註】我感受到這裡面的眞意妙趣，想要用言語形容出來，可是卻忘了該用什麼辭彙來說明。

【出處】晉・陶潛《飲酒》：「山氣日夕佳，飛鳥相與還。此中有眞意，欲辯已忘言。」

【簡析】說明對某事的奧妙之處，無法以言語形容。

此生此夜不長好，明月明年何處看

【譯註】在我的一生中像這樣的中秋節，並不是每次都有秋高月圓的美景，今年我在此觀月，那明年我會在什麼地方觀賞月色呢？

【出處】宋·蘇軾《中秋月》：「暮雲收盡溢清寒，銀漢無聲轉玉盤。此生此夜不長好，明月明年何處看？」

【簡析】用以表示良夜難逢，而別離即在眼前。

此曲只應天上有，人間能得幾回聞

【譯註】這樣絃律優美的曲子應是天上的仙樂，在人間那有幾次機會可以聽到。

【出處】唐·杜甫《贈花卿》：「錦城絲管日紛紛，半入江風半入雲。此曲只應天上有，人間能得幾回聞。」

【簡析】今用以讚美他人的歌聲或樂曲動聽無比。

此時無聲勝有聲

【譯註】當樂聲停止，一切靜極無聲時，餘音仍繚繞，給人的感受卻勝過樂曲彈奏時。

【出處】唐·白居易《琵琶行》：「水泉冷澀絃凝絕，凝絕不通聲暫歇。別有幽愁暗恨生，此時無聲勝有聲。」

【簡析】用以形容給人一種妙不可言的感受。

此處不留人，自有留人處

【譯註】此地若不可以留住人的話，其他一定有可以留住人的地方。

【出處】南朝陳·陳叔寶《戲贈沈后》：「留人不

留人，不留人也去；此處不留人，自有留人處。

【簡析】後用以勉勵他人無須計較一時的得與失。

此情無計可消除，才下眉頭，卻上心頭

【譯註】這股相思之情實在是沒法子消除，才剛讓緊鎖的眉頭舒展開來，一顆心卻又牽腸掛肚的。無計：沒有辦法。

【出處】宋・李清照《一剪梅》：「花自飄零水自流，一種相思，兩處閒愁。此情無計可消除，才下眉頭，卻上心頭。」

【簡析】後用以寫難以排解的離情愁緒。

早知今日，何必當初

【譯註】如果早知道有這樣的結果發生的話，當初就不那麼做了。

【出處】元・施耐庵《水滸傳》第四十一回：「晁蓋喝道：『你那賊驢，怕你不死！你這早知今日，悔不當初。』」

【簡析】用以表示對過去的行爲感到後悔。

多行不義必自斃

【譯註】當壞事做盡的時候，必然會自己毀滅自己的。

【出處】春秋・左丘明《左傳・隱公元年》：「公曰：『多行不義必自斃。子姑待之。』」

【簡析】後用以說明壞事做多的時候，一定沒有好下場的。

多情自古傷離別

【譯註】自古以來，離別對感情豐富的人而言，是最爲傷感的。

【出處】宋·柳永《雨霖鈴》：「多情自古傷離別，更那堪，冷落清秋節。」

【簡析】用以形容離別給人心中的傷痛。

多情卻似總無情

【譯註】心裡縱有千萬情意想說，可是臉上卻是無任何表情，一付淡然無情的樣子。

【出處】唐·杜牧《贈別》：「多情卻似總無情，惟覺樽前笑不成。蠟燭有心還惜別，替人垂淚到天明。」

【簡析】今用以形容談感情時，對象的態度忽冷忽熱，令人捉摸不定。

多情卻被無情惱

【譯註】被牆內佳人笑聲引得心緒翻飛的路人，卻因佳人的離去，笑聲漸行漸遠，而平添了許多的煩惱。

【出處】宋·蘇軾《蝶戀花》：「牆裡秋千牆外道，牆外行人，牆裡佳人笑。笑漸不聞聲漸悄，多情卻被無情惱。」

【簡析】今用以形容一廂情願單相思的心情。

多聞闕疑，慎言其餘，則寡尤

【譯註】要多方探聽，對於有所懷疑的地方持保留態度，其餘有把握的地方則謹慎的談論，這樣就可以少犯過錯。

【出處】《論語·爲政》：「子曰：『多聞闕疑，慎言其餘，則寡尤；多見闕殆，慎行其餘，則寡悔。言寡尤，行寡悔，祿在其中矣。』」

【簡析】說明對於自己不是很明白的事情，不要枉加評斷，那麼就會減少很多的過錯。

任憑弱水三千，我只取一瓢飲

【譯註】不管清淺的水流衆多，我只要舀其中一瓢水來喝。弱水：指水淺或地僻不通，不能再行船的河流。三千：喻衆多之數。

【出處】清・曹雪芹《紅樓夢》第九十一回：「寶玉呆了半晌，忽然大笑道：『任憑弱水三千，我只取一瓢飲。』」

【簡析】說明在衆多事物中，只取自己所需所愛的，尤指感情問題。

自反而縮，雖千萬人，吾往矣

【譯註】處理事務，躬身自問而覺得理直，即使要面對千萬人的阻撓，我也勇往直前。縮：正直。

【出處】《孟子・公孫丑上》：「曰：『子好勇乎？吾嘗聞大勇於夫子矣？自反而不縮，雖褐寬博，吾不惴焉；自反而縮，雖千萬人，吾往矣。』」

【簡析】說明只要是正義之事，都應見義勇爲。

自古聖賢盡貧賤，何況我輩孤且直

【譯註】自古以來，才德極高的人都身處在窮困潦倒的環境中，更何況是我們這種出身寒微且個性鯁直的人呢。

【出處】南朝宋・鮑照《擬行路難》：「弄兒牀前戲，看婦機中織。自古聖賢盡貧賤，何況我輩孤且直。」

【簡析】表示一種因爲有志不能伸的憤懣不平之情。

自伐者無功，自矜者不長

【譯註】喜歡自我吹噓的人，會將自己的功勞抹殺掉；自以爲了不起的人，容易自我設限，不求長進。

【出處】《老子》二十四章：「企者不立，跨者不行，自見者不明，自是者不彰，自伐者無功，自矜者不長。」

【簡析】說明人應該學習謙虛。

各人自掃門前雪，莫管他人瓦上霜

【譯註】在下雪的日子裡，只要把自家門前的積雪清除，以利行走就行了，不必管別人家的屋瓦上是否堆積了霜而未清除。

【出處】元・高文秀《襄陽會》：「各人自掃門前雪，莫管他人瓦上霜。」

【簡析】說明少管閒事。

好心當成驢肝肺

【譯註】幫助你的善意，卻被你當做像牲畜驢的肝肺一般，不値錢。

【出處】明・蘭陵笑笑生《金瓶梅》第二十八回：「你看，我好心倒做了驢肝肺，你倒訕起我來。」

【簡析】說明原是助人的一片好心，不但不被領情，反倒遭受埋怨。

好風憑借力，送我上青雲

【譯註】柳絮我可以憑藉著強勁有力的東風，將

我托送到那碧藍的天際去。

【出處】清・曹雪芹《紅樓夢》第七十回：「萬縷千絲終不改，任他隨聚隨分。韶華休笑本無根，好風憑借力，送我上青雲。」

【簡析】後用以諷刺那些趨炎附勢的小人，見風轉舵的嘴臉。

好事不出門，惡事傳千里

【譯註】往往好的事情都不會爲人所注意到，而壞的事卻往往引發人們談論的興趣，傳播的極快。

【出處】宋・孫光憲《北夢瑣言》卷六：「所謂好事不出門，惡事行千里，士君子得不戒之乎？」

【簡析】勸人切莫行惡，謹言愼行，因爲一般人是喜歡傳播小道消息的，其影響力是無遠弗屆的。

好鳥枝頭亦朋友，落花水面皆文章

【譯註】那些在枝頭鳴叫的鳥兒，都可以成爲伴我讀書的朋友；那些飄落在水面上的片片花瓣，也可以成爲我構思文章的最佳素材。

【出處】宋・翁森《四時讀書樂》：「山光照檻水繞廊，舞雩歸詠春風香。好鳥枝頭亦朋友，落花水面皆文章。」

【簡析】形容人的身心與宇宙萬物融合，且又得其所的優遊境界，就是讀書的最高境界。

好讀書，不求甚解

【譯註】喜歡讀書，但不愛鑽研於文章的字句，而喜歡自己去心領神會。

【出處】晉．陶潛《五柳先生傳》：「好讀書，不求甚解；每有會意，便欣然忘食。」

【簡析】後用以說明讀書的態度不認眞，不求深入。

名不正，則言不順

【譯註】當名分恰當的時候，道理就說不通，道理不通，那事情就辦不好。

【出處】《論語．子路》：「名不正則言不順，言不順則事不成。事不成則禮樂不興，禮樂不興則刑罰不中，刑罰不中則民無所措手足。」

【簡析】用在處理某事情上，需要有正當的理由及名義。

名豈文章著，官應老病休

【譯註】自己因文章而聲名大躁，既然已年老多病了，那就該辭官回鄉去。

【出處】唐．杜甫《旅夜書懷》：「名豈文章著，官應老病休。飄飄何所似？天地一沙鷗。」

【簡析】多用以表示自己有志不能伸的景況。

名利最為浮世重，古今能有幾人拋

【譯註】名和利是一般人最重視的，從古至今有幾個人能將它拋開呢？

【出處】唐．廖匡圖《和人贈沈彬》：「冥鴻迹在煙霞上，燕雀休誇大廈巢。名利最爲浮世重，古今能有幾人拋。」

【簡析】形容世人多趨赴名利的現象。

如人飲水，冷暖自知

【譯註】所有的事情就像人喝水一般，冷熱是否適中，只有自己心裡明白。

【出處】唐．裴休《黃蘗山斷際禪師傳心法要》：「如人飲水，冷暖自知，某甲在五祖會中，枉用三十年工夫。」

【簡析】說明唯有親身去體驗，才能理解的最深切。

如入寶山空手回

【譯註】就好像進入一座蘊藏寶物的山中，卻什麼也沒有拿，就走出山。

【出處】元．楊顯之《酷寒亭》楔子：「正是當權若不行方便，如入寶山空手回。」

【簡析】比喻根據條件應該有很好的收穫，事實上卻一無所得，含惋惜之意。

如入鮑魚之肆，久而不聞其臭

【譯註】與品性或道德不好的人相處久了，就好像進入賣鹹魚乾的市集一般，待久了，也就感覺不出魚腥的臭味了。

【出處】漢．劉向《說苑．雜言》：「與惡人居，如入鮑魚之肆，久而不聞其臭，亦與之化矣。」

【簡析】比喻在惡劣的環境中，容易受到影響的。

如切如磋，如琢如磨

【譯註】君子在進德修業方面，就像是對象牙、玉石的加工一般，要加以仔細反覆地琢磨。切：把動物的骨頭加工成器物。磋：把象牙琢磨成器物。

【出處】《詩經．衛風．淇奧》：「有匪君子，如切如磋，如琢如磨。」

【簡析】比喻在學業上相互研究學習。

如怨如慕，如泣如訴，餘音嫋嫋，不絕如縷

【譯註】那傳來的樂聲好像隱含哀怨，又好像有所思慕，好像暗暗低泣，又好像正在傾訴，尾音柔和悠揚，雖然細柔如絲縷，卻不斷絕。

【出處】宋·蘇軾《前赤壁賦》：「其如怨如慕，如泣如訴，餘音嫋嫋，不絕如縷，舞幽壑之潛蛟，泣孤舟之嫠婦。」

【簡析】形容音樂或歌聲有動人心絃的力量。

合則留，不合則去

【譯註】彼此如果能協調的過來，就留下來，若不能則離開。

【出處】宋·蘇軾《范增論》：「增年已七十，合則留，不合則去。不以此時明去就之分，而欲依項羽以成功名，陋矣。」

【簡析】多在處理事情時用以表明態度。

色不迷人人自迷

【譯註】情色的本身是很單純的，只是人心無法自我掌控而耽迷其中。

【出處】清·黃增《集杭州俗語詩》：「色不迷人人自迷，情人眼裡出西施。有緣千里來相會，三笑徒然當一癡。」

【簡析】說明人常爲情色而迷惑。

色即是空，空即是色

【譯註】在佛教的觀念中，所有世間有形之萬物

均是因緣所生，而非實有，所以一切是虛幻的。色：佛教稱有形質能使人感觸到的東西叫做色。

【出處】《般若心經》：「色不異空，空不異色。色即是空，空即是色。受想行識，亦復如是。」

【簡析】用以勸人凡事不要過分執著。或勸人不要沈溺於性慾之中，而無法自拔。

年年歲歲花相似，歲歲年年人不同

【譯註】花兒雖有盛開及凋謝，但每一年看起來都相似無異；然而來賞花的人兒卻因年華的增長，年年容顏不盡相同。

【出處】唐・劉希夷《代悲白頭翁》：「古人無復洛城東，今人還對落花風。年年歲歲花相似，歲歲年年人不同。」

【簡析】感慨歲月的流失是不等待人的。

行己有恥

【譯註】用羞恥之心來約束自己的行徑。

【出處】《論語・子路》：「子貢問曰：『何如斯可謂之士矣？』子曰：『行己有恥，使於四方，不辱君命，可謂士矣。』」

【簡析】說明知恥的重要性。

行百里者半於九十

【譯註】準備走一百里路的人，走完了九十里也只能算是完成整個行程的一半而已。

【出處】漢・劉向《戰國策・秦策五》：「行百里者半於九十，此言末路之難也。」

【簡析】比喻任何事情愈是接近終點，就愈是困難，所以更要集中精神來全力以赴。

行成於思，毀於隨

【譯註】在行事前多方思考後就能成功，如果隨便行事就會失敗。

【出處】唐・韓愈《進學解》：「業精於勤，荒於嬉；行成於思，毀於隨。」

【簡析】說明做任何事都要經過深思熟慮。

行於所當行，止於所不可不止

【譯註】該做就繼續做下去，當做不下去時就不要勉強去做。

【出處】宋・蘇軾《與謝民師推官書》：「大略如行雲流水，初無定質，但常行於所當行，常止於所不可不止，文理自然，姿態橫生。」

【簡析】常用以說明文章的長短應順著文氣而定，或是說明做事是做與否應當視情況而定。

行到水窮處，坐看雲起時

【譯註】走到了水源的盡頭時，再往前走已無路了，索性坐下來觀看山間的雲氣飄然而起。

【出處】唐・王維《終南別業》：「行到水窮處，坐看雲起時。偶然值林叟，談笑無還期。」

【簡析】形容心中悠閒的感覺，或比喻絕處逢生，等待良機的來臨。

行遠必自邇，登高必自卑

【譯註】要走遠路時，一定要先從自己邁開步子開始算起；要登上高峯，那一定要從山底開始爬起。邇：ㄦˇ，近。

【出處】《禮記・中庸》：「君子之道，譬如行遠必自邇，譬如登高必自卑。」

【簡析】說明學習任何事情，都必需循序漸進，由淺而深。

竹外桃花兩三枝，春江水暖鴨先知

【譯註】蕭疏的竹林外，掩映著幾株剛綻放的桃花，江中嬉戲的鴨子，是最早由水溫中得知春天來臨的。

【出處】宋．蘇軾《惠崇春江晚景》：「竹外桃花兩三枝，春江水暖鴨先知。蔞蒿滿地蘆芽短，正是河豚欲上時。」

【簡析】比喻由事情的問題點來探究事情的發展性。

竹杖芒鞋輕勝馬，誰怕？一蓑煙雨任平生

【譯註】我拄著竹杖，腳登著草鞋，穿著比騎馬時還要輕快的衣著，在這下著微雨的天氣裡有什麼好怕的呢？就這樣披著蓑衣，在煙雨中任情適意的度過一生吧。

【出處】宋．蘇軾《定風波》：「莫聽穿林打葉聲，何妨吟嘯且徐行。竹杖芒鞋輕勝馬，誰怕？一蓑煙雨任平生。」

【簡析】後用以說明不怕政治風雨的影響。

先下手為強，後下手遭殃

【譯註】當兩方對峙的時候，先動手的先占優勢，後下手的因失去先機而要吃虧。

【出處】元．紀君祥《趙氏孤兒》第四折：「當初那穿紅的和這穿紫的元是一殿之臣，爭奈兩

個文武不和，因此做下對頭，已非一日。那穿紅的想道：『先下手爲強，後下手遭殃。』」

【簡析】後用以說明要人掌握先機，爭取成功。

先小人，後君子

【譯註】先把不好聽的話或條件說清楚講明白，而後再談彼此的交情。

【出處】元・無名氏《合縱記》：「去便去，只是前小人後君子，把身價講一講。」

【簡析】說明在辦事情的時候，先將事情的細節講妥或照規矩行事，再談其他客套的交際話。

先天下之憂而憂，後天下之樂而樂

【譯註】在天下人擔憂之前先擔憂，在天下人享樂之後再享樂。

【出處】宋・范仲淹《岳陽樓記》：「是進亦憂，退亦憂，然則何時而樂耶？其必曰：『先天下之憂而憂，後天下之樂而樂乎！』」

【簡析】形容偉大政治家的胸懷及抱負，是犧牲自我的一切，全心爲老百姓付出一己之心力。

仰之彌高，鑽之彌堅

【譯註】擡頭看去是越看越覺得高巍不可測，越是鑽研其中的道理越是覺得深奧不可解。

【出處】《論語・子罕》：「顏淵喟然嘆曰：『仰之彌高，鑽之彌堅；瞻之在前，忽焉在後。』」

【簡析】後用以表示對某偉大的人或學說的崇敬仰慕之情。

仰不愧於天，俯不怍於人

【譯註】因為沒有愧對天理，所以理直氣壯的面對上天；因為沒有做對不起別人的事，所以可以坦蕩蕩的面對世人。

【出處】《孟子．盡心上》：「孟子曰：『君子有三樂，而王天下與存焉。父母俱存，兄弟無故，一樂也；仰不愧於天，俯不怍於人，二樂也；得天下英才而教育之，三樂也。』」

【簡析】常用以說明心地光明磊落，沒有對任何人事物有所愧對。

朱門酒肉臭，路有凍死骨

【譯註】富貴人家所吃的美食多到吃不完，而放著任其腐臭，反觀野外的道路旁卻躺著許多凍死餓死的屍體。朱門：以紅漆漆上的大門，指官宦顯貴之家。

【出處】唐．杜甫《自京赴奉先縣詠懷五百字》：「朱門酒肉臭，路有凍死骨。榮枯咫尺異，惆悵難再述。」

【簡析】形容社會的貧富差距。

七畫

言之無文，行而不遠

【譯註】所說的話若是沒有文采，就無法流傳久遠。文：文采。行：流傳。

【出處】春秋・左丘明《左傳・襄公二十五年》：「仲尼曰：『《志》有之言以足志，文以足言。不言，誰知其志？言之不文，行而不遠。』」

【簡析】說明說話要著重說話的藝術，才能生動，引起他人的注意。

言之非難，行之為難

【譯註】說說話動動嘴皮子並不件難事，而眞正落實去做才是困難。

【出處】漢・桓寬《鹽鐵論・非鞅》：「言之非難，行之爲難。故賢者處實而效功，亦非徒陳空文而已。」

【簡析】說明腳踏實地去做事，才是成功的不二法門。

言必信，行必果

【譯註】說出的話必守誠信，做起事來要有果決力。果：果斷。

【出處】《論語・子路》：「曰：『言必信，行必果，硜硜然小人哉！抑亦可以爲次矣。』」

【簡析】說明人行事一旦說出，必定以行動實踐。

言有召禍也，行有招辱也，君子慎其所立乎

【譯註】有時說錯話會招來災禍，行爲不當會帶來羞辱，所以每個人都需要謹言慎行。

【出處】戰國．荀況《荀子．勸學》：「是故質的張而弓矢至焉，材木茂而斧斤至焉，樹成蔭而衆鳥息焉，醯酸而蜹聚焉，故言有召禍也，行有招辱也，君子慎其所立乎。」

【簡析】說明爲人處世應謹言慎行。

言有盡而意無窮

【譯註】雖然言語說完了，但所要表達的意思卻還沒有完結。

【出處】宋．嚴羽《滄浪詩話．詩辯》：「言有盡而意無窮。」

【簡析】現多用以形容一個人的話富有哲思或極深的含意，使聽者有許多思考的空間。

言過其實，不可大用

【譯註】所說的話已經超過事實眞相的人，不可以重用。

【出處】晉．陳壽《三國志．蜀書．馬良傳》：「先主臨薨謂亮曰：『馬謖言過其實，不可大用，君其察之！』」

【簡析】說明不可重用說話浮誇不切實際的人。

弟子不必不如師，師不必賢於弟子

【譯註】做學生的不一定要比自己的老師差，做老師的不一定要比自己的學生優秀。賢：優秀。

【出處】唐．韓愈《師說》：「孔子曰：『三人

行，則必有我師。』是故弟子不必不如師，師不必賢於弟子。聞道有先後，術業有專攻，如是而已。

【簡析】說明每個人都不是萬能的，所以教人者不一定要比被教者更優秀。

良言一句三冬暖，惡語傷人六月寒

【譯註】對人說句好話，會讓對方即使在冬天也倍覺溫暖。可是對人說句惡毒的話，會讓對方覺得即使在夏天也倍覺寒冷。

【出處】明・無名氏《名賢集》：「良言一句三冬暖，惡語傷人六月寒。」

【簡析】說明言語在與人相處時的重要。

良禽擇木而棲，賢臣擇主而事

【譯註】鳥兒會選擇最好的樹頭做爲棲息地，好的臣子會選擇好的君子盡忠。

【出處】明・羅貫中《三國演義》第三回：「良禽擇木而棲，賢臣擇主而事。」

【簡析】勸勉人要愼選共事的人及地方。

良劍期乎斷，不期乎莫邪；良馬期乎千里，不期乎驥驁

【譯註】所謂的好劍在於它鋒利到能斬斷所有東西，而不在於它叫做莫邪。好的馬在於牠的腳程能跑得快，而不在於牠叫做驥驁。莫邪：古代寶劍的名稱。驥驁：古代千里馬的統稱。

【出處】秦・呂不韋《呂氏春秋・察今》：「良劍期乎斷，不期乎莫邪；良馬期乎千里，不期

乎驥鶩。」

【簡析】在品評事物時要以實際效益爲主，而不在於其名氣。

良藥苦口利於病，忠言逆耳利於行

【譯註】有療效的藥喝起來雖然很苦澀，卻能夠治好病；誠懇的話聽起來覺得刺耳不舒服，卻對爲人處世有益處。

【出處】三國魏・王肅《孔子家語・六本》：「孔子曰：『良藥苦於口而利於病，忠言逆於耳而利於行。』」

【簡析】用以勸人接受誠懇的諫言，不要因爲說到自己的痛處，而加以抗拒。

初生之犢不怕虎

【譯註】剛出生的小牛因爲不知道老虎的兇猛，所以不怕老虎。犢：小牛。

【出處】明・羅貫中《三國演義》第七十四回：「不曰：『俗云：初生之犢不怕虎。父親縱然斬了此人，只是西羌一小卒耳；倘有疏虞，非所以重伯父之托也。』」

【簡析】比喻因爲沒有經歷過某些事情，所以敢不計後果，勇往直前的做去的人。

初如食橄欖，眞味久愈在

【譯註】初讀梅聖俞的詩就好像吃橄欖一樣，讀得越久，就越能體會詩中的眞味。

【出處】宋・歐陽修《水谷夜行寄聖俞子美》：「近詩尤古硬，咀嚼苦難嘬。初如食橄欖，眞味久愈在。」

【簡析】比喻一個人的文章或言語含意深遠，值得細細品味。

忍小忿而就大謀

【譯註】盱衡整個情勢忍住自己的脾氣，才能成就遠大的事業。

【出處】宋・蘇軾《留侯論》：「夫老人者，以爲子房才有餘，而憂其度量之不足，故深折其少年剛銳之氣，使之忍小忿而就大謀。」

【簡析】說明爲能成就自己的事業，就要克制自己的脾氣。

求人不如求己

【譯註】去苦苦央求別人爲自己做事，還不如反過頭來自己做，還來得有效率。

【出處】春秋・辛鈃《文子・上德》：「故怨人不如自怨，勉求諸人不如求諸己。」

【簡析】說明凡事與其求助他人，不如依靠自己。

求之有道，得之有命

【譯註】在追求的過程中要符合正道，至於是否能夠得到，那就要看是否有得到的那個命。

【出處】《孟子・盡心上》：「孟子曰：『求則得之。舍則失之，是求有益於得也，求在我者也。求之有道，得之有命，是求無益於得也，求在外者也。』」

【簡析】說明行事不要太看重結果，反而要著重事情的過程是否合理。

求木之長者，必固其根本；欲流之遠者，必浚其泉源

【譯註】希望樹木長得又高又大的話，首先要鞏固樹根；希望水流能流得廣又長的話，首先要疏通水的源頭。浚：ㄐㄩㄣˋ，深挖。

【出處】唐・魏徵《諫太宗十思疏》：「臣聞求木之長者，必固其根本；欲流之遠者，必浚其泉源；思國之安者，必積其德義。」

【簡析】表示事事都要從根本做起，唯有如此，才能將事情做的圓滿。

求仁而得仁，又何怨

【譯註】一切都是爲了正義而努力，而今得到了正義，那又有什麼可以埋怨的呢？

【出處】《論語・述而》：「伯夷、叔齊何人也？曰：『古之賢人也。』曰：『怨乎？』曰：『求仁而得仁，又何怨？』」

【簡析】用以說明眞正追求仁義的人，並不會在乎自己的成敗或得失。

求生不得，求死不能

【譯註】想要求生存不可能，想要尋死也不可能。

【出處】明・馮夢龍《醒世恆言》卷二十三：「我因來朝，踏此淫網，求生不得生，求死不能死。」

【簡析】形容處境極其困難痛苦，沒有轉圜的餘地。

志大而量小，才有餘而識不足

【譯註】雖然有遠大的志向但氣量卻狹窄，有才能但眼光卻不夠寬廣。

【出處】宋・蘇軾《賈誼論》：「嗚乎，賈生志大而量小，才有餘而識不足。」

【簡析】說明一個人徒有滿腹才華，却缺乏判斷時勢的眼光及能力。

志士仁人，無求生以害仁，有殺身以成仁

【譯註】有志氣的人不會因爲保命而犧牲正義，反而會犧牲性命來成就正義。

【出處】《論語・衞靈公》：「子曰：『志士仁人，無求生以害人，有殺身以成仁。』」

【簡析】說明那些有志氣的人會爲了正義而殉道的精神。

志不立，如無舵之舟，無銜之馬，漂蕩奔逸，終亦何所底乎

【譯註】如果沒有立下志願的話，就像是船沒有舵，馬沒有口銜，無約束地隨意亂走，而那裡才是最後的終點站呢？

【出處】明・王守仁《敎條示龍場諸生》：「志不立，如無舵之舟，無銜之馬，漂蕩奔逸，終亦何所底乎？」

【簡析】說明立志的重要性。

李杜詩篇萬口傳，至今已覺不新鮮

【譯註】李白及杜甫的作品經過千百年的傳誦後，現在反倒覺得他們的詩句已經不新奇而動人心弦了。

【出處】淸・趙翼《論詩》：「李杜詩篇萬口傳，

至今已覺不新鮮。江山代有人才出，各領風騷數百年。」

【簡析】說明創作貴在創新，而不是一味擬古。

吾日三省吾身

【譯註】我每天多次反省自己的言行舉止。三：表多數。

【出處】《論語・學而》：「曾子曰：『吾日三省吾身：爲人謀而不忠乎？與朋友交而不信乎？傳不習乎？』」

【簡析】說明對自我的嚴格要求。

吾道一以貫之

【譯註】我的學說可以用忠恕這一根本思想貫穿起來。

【出處】《論語・里仁》：「子曰：『參乎！吾道一以貫之。』」

【簡析】用以說明某個人的思想中心始終圍繞在一個固定的信念上。

吾嘗終日而思矣，不如須臾之所學也

【譯註】我曾經整天空想，但還不如認眞學習一會兒，來得有收穫。

【出處】戰國・荀況《荀子・勸學》：「吾嘗終日而思矣，不如須臾之所學也；吾嘗跂而望矣，不如登高之博見也。」

【簡析】說明在學習的過程中，必須將思考與學習相結合，才能得到實際的成效。

吾雖不殺伯仁，伯仁因我而死

【譯註】我雖然沒有親手殺死伯仁，但是伯仁卻

是因爲我的緣故而死亡。伯仁：周顗，字伯仁。晉元帝時，丞相王導的堂兄王敦叛亂，身爲尚書左僕的伯仁在皇帝面前極力爲王導申辯，才使他免罪。但後來王敦攻入都城建業時，伯仁被殺了，王導因爲不能救伯仁而深切悔恨。

【出處】唐．房玄齡等《晉書．周顗傳》：「泣曰：『吾雖不殺伯仁，伯仁由我而死。幽冥之中，負此良友！』」

【簡析】自責別人因自己的緣故死去。

君子之交淡若水，小人之交甘若醴

【譯註】君子之間的交往像清水一樣恬淡清澈，小人之間的交往像甜酒一樣甜膩。醴：ㄌㄧˇ，甜酒。

【出處】《莊子．山木》：「君子之交淡若水，小人之交甘若醴；君子淡以親，小人甘以絕。彼無故以合者，則無故以離。」

【簡析】說明朋友之間的交往貴在眞誠，而不在於形式上的親密動作。

君子之言寡而實，小人之言多而虛

【譯註】有品德的人話不多但很實在，品格不好的人話雖多但往往華而不實。

【出處】漢．劉向《說苑．說叢》：「君子之言寡而實，小人之言多而虛。」

【簡析】說明如何判斷一個人。

君子之愛人也以德，細人之愛人也以姑息

【譯註】有見識的人對人的愛表現在糾正別人的錯誤上，而不明事理的人則以爲愛就是遷就別人的錯誤上。細人：不明事理的人。

【出處】《禮記・檀弓上》：「曾子曰：『爾之愛我也，不如彼。君子之愛人也以德，細人之愛人也姑息。吾向求哉？吾得正而斃焉，斯已矣！』」

【簡析】說明待人處事不應有姑息的心理或態度。

君子之德，風也；小人之德，草也。草上之風，必偃

【譯註】在上位者所表現出來的行爲，就像是風。而在下位者的行爲，就好像是長在地上的草。風吹向那邊，草就倒向那邊。偃：仆倒。

【出處】《論語・顏淵》：「孔子對曰：『子爲政，焉用殺？子欲善而民善矣。君子之德，風也；小人之德，草也。草上之風，必偃。』」

【簡析】後用以說明在上位者要以身教來教育在下位者。

君子之學也，入乎耳，箸乎心

【譯註】博學的人在學習新的事物的時候，是聽入耳朵裡，記在心裡頭。箸：放置。

【出處】戰國・荀況《荀子・勸學》：「君子之學也，入乎耳，箸乎心，布乎四體，形乎動靜，端而言，蝡而動，一可以爲法則。」

【簡析】說明在學習的過程中要專心一致。

君子不重則不威

【譯註】君子如果不莊重的話，就沒有威嚴感。

【出處】《論語・學而》：「子曰：『君子不重則不威，學則不固。主忠信，無友不如己者。過則勿憚改。』」

【簡析】說明待人處事要端莊慎重。

君子先擇而後交，小人先交而後擇

【譯註】君子在交朋友的時候，是先經過篩選而後才正式交往；小人在交朋友的時候，則是先是很熱絡，而後依據利益來決定是否交往。

【出處】隋・王通《文中子・中說・魏相》：「君子先擇而後交，小人先交而後擇。」

【簡析】說明交朋友要謹慎。

君子成人之美，不成人之惡

【譯註】有高尚德道的人有成就他人的美德，而不是促成他人成就壞事。

【出處】《論語・顏淵》：「子曰：『君子成人之美，不成人之惡。小人反是。』」

【簡析】說明助人應該是幫助他人為善，而不是助人違法犯紀。

君子居必擇鄰，遊必就士

【譯註】有品德修養的人在選擇住處的時候，一定先考量鄰居的好壞；交朋友的時候，一定先結交那些知書達理的人。

【出處】春秋・晏嬰《晏子春秋・雜上》：「君子居必擇鄰，游必就士，所以防邪僻而近中正也。」

【簡析】說明應謹慎的選擇環境與朋友。

君子坦蕩蕩，小人長戚戚

【譯註】君子的心胸坦蕩，小人卻終日憂慮恐懼。戚戚：指面容、神情悒鬱悲淒。

【出處】《論語・述而》：「子曰：『君子坦蕩蕩，小人長戚戚。』」

【簡析】說明人的性格上的差異，導致行事的態度不一。

君子周而不比，小人比而不周

【譯註】有品德的人會與人交往卻不會專與某些人交往，而小人是專與某些人往來，而不願和大多數人爲友。周：團結，道義上的結合。

【出處】《論語・爲政》：「子曰：『君子周而不比，小人比而不周。』」

【簡析】說明有品德的人不會結黨營私。

君子疾沒世而名不稱焉

【譯註】君子最怕的是終其一生沒沒無名。沒世：死亡。

【出處】《論語・衛靈公》：「子曰：『君子疾沒世而名不稱焉。』」

【簡析】鼓勵人要珍視自己在外的名聲。

君子恥其言而過其行

【譯註】有德行的人覺得可恥的事情，是自己所說的話超過自己能力所能做的。

【出處】《論語・憲問》：「子曰：『君子恥其言而過其行。』」

【簡析】强調一個人要言行一致，不要浮誇自大。

君子動口，小人動手

【譯註】有品德的人遇事都是講道理的，而沒有品德的人遇事都是動手打人的。

【出處】清・李寶嘉《官場現形記》第四十四回：「俗話說得好：『君子動口，小人動手』，怎麼你二位連這兩句話都不曉得嗎？」

【簡析】說明處理事務，不可使用暴力解決，最好要講道理，談規則。

君子喻於義，小人喻於利

【譯註】君子只知道以義理爲行事的重心，而小人只知道以利益爲行事的重心。喻：明白，懂得。

【出處】《論語・里仁》：「子曰：『君子喻於義，小人喻於利。』」

【簡析】說明在道義及利益之間，人們應該以道義爲主。

君子絕交，不出惡聲

【譯註】有品德的人和人絕交的時候，不會向對方說些難聽的話。

【出處】漢・劉向《戰國策・燕策》：「君子絕交，不出惡聲；忠臣之去也，不潔其名。」

【簡析】說明即使和別人絕交，也不應刻意去詆毀他人。

君不見高堂明鏡悲白髮，朝如青絲暮成雪

【譯註】你沒瞧見嗎？我在廳堂裡對著鏡子悲嘆，因爲我的頭髮早晨還是黑色，到了晚上就變成雪白色。高堂：廳堂。青絲：比喻黑頭髮。

【出處】唐．李白《將進酒》：「君不見黃河之水天上來，奔流到海不復回？君不見高堂明鏡悲白髮，朝如青絲暮成雪。」

【簡析】感嘆時光易逝，年華不再。

君自故鄉來，應知故鄉事

【譯註】你是從故鄉那兒來的，應該知道家鄉所有的事情吧。

【出處】唐．王維《雜詩》：「君自故鄉來，應知故鄉事。來日綺窗前，寒梅著花未。」

【簡析】表達對故鄉的思念之情。

車如流水馬如龍

【譯註】車隊有如流水般的綿延，馬隊有如一條長龍排列著。

【出處】南朝宋．范曄《後漢書．馬后紀》：「前過濯龍門上，見外家問起居者，車如流水，馬如游龍。」

【簡析】今用以形容繁華熱鬧的景象。

投我以桃，報之以李

【譯註】你丟給我一個桃子表示友好，我就回贈一粒李子表達善意。

【出處】《詩經．大雅．抑》：「投我以桃，報之以李。彼童而角，實虹小子。」

【簡析】後用以表示人與人之間的禮尚往來。

攻其無備，出其不意

【譯註】在作戰時若要出奇制勝的話，就要趁敵人沒有防備的時候，或最想不到的地方發動進攻。

【出處】春秋．孫武《孫子．計篇》：「攻其無備，出其不意，此兵家之勝，不可先傳也。」

【簡析】今用在做事、比賽時要出奇制勝。

防民之口，甚於防川

【譯註】禁止老百姓發表言論，比將氾濫的河川堵塞住更困難。防：阻礙，堵塞。

【出處】春秋・左丘明《國語・周語上》：「是障之也。防民之口，甚於防川。川壅而潰，傷人必多，民亦如之。」

【簡析】說明言論自由是難以禁止的，越是阻止，反彈越大。

形若槁骸，心若死灰

【譯註】身體就像是乾枯的骨架子沒有精神；心就像是已經熄滅的灰燼沒有活力。

【出處】戰國・莊周《莊子・知北遊》：「形若槁骸，心若死灰。」

【簡析】形容人悲傷絕望到了極點。

扶搖直上九萬里

【譯註】大鵬鳥順著氣流往上飛，直到九萬里的高空上。扶搖：由下往上吹的旋風。

【出處】《莊子・逍遙遊》：「諧之言曰：『鵬之徙於南溟也，水擊三千里，摶扶搖而上者九萬里去以六月昔者也。』」

【簡析】現用以形容官位或社會地位迅速往上竄。

別來何限意，相見卻無辭

【譯註】和你分別之後，有許多的離情別緒想向你傾吐，可是見了面之後，卻欲言又止。何

限：無限。

【出處】唐・項斯《荊州夜與友親相遇》：「山海兩分岐，停舟偶似期。別來何限意，相見卻無辭。」

【簡析】形容重逢時滿懷的萬語千言，卻不知從何說起的心境。

別時容易見時難

【譯註】兩個人要分別是非常容易的事情，可是因爲種種的原因，使得兩人要再度相見的話，變得格外的困難。

【出處】南唐・李煜《浪淘沙》：「獨自莫憑欄！無限江山，別時容易見時難。」

【簡析】表達出渴望見到思念之人的心情，是渴望卻又無法達成的痛苦。

邦有道，危言危行；邦無道，危行言孫

【譯註】國家政治上軌道的時候，就大膽的說出自己的意見。國家政局混亂的時候，做事要謹慎，說話要小心。孫：通「遜」，謙遜。

【出處】《論語・憲問》：「子曰：『邦有道，危言危行；邦無道，危行言孫。』」

【簡析】說明一種明哲保身的處世哲學。

見一葉之落，而知歲時之將暮

【譯註】當第一片枯黃的樹葉從樹上落下時，就知道這一年快要結束了。

【出處】漢・劉安《淮南子・說山訓》：「見一葉之落，而知歲之將暮；睹瓶中之冰，而知天下之寒。」

【簡析】比喻由事物的細微變化中，就能判斷出

事物的發展方向。

見人說人話，見鬼說鬼話

【譯註】遇到是人類的話就用人類的話語來相應，如果是遇到鬼，就要用陰間的話來相應。

【出處】清・李寶嘉《官場現形記》第三十八回：「第二要嘴巴會說，見人說人話，見鬼說鬼話，見了官場人說官場上的話，見了生意人說生意場中的話。」

【簡析】形容人圓滑世故，見到不同的人事，便以不同的方式應對。

見怪不怪，其怪自敗

【譯註】見到怪異的事情也不會覺得大驚小怪，這怪異的事情自然就會消失了。

【出處】唐・歐陽詢《藝文類聚》：「故語云：『見怪不怪，其怪自敗。』」

【簡析】說明遇到奇怪的事情要冷靜應付，不要大驚小怪，以免嚇到自己，也嚇到別人。

見利思義，見危授命

【譯註】要做一個完人，就是遇到對自身有利益的事情時，要先考慮合不合正理。遇到危機的時候，即使要付出生命，也要挺身而出。

【出處】《論語・憲問》：「子曰：『今之成人者何必然？見利思義，見危授命，久要不忘平生之言，亦可以爲成人矣。』」

【簡析】說明爲人處世要以正義爲原則。

見善如不及，見不善如探湯

【譯註】看見好的事情就有深恐追不上的心情，

看見不好的事情，就好像將手放進滾燙的水中般難受，立刻想抽身離開。探：把手伸進去。湯：熱滾水。

【出處】《論語．季氏》：「孔子曰：『見善如不及，見不善如探湯，吾見其人矣，吾聞其語矣。』」

【簡析】說明人對善惡應該清楚分明。

見善則遷，有過則改

【譯註】看到別人的優點就努力學習，若發現自己的缺點就努力改過。

【出處】《易經．益卦》：「見善則遷，有過則改。」

【簡析】說明人應向好的學習，改正自己不好的缺憾。

見微以知萌，見端以知末

【譯註】由細小的事情中可以推知整個事情的發展情形，由事件的端倪中可以預測出事件的結果。

【出處】戰國．韓非《韓非子．說林上》：「見微以知萌，見端以知末。」

【簡析】比喻由事情的癥兆，可以預測到事情的發生。

見賢思齊焉，見不賢而內自省也

【譯註】看到賢能的人就要起而效法他的優點，見到不好的人就要以他的缺點引以為戒。賢：賢能的人。齊：相等。

【出處】《論語．里仁》：「子曰：『見賢思齊焉，見不賢而內自省也。』」

【簡析】說明人應該向賢能的人看齊，以有缺點的人來自我警惕。

困獸猶鬥，窮寇勿追

【譯註】被圍困的野獸，爲了求生存，會做最後的掙扎。而逼急的敵人不要太刺激他，否則他會和你背水一戰，以求生路。

【出處】唐·張九齡《敕幽州節度張守珪書》：「困獸猶鬥，窮寇勿遏。」

【簡析】說明不要逼人太甚，否則人因處於絕境中，必會放手一搏，反而會遭受到不應有的損失。

吹縐一池春水，干卿底事

【譯註】春風將整個池水掀起一層薄薄細微的水波，但這些和你有什麼關係呢？底事：何事。

【出處】宋·陸游《南唐書·馮延巳傳》：「元宗嘗因曲宴內殿，從容謂曰：『吹縐一池春水，干卿底事？』延巳對曰：『安得如陛下『小樓吹徹玉笙寒』之句！』」

【簡析】今用以說明事不關己少管閒事。

吳宮花草埋幽徑，晉代衣冠成古丘

【譯註】蔓生野草遮掩住去吳國宮殿的路，而那些晉代的名流們，如今都已成爲一堆堆的墳墓。吳宮：三國時吳國建都金陵，建有王宮，這裡指王宮遺迹。衣冠：指當代知名的名流。

【出處】唐·李白《登金陵鳳凰臺》：「鳳凰臺上鳳凰遊，鳳去臺空江自流。吳宮花草埋幽徑，晋代衣冠成古丘。」

【簡析】感慨世代的變遷，所有的人物及景致都走進歷史裡。

兵來將擋，水來土掩

【譯註】當敵軍來襲時，立即派將領調度大量兵源來迎戰。就像是當大水來襲時，就必須用大量的泥土堵住水的流勢。

【出處】元·高文秀《澠池會》楔子：「自出道兵來將擋，水來土堰。他若領兵前來，俺這裡領兵與他交鋒。」

【簡析】比喻情況不同要以不同的策略應對。

兵出無名，事故不成

【譯註】如果沒有正當的理由，而出兵攻打其他國家時，往往都是以失敗收場的。

【出處】漢·班固《漢書·高帝紀》：「兵出無名，事故不成。」

【簡析】說明發動侵略戰爭，結果註定都要失敗。

私仇不入公門

【譯註】個人的恩怨不要帶到工作上。公門：宮廷的中門，今指國家的辦事機關。

【出處】戰國·韓非《韓非子·外儲說左下》：「私仇不入公門。」

【簡析】說明在處理事情時要公私分明，不要摻入個人的恩怨中。

我心匪石，不可轉也；我心匪席，不可卷也

【譯註】我的一顆心不像塊石頭，無法任人輕易

搬動；我的一顆心不像張蓆子，無法任人輕易捲折。

【出處】《詩經・鄘風・柏舟》：「我心匪石，不可轉也；我心匪席，不可卷也。威儀棣棣，不可選也。」

【簡析】比喻對愛情的堅決態度，任何外在的力量也無法轉移。

我不欲人之加諸我也，吾亦欲無加諸人

【譯註】我不希望別人强加一些事物在我的身上，當然我也不希望自己將一些事物强加在別人的身上。

【出處】《論語・公冶長》：「子貢曰：『我不欲人之加諸我也，吾亦欲無加諸人。』」

【簡析】說明當有自己不情願做的事情，要將心比心，也不要强加到別人的身上。

我手寫我口

【譯註】我心裡想什麼，就順從心意用筆忠實地寫下成爲文章。

【出處】清・黃遵憲《雜感》：「我手寫我口，古豈能拘牽，即今流俗語，我若登簡編。」

【簡析】表示在寫作文章時，文筆流暢自然，毫不造作。

我見青山多嫵媚，料青山見我應如是

【譯註】我看著眼前的青山是多麼的美好可愛，如果青山有靈的話，看我也應該是一樣的心情吧。

【出處】宋・辛棄疾《賀新郎》：「我見青山多嫵

媚，料青山見我應如是。情與貌，略相似。」

【簡析】現多用以描寫投身大自然時，超塵離俗的閒逸心境。

我未成名卿未嫁，可能俱是不如人

【譯註】我在榜上無名，而你也還沒有嫁，那都是因爲我們都在某些方面不如別人吧。

【出處】唐・羅隱《贈妓雲英》：「鍾陵醉別十餘春，重見雲英掌上身。我未成名卿未嫁，可能俱是不如人。」

【簡析】現用以形容失意人的悲痛，雖來源不同，但痛苦是一致的。

我泥中有你，你泥中有我

【譯註】我塑的這個泥人中有先前你塑泥人的泥，你塑的這個泥人中有先前我塑泥人的泥。

【出處】元・管道升《我儂詞》：「我泥中有你，你泥中有我；我與你生同一個衾，死同一個槨。」

【簡析】形容兩個人，尤指夫妻間情愛深濃，至死不渝。

我是個蒸不爛、煮不熟、捶不扁、炒不爆，響當當一粒銅豌豆

【譯註】我是個銅製的豌豆，任憑廚師如何調理，都蒸不爛、煮不熟、捶不扁、炒不爆。

【出處】元・關漢卿《南呂一枝花・不伏老》：

「我是個蒸不爛、煮不熟、捶不扁、炒不爆，響噹噹一粒銅豌豆。」

【簡析】說明經過社會千錘百煉，已然形成自己頑強不屈的性格。

我欲乘風歸去，唯恐瓊樓玉宇，高處不勝寒

【譯註】我很想乘著風飛到天上去，又害怕那個天上的宮殿，位置高聳，寒冷地讓我受不了。瓊樓玉宇：華美的大廈，此形容月中的宮殿。

【出處】宋・蘇軾《水調歌頭》：「我欲乘風歸去，唯恐瓊樓玉宇，高處不勝寒。起舞弄清影，何似在人間。」

【簡析】用以比喻地位或學識等太高時，就有遠離羣衆，缺少同伴的孤寂。

我勸天公重抖擻，不拘一格降人才

【譯註】我奉勸上天能再次振作起來，不要拘泥於一定的成規，把人才降臨到人間，造福人羣。抖擻：振作精神。

【出處】清・龔自珍《己亥雜詩》：「九州生氣恃風雷，萬馬齊喑究可哀。我勸天公重抖擻，不拘一格降人才。」

【簡析】後用以說明對人才的渴求，目的是對社會進行改革運動。

我醉君復樂，陶然共忘機

【譯註】我和你一起飲酒，我喝得醉醺醺的，而你也顯得很快樂，咱們一起將世間所有的機巧狡詐，都抛到腦後。陶然：喜悅的樣子。

【出處】唐・李白《下終南山過斛斯山人宿置

酒》：「長歌吟松風，曲盡河星稀。我醉君復樂，陶然共忘機。」

【簡析】形容與好友暢飲時的快樂和自得。

牡丹雖好，還要綠葉扶持

【譯註】牡丹花雖然是雍容華貴，但仍需要有綠葉來烘托，才能讓它更美。

【出處】明·蘭陵笑笑生《金瓶梅》第七十六回：「牡丹花兒雖好，還要綠葉扶持。」

【簡析】比喻某些事物需要一些人事物的襯托，才能顯得更好。

但看古來盛名下，終日坎壈纏其身

【譯註】只要翻看歷史上知名的人物，在他們活在世上的時候，大多過著困頓不得志的日子。坎壈：ㄎㄢˇ ㄌㄧˇ，困頓不得志。

【出處】唐·杜甫《丹青引贈曹將軍霸》：「途窮反遭俗眼白，世上未有如公貧。但看古來盛名下，終日坎壈纏其身。」

【簡析】說明名人因爲站在世俗之前，常不爲當時所接受，甚至遭受不平的待遇。

但願人長久，千里共嬋娟

【譯註】只希望大家都永遠健康快樂，雖然相隔千萬里，也能共賞同一個美好的月色。嬋娟：美好的月色，這裡指的月亮。

【出處】宋·蘇軾《水調歌頭》：「人有悲歡離合，月有陰晴圓缺，此事古難全，但願人長久，千里共嬋娟。」

【簡析】表達對親人深切的思念及祝福。

作僞，心勞日拙

【譯註】費盡心機的人，處境是越來越不好。

【出處】《尙書・周官》：「作德心逸日休！作僞心勞日拙。」

【簡析】說明常玩心機的人，最後的下場是越來越糟糕的。

何當共剪西窗燭，卻話巴山夜雨時

【譯註】什麼時候我倆才能在燈下促膝長談，談談今晚我在巴山看著外面夜雨想念家鄉的心情。何當：何時。卻話：追述。巴山：在今四川省境內。

【出處】唐・李商隱《夜雨寄北》：「君問歸期未有期，巴山夜雨漲秋池。何當共剪西窗燭，卻話巴山夜雨時？」

【簡析】說明對遠方親人或朋友强烈的思念之情。

何意百煉鋼，化為繞指柔

【譯註】那裡知道剛硬的鋼鐵，經過時間的磨練捶後，最後竟柔軟的像可以繞指的絲一般。

【出處】晉・劉琨《重贈盧諶》：「朱實隕勁風，繁英落素秋。狹路傾華蓋，駭駟摧雙輈。何意百煉鋼，化爲繞指柔。」

【簡析】比喻人的性格經過磨煉之後，可以屈伸自如。

佛要金妝，人要衣妝

【譯註】佛像的莊嚴，是要靠黃金打造的佛身才能塑造出來；而人的氣質，則要靠衣服來襯托。

【出處】明・沈自晋《望湖亭記》第十折：「雖然如此佛是金妝，人要衣妝打扮也是極要緊的。」

【簡析】說明外在妝扮的重要性。

身在江海之上，心居魏闕之下

【譯註】隱身在一般市井之中，而心裡卻想著朝廷的一切。江海：比喻遠離京城之地。魏闕：宮門兩邊的高臺，比喻朝廷。

【出處】《莊子・讓王》：「中山公子牟謂瞻子曰：『身在江海之上，心居魏闕之下，奈何？』」

【簡析】說明人雖不在其位，但對百姓生計，國家大事的關懷之心，依舊熱烈。

身既死兮神以靈，子魂魄兮為鬼雄

【譯註】你們這些爲國捐軀的英雄啊，雖然你們的身軀已亡，但精神常在，是人們心中的英雄，也是陰間的英雄。神以靈：指精神常存。

【出處】戰國・屈原《國殤》：「誠既勇兮又以武，終剛强兮不可凌。身既死兮神以靈，子魂魄兮爲鬼雄。」

【簡析】用以讚揚那些爲國捐軀的將士，其精神感召，永存人心。

身無彩鳳雙飛翼，心有靈犀一點通

【譯註】我們的形體雖然沒有像彩凰那雙可以飛翔的翅膀，一起比翼雙飛，但彼此的心意卻

像靈犀的髓質一樣可以相通。靈犀：犀牛，傳說牠是靈異的獸，犀角中心的髓質像一條白線上下相通。

【出處】唐．李商隱《無題》：「昨夜星辰昨夜風，畫樓西畔桂堂東。身無彩鳳雙飛翼，心有靈犀一點通。」

【簡析】比喻熱戀中的男女雖兩心相通，卻在現實環境中無法接近。

身體髮膚，受之父母，不敢毀傷

【譯註】人肉體上的頭髮、皮膚等，都是來自父母，所以不能任意毀壞和傷害的。

【出處】《孝經．開宗明義章》：「身體髮膚，受之父母，不敢毀傷，孝之始也。」

【簡析】說明愛護自己的身體，是孝順父母的第一步。

秀才不出門，能知天下事

【譯註】有學問的人即使不出門，也能夠知道天下大事發展的趨勢。

【出處】清．吳趼人《俏皮話．驢辯》：「然則秀才們，看得兩卷書，何以便要說：『秀才不出門，能知天下事。』」

【簡析】說明可以透過媒體的傳播取得知識。

八 畫

盲人騎瞎馬，夜半臨深池

【譯註】眼瞎的人騎著一匹同樣瞎著眼的馬，在深更半夜來到深水池邊，而不知道危險之至。

【出處】南朝宋・劉義慶《世說新語・排調》：「桓南郡與殷荊州語次，復作危語。殷有一參軍在座云：『盲人騎瞎馬，夜半臨深池。』」

【簡析】形容一個人身處險境之中而不自知。

宜未雨而綢繆，毋臨渴而掘井

【譯註】應當在天還未下大雨的時候，把門窗用繩子綑好；不要發現自己口渴的時候，才想要去掘井取水。綢繆：用繩索纏綑。

【出處】清・朱柏廬《治家格言》：「宜未雨而綢繆，毋臨渴而掘井。凡事當留餘地，得意不宜再往。」

【簡析】比喻事前準備的重要性。

官倉老鼠大如斗，見人開倉亦不走

【譯註】在官府裡的老鼠，因爲糧食豐富，個個長得都像量物的斗一樣大，即使有人開了倉門，牠們也不怕人，所以也不會倉皇逃走。

【出處】唐・曹鄴《官倉鼠》：「官倉老鼠大如斗，見人開倉亦不走。健兒無糧百姓饑，誰遣朝朝入君口。」

【簡析】形容貪官污吏的邪惡嘴臉。

性相近，習相遠

【譯註】人類天生的本性是很相似的，可是經由後天生活習慣及環境影響的不同，個性便相距越來越遠。

【出處】《論語・陽貨》：「子曰：『性相近也，習相遠也。』」

【簡析】說明後天的環境對人的影響甚鉅。

河清不可俟，人命不可延

【譯註】要等到黃河的水變成清澈是不可能的，就像人的壽命有限，是無法延長的。

【出處】漢・趙壹《刺世疾邪賦》：「河淸不可俟，人命不可延。順風激靡草，富貴者稱賢。」

【簡析】比喻要等到社會政治清明，是件不可能的事情。

空山不見人，但聞人語響

【譯註】在這寂靜的山林之中，沒有見到人類的行蹤，但人們說話的餘音還迴蕩在山中。

【出處】唐・王維《鹿柴》：「空山不見人，但聞人語響。返景入深林，復照青苔上。」

【簡析】藉由人聲，更襯托出深山的寂靜。

羌笛何須怨楊柳，春風不度玉門關

【譯註】羌笛何必吹奏《折楊柳》曲，來埋怨楊柳樹不會青綠，因爲春風從來吹不到玉門關來。楊柳：一指北朝樂府《折楊柳》曲詞，一指楊柳樹。玉門關：今甘肅省敦煌西，古時是通西域的要道。

【出處】唐・王之渙《涼州詞》：「黃河遠上白雲間，一片孤城萬仞山。羌笛何須怨楊柳，春風不度玉門關。」

【簡析】形容戍守邊疆的兵將，因爲歸鄉的遙遙無期而感傷。

放下屠刀，立地成佛

【譯註】放下殺戮用的刀子，只要決心改過向善，就可以成就佛道。屠刀：宰殺牲畜的刀具。

【出處】宋·普濟《五燈會元·東山覺憚師》：「廣額正是個殺人不眨眼底漢，放下屠刀，立地成佛。」

【簡析】鼓勵人改過向善，停止惡行。

放長線，釣大魚

【譯註】將釣魚線放得長長的，才有機會讓大魚上鉤。

【出處】清·曹雪芹《紅樓夢》第二十一回：「放長線，釣大魚。」

【簡析】比喻眼光要遠大，才能得到更大的利益。

夜不閉戶，路不拾遺

【譯註】在夜裡不怕小偷光顧，所以不需要關門睡覺，東西丟在路上也不怕別人撿走，占爲己有。遺：遺失的東西。

【出處】明·羅貫中《三國演義》第八十七回：「兩川之民，忻樂太平，夜不閉戶，路不拾遺。」

【簡析】形容社會的治安良好。

夜來風雨聲，花落知多少

【譯註】晚上的一陣狂風驟雨，不知道又有多少

花兒被打落。

【出處】唐・孟浩然《春曉》：「春眠不覺曉，處處聞啼鳥。夜來風雨聲，花落知多少。」

【簡析】說明一種愛花惜花的心情。

其人存，則其政舉；其人亡，則其政息

【譯註】這個人在位其間，他的政治主張便得以實行。如果這個人下臺之後，他的政治主張便立刻被廢除。息：滅。

【出處】《禮記・中庸》：「其人存，則其政擧；其人亡，則其政息。人道敏政，地道敏樹。」

【簡析】說明政策施行的方向，是隨主政者的不同而有所更改的。

其生也榮，其死也哀

【譯註】這個人在生前倍受尊榮，死後也令人感到傷痛。

【出處】《論語・子張》：「夫子之得邦家者，所謂立之斯立，道之斯行，綏之斯來，動之斯和。其生也榮，其死也哀，如之何其可及也。」

【簡析】說明這個人爲人所尊重。

其曲彌高，其和彌寡

【譯註】這首曲子的樂風越是高雅，能夠跟著哼唱的人相對也越少。和：ㄏㄜˋ，聲音相應，此指跟著旋律唱和。

【出處】戰國・宋玉《對楚王問》：「其爲陽春白雪，國中屬而和者不過數十人；引商刻羽，雜以流徵，國中屬而和者不過數人而已。是

其曲彌高，其和彌寡。」

【簡析】比喻作品或高潔的志向，難以得到一般人的認同或瞭解。

其身正，不令而行；其身不正，雖令不從

【譯註】身爲一位領導人只要他本身行得正，即使他不強下命令，事情也會順利進行。但如果他本身行爲已經不正當，即使下了命令，在下面的人也不會信服他。正：合理正當性。

【出處】《論語．子路》：「子曰：『其身正，不令而行；其身不正，雖令不從。』」

【簡析】說明一個領導者要以身作則。

青出於藍而勝於藍

【譯註】青色的顏色是由蓼藍草中提煉出來的，而顏色比蓼藍草更青。藍：蓼藍，一種含有靛青素的草。

【出處】戰國．荀況《荀子．勸學》：「君子曰：『學不可以已。青，取之於藍，而青於藍；冰，水爲之，而寒於水。』」

【簡析】後用以讚美後人在某個領域中勝過前人。

昔別君未婚，兒女忽成行

【譯註】當初我和你分別的時候，你還沒有娶妻。而今多年之後再度相逢後，你已經是兒女成羣了。

【出處】唐．杜甫《贈衞八處士》：「焉知二十載，重上君子堂。昔別君未婚，兒女忽成

行。」

【簡析】形容朋友之間分別相當長的時日，並感嘆歲月不待人。

抽刀斷水水更流，舉杯澆愁愁更愁

【譯註】用刀來切斷水流，只會造成阻力，使水流得更急。一如我喝酒來解愁，不但沒有解去煩愁，結果更添愁緒。

【出處】唐・李白《宣州謝朓樓餞別校書叔雲》：「抽刀斷水水更流，舉杯澆愁愁更愁。人生在世不稱意，明朝散髮弄扁舟。」

【簡析】今用以比喻滿心的愁苦，無以排解，或運用的方法不當，會適得其反。

直木先伐，甘井先竭

【譯註】基於利益著眼，長得挺直的樹木會遭人先砍伐，而有甘美井水的井會先被汲盡。

【出處】《莊子・山木》：「是故其行列不斥，而外人卒不得害，是以免於患。直木先伐，甘井先竭。」

【簡析】比喻有才能的人最容易遭到陷害。

直道相思了無益，未妨惆悵是清狂

【譯註】明知苦苦相思是件沒有益處的事，那麼又何妨把滿心的傷悲化作瀟脫和狂放呢？清狂：不聰明，指癡情未減。

【出處】唐・李商隱《無題》：「風波不信菱枝弱，月露誰教桂葉香？直道相思了無益，未妨惆悵是清狂。」

【簡析】以灑脫的態度面對相思之苦。

居上位而不驕，在下位而不憂

【譯註】眞正有品德的人，肩負重責大任而不會恃寵而驕，即使沒有被重用也不會怨天尤人。

【出處】《易經・乾》：「居上位而不驕，在下位而不憂。」

【簡析】說明有德性的人，不會因爲地位高低而改變品行。

居必擇鄉，遊必就士

【譯註】有德性的人，一定選擇風俗醇美的地方，結交有賢德的人。

【出處】戰國・荀況《荀子・勸學》：「故君子居必擇鄉，遊必就士，所以防邪僻而近中正也。」

【簡析】說明環境對人的影響是相當深遠的。

事有必至，理有固然

【譯註】世間有一定會降臨的事情，也有本來就是如此的道理。固然：本就是這樣。

【出處】漢・劉向《戰國策・齊策四》：「事有必至，理有固然。君知之乎？」

【簡析】用以說明人生中有必然會出現的客觀情勢和必須承受的約束。

事如春夢了無痕

【譯註】過往的回憶就如同春夜的夢境一般消失，沒有留下一絲痕迹。

【出處】宋・蘇軾《正月二十日與潘郭二生出郊尋春忽記去年是日同至女王城作詩，乃和前韻》：「東風未肯入東門，走馬還尋去歲春。人似秋鴻來有信，事如春夢了無痕。」

【簡析】用以表示歡樂的過往已如夢消逝，只留下滿心的眷戀和懷思。

事修而謗興，德高而毀來

【譯註】事情成功了，批評的話就隨之而來；一個人成就高尚品德，詆毀的話也會跟著而來。修：成就。

【出處】唐．韓愈《原毀》：「是故事修而謗興，德高而毀來。嗚呼，士之處此世，而望名譽之光、道德之行，難矣！」

【簡析】說明越有成就的人越容易受到詆毀和批評。

取法乎上，僅得其中

【譯註】向比自己好的人學習，也只會學得其中的一部分而已。

【出處】唐太宗《帝範》：「取法乎上，僅得其中。取法於中，不免爲下。」

【簡析】說明依照別人學習的方法學，無論如何也不會超越別人的成就。

兩情若是久長時，又豈在朝朝暮暮

【譯註】兩個人的感情如果確定能長久的話，又何必在乎一定要朝夕相處呢？

【出處】宋．秦觀《鵲橋仙》：「柔情似水，佳期如夢，忍顧鵲橋歸路。兩情若是久長時，又豈在朝朝暮暮。」

【簡析】表明一種忠貞不渝的愛情。

兩腳踏翻塵世路，一肩擔盡古今愁

【譯註】我的一雙腳想將人世的路都走一遍，我的雙肩想將古往今來的愁苦都擔起來。

【出處】清・通州詩丐《絕命詩》：「兩腳踏翻塵世路，一肩擔盡古今愁。而今不受嗟來食，村犬何須吠未休。」

【簡析】抒發對世事的不平心情。

林花謝了春紅，太匆匆

【譯註】春天裡在林中盛開的花朵已經凋謝了，這個春天走得實在太匆忙了。

【出處】南唐・李煜《相見歡》：「林花謝了春紅，太匆匆，無奈朝來寒雨晚來風。」

【簡析】感嘆美好的時光總是很短暫地。

東邊日出西邊雨，道是無晴卻有晴

【譯註】東邊正日出，西邊卻在下雨，這到底算是沒有「晴」呢，還是有「晴」呢？。晴：此為雙關語，是指「晴天」的「晴」，同時也是指「感情」的「情」。

【出處】唐・劉禹錫《竹枝詞》：「楊柳青青江水平，聞郎江上唱歌聲；東邊日出西邊雨，道是無晴卻有晴。」

【簡析】說明初戀時對對方那種將信將疑的複雜又矛盾的心情。

長他人志氣，滅自己威風

【譯註】增長別人的氣勢，卻輕視自己原有的實力。

【出處】明・羅貫中《三國演義》第一一〇回：

「公等休長他人銳氣，滅自己威風。」

【簡析】用以責難他人貶低自己，並一意擡出高他人的身價。

長江後浪推前浪

【譯註】長江裡的浪頭永遠是後面的浪推著前面的浪。

【出處】宋・劉斧《青瑣高議》：「吾聞古人之詩曰：『長江後浪推前浪，浮世新人換舊人。』」

【簡析】比喻事物隨時都在更迭著，新的人事物不斷地取代舊有的人事物。

長安居，大不易

【譯註】長安是首都所在，物價昂貴，要好好在這裡生活，是不太容易的一件事情。

【出處】南漢・王定保《唐摭言・知己》：「白樂天初舉，名未振，以歌詩謁顧況，況謔之曰：『長安百物貴，居大不易。』」

【簡析】說明在大都會裡謀生活是不很容易的。

長恨人心不如水，等閒平地起波瀾

【譯註】我常感嘆人心竟不如瞿塘江的水，因為瞿塘江的水起波瀾還有原因可尋，而人心竟可以無緣無緣故掀起事端。等閒：無緣無故。

【出處】唐・劉禹錫《竹枝詞》：「瞿塘嘈嘈十二灘，此中道路古來難。長恨人心不如水，等閒平地起波瀾。」

【簡析】說明人善於起事端的劣根性。

長恨此身非我有，何時忘卻營營

【譯註】我常恨這個身軀不屬於我所有，因爲我不知道什麼時候可以忘掉對名利的追逐，而不在人海中四處奔波。

【出處】宋・蘇軾《臨江仙》：「長恨此身非我有，何時忘卻營營？夜闌風靜縠紋平。小舟從此逝，江海寄餘生。」

【簡析】說明人應該保持天性，不要自尋煩惱。

長風破浪會有時，直掛雲帆濟滄海

【譯註】那個乘長風破萬浪的時機總會讓我等到的，屆時我一定會掛起風帆橫渡大海。濟：橫渡。

【出處】唐・李白《行路難》：「行路難，行路難，多歧路，今安在？長風破浪會有時，直掛雲帆濟滄海。」

【簡析】比喻自己的壯志一定有伸展的時候。

長袖善舞，多錢善賈

【譯註】穿著長袖的衣服，在舞蹈時會特別美麗；擁有雄厚的資金，就便於從事商業活動。賈：ㄍㄨˇ，經商，做生意。

【出處】戰國・韓非《韓非子・五蠹》：「鄙諺曰：『長袖善舞，多錢善賈。』此言多資之易爲工也。」

【簡析】說明擁有好的條件，比較能夠成就一番事業。

拔一毛而利天下，不爲也

【譯註】楊朱的主張是連拔一根汗毛來幫助這個

天下，他也不肯做。

【出處】《孟子・盡心上》：「楊子取爲我，拔一毛而利天下，不爲也。」

【簡析】形容人極端自私小氣。

玩人喪德，玩物喪志

【譯註】過度沈溺在情色之中，會使人喪失品德的修爲；過度迷戀在物質的玩樂之中，會使人迷失人生的目標。

【出處】《尙書・旅獒》：「玩人喪德，玩物喪志。」

【簡析】說明人若過分沈溺在某些事物中，就會迷失自我。

來世不可待，往世不可追

【譯註】所謂的未來是不可以期待的，就像是已經過往的時光是無法追回來地一樣。

【出處】《莊子・人間世》：「鳳兮鳳兮，何如德之衰也！來世不可待，往世不可追。天下有道，聖人成焉；天下無道，聖人生焉。」

【簡析】說明掌握現在好好努力。

來如春夢幾多時，去似朝雲無覓處

【譯註】來得時候有如春夢般的短暫，消失後又像是清晨的雲彩般地無迹可尋。

【出處】唐・白居易《花非花》：「花非花，霧非霧，夜半來，天明去。來如春夢幾多時，去似朝雲無覓處。」

【簡析】用以形容美好事物的匆匆消逝。

來者不善，善者不來

【譯註】到這裡的人是不會懷著好意的，因爲懷著好意的人是不會來的。善：友好。

【出處】清・趙翼《陔餘叢考・成語》：「『來者不善，善者不來』，亦本《老子》：『善者不辨，辨者不善。』句」

【簡析】警惕人來到面前的人不懷善意，要提高警覺。

來說是非者，便是是非人

【譯註】喜歡傳播小道消息的人，便是喜歡製造是非的人。

【出處】明・吳承恩《西遊記》第二十九回：「這和尚『道高龍虎伏，德重鬼神欽』，必有降妖之術。自古道：『來說是非者，便是是非人。』可就請這長老降妖邪，救公主。」

【簡析】勸人不要傳閒話，搬弄是非。

虎毒不食子

【譯註】老虎的性情再殘暴，也不會吃掉自己的孩子。

【出處】唐・聶夷中《過比干墓》：「餓虎不食子，人無骨肉恩。」

【簡析】說明一個人無論性情如何殘暴，他都不會傷害自己的子女。

明人不做暗事

【譯註】個性做事光明正大的人，是不會做出那些見不得人的事情。

【出處】明・馮夢龍《古今小說》卷二十八：「你同個男子合夥營生，男女相處許多年，一定配爲夫婦了。自古明人不做暗事，何不帶頂髻兒？」

【簡析】表示自己行事光明磊落，沒有什麼不可以告訴別人的。

明日復明日，明日何其多！我生待明日，萬事成蹉跎

【譯註】明天接著一個明天的到來，所謂的明天是有無限的多啊。如果我每天都在等待著明天的到來，那麼時間就這麼的過去，什麼事情也做不成。蹉跎：光陰白白地過去。

【出處】清．錢鶴灘《明日歌》：「明日復明日，明日何其多！我生待明日，萬事成蹉跎。世人若被明日累，春去秋來老將至。」

【簡析】勸人要把握時光、及時努力。

明月幾時有？把酒問青天

【譯註】這月亮是什麼時候升起的呢？我不禁舉起酒杯向上天詢問。

【出處】宋．蘇軾《水調歌頭》：「明月幾時有？把酒問青天。不知天上宮闕，今夕是何年？」

【簡析】表示因對宇宙流轉而興起的感觸，而引發對人生沈重的慨嘆。

明足以察秋毫之末，而不見輿薪

【譯註】眼力好到可以看到鳥類秋天新長的細毛，現在卻說看不見一車的柴火。輿：車子。

【出處】《孟子．梁惠王上》：「吾力足以舉百鈞，而不足以舉一羽。明足以察秋毫之末，而不見輿薪。」

【簡析】用以批評因為過於專注在某個小問題上，而忽略其他大項的事情。

明修棧道，暗渡陳倉

【譯註】韓信在表面上修築棧道，似乎要出擊的樣子，實際上卻暗地裡派兵進攻陳倉。棧道：在我國古代所修建以木板架在懸崖上的通道。陳倉：在今陝西省寶雞市東。

【出處】元．無名氏《氣英布》第一折：「孤家用韓信之計，明修棧道，暗渡陳倉，攻定三秦，劫取五國。」

【簡析】比喻表面上是一種行動，但暗地裡卻採取另一種令人出乎意料之外的行動。

明察秋毫，必細察其紋理

【譯註】對小東西要看清楚，甚至要仔細的看它的紋路走向。秋毫：鳥獸到秋天新長的細毛。紋理：物體上的花紋。

【出處】清．沈復《浮生六記．閒情記趣》：「余憶童稚時，能張目對日，明察秋毫，見藐小微物，必細察其紋理。」

【簡析】後用以形容對事物觀察入微。

明槍易躲，暗箭難防

【譯註】在作戰時面對面的槍來攻擊時，比較容易閃避，但是如果是敵人在暗處放冷箭暗算，就很難防衛了。

【出處】元．無名氏《獨角牛》第二折：「孩兒也，一了說：『明槍好躲，暗箭難防，我暗算他！』」

【簡析】比喻凡事都要提高警覺。

非我族類，其心必異

【譯註】和我不是同一宗族的人，沒有血緣的連繫，和我們一定不會同一條心的。族類：同

一宗族的人。

【出處】春秋．左丘明《左傳．成公四年》：「史佚之志有之曰：『非我族類，其心必異。』楚雖大，非吾族也，其肯字我乎？」

【簡析】做為排斥他人的理由。

非知之艱，行之惟艱

【譯註】去懂得一個道理並不困難，而確實去做才是最大的困難所在。

【出處】《尚書．說命中》：「非知之艱，行之惟艱。」

【簡析】說明懂得道理所在比去實踐來得容易。

非淡泊無以明志，非寧靜無以致遠

【譯註】不是過簡單樸實的生活，就無法顯示出自己的志向；沒有寧靜沈著的個性，就無法追求長遠的理想。淡泊：恬淡寡慾。

【出處】三國蜀．諸葛亮《誡子書》：「非淡泊無以明志，非寧靜無以致遠。」

【簡析】形容志向高潔、目標遠大的人格。

非學無以廣才，非志無以成學

【譯註】沒有透過學習的話，就無法發揮自己潛在的才能。沒有立下志向的話，就無法成就事業。

【出處】三國蜀．諸葛亮《誡子書》：「夫學須靜也，才須學也，非學無以廣才，非志無以成學。」

【簡析】說明立定志向是學習的前提。

花紅易衰似郎意，水流無限似儂愁

【譯註】你對我的愛就像桃花一樣容易凋謝，而我對你卻像是水流一般有無盡地情愁。

【出處】唐．劉禹錫《竹枝詞》：「山桃紅花滿上頭，蜀江春水拍山流。花紅易衰似郎意，水流無限似儂愁。」

【簡析】表示女子為情所苦的樣子。

花自飄零水自流，一種相思，兩處閒愁

【譯註】隨著大自然的韻律，花兒默默地凋落，水默默地往東流。同樣的相思苦，卻讓兩個人在兩地為情所苦。

【出處】宋．李清照《一剪梅》：「花自飄零水自流，一種相思，兩處閒愁。此情無計可消除，才下眉頭，卻上心頭。」

【簡析】比喻因為相思所引發的悲愁。

花徑不曾緣客掃，蓬門今始為君開

【譯註】長滿了野花野草的小徑還沒有因為客人的到來打掃過，我這個簡陋的柴門為了迎接你第一次打開。緣：因為。蓬門：柴草編的門，此處用以自謙。

【出處】唐．杜甫《客室》：「舍南舍北皆春水，但見群鷗日日來。花徑不曾緣客掃，蓬門今始為君開。」

【簡析】說明對訪客的熱誠歡迎之意。

花有重開日，人無再少年

【譯註】花兒凋謝了有重展風采的時候，而人的年少時光一旦過去就不會再回來了。

【出處】元．關漢卿《竇娥冤》楔子：「花有重

開日，人無再少年。」

【簡析】說明人要珍惜青春時光。

花開蝶滿枝，樹倒猢猻散

【譯註】當花兒盛開的時候會招來滿枝的蝴蝶，當一棵樹倒下來的時候，原本住在樹上的猴子，會跑得一隻也不剩。

【出處】明．徐渭《雌木蘭雜劇》第二折：「花開蝶滿枝，樹倒猢猻散。」

【簡析】諷刺人們趨炎附勢的小人行徑。

芳草鮮美，落英繽紛

【譯註】地上芳香的草兒鮮嫩柔美，散落在地上的花瓣，輕輕揚起。落：初、始。英：即花。

【出處】晉．陶潛《桃花源記》：「忽逢桃花林，夾岸數百步，中無雜樹，芳草鮮美，落英繽紛。」

【簡析】形容暮春時的美景。

易求無價寶，難得有心郎

【譯註】價值昂貴的寶貝是很容易獲得的，可是要找個全心對你好的人卻是很難的。

【出處】唐．魚玄機《贈鄰女》：「羞日遮羅袖，愁春懶起妝。易求無價寶，難得有心郎。」

【簡析】說明有情人的可貴。

念天地之悠悠，獨愴然而涕下

【譯註】想到這個天地宇宙的時空無限，而自己是如此的渺小，想著想著不禁感傷的流下眼淚來。愴然：悲傷的樣子。

【出處】唐・陳子昂《登幽州臺歌》：「前不見古人，後不見來者。念天地之悠悠，獨愴然而涕下。」

【簡析】表達一種在大自然或時空之中的孤獨落寞感。

兔死狐悲，物傷其類

【譯註】兔子死了狐狸爲牠而傷悲，這是身爲同類而害怕有相同遭遇的悲哀。

【出處】《敦煌變文集・燕子集》：「叨聞兔死狐悲，物傷其類；四海盡爲兄弟，何況更同臭味。」

【簡析】比喻爲有同樣境遇的人而難過。

忽見陌頭楊柳色，悔教夫婿覓封侯

【譯註】從樓上往遠方眺望，忽然看到路旁的楊柳已經青翠一片，又過了一年，眞的很後悔當初鼓勵丈夫到邊疆殺敵求封侯。

【出處】唐・王昌齡《閨怨》：「閨中少婦不知愁，春日凝妝上翠樓。忽見陌頭楊柳色，悔教夫婿覓封侯。」

【簡析】表示婦女對丈夫熱衷追求事業不滿或悔恨。

狗不以善吠爲良，人不以善言爲賢

【譯註】要評斷一隻狗的好壞，並不是以牠會叫就是好。同樣地要評斷一個人，並不是以他能言善辯就是能幹的人。

【出處】《莊子・徐無鬼》：「狗不以善吠爲良，人不以善言爲賢，而況爲大乎。」

【簡析】說明不應該單純用言談來評斷人的好壞。

知人者智，自知者明

【譯註】能夠知道別人長處的人，很有聰明的人。能夠知道自己短處的人，更是明白事理的人。

【出處】《老子》三十三章：「知人者智，自知者明。勝人者有力，自勝者強。知足者富，強志有志。」

【簡析】說明除了瞭解別人外，更重要的是要瞭解自己。

知之者不如好之者，好之者不如樂之者

【譯註】懂得知識的人，還不如喜歡知識的人。喜歡知識的人，還不如能樂在其中的人。

【出處】《論語・雍也》：「子曰：『知之者不如好之者，好之者不如樂之者。』」

【簡析】說明要學好或做好某事，就應要培養對這方面的強烈興趣。

知之爲知之，不知爲不知

【譯註】在求學的歷程中明白其中道理的就說懂了，不明白其中道理的就說不懂，這才算是眞正懂了。

【出處】《論語・爲政》：「子曰：『由！誨女知之乎！知之爲知之，不知爲不知，是知也。』」

【簡析】說明在對任何事都要實事求是，不要虛偽作假。

知不足，然後能自反也；知困，然後能自強也

【譯註】唯有當自己覺得學問不夠時，才會自我反省。唯有自己遇到困難之後，才能奮發自強。

【出處】《禮記．學記》：「知不足，然後能自反也；知困，然後能自強也。」

【簡析】說明唯有自己明白自己的不足，才會產生學習的原動力。

知足不辱，知止不殆

【譯註】知足常樂就不會招致羞辱，知道適可而止就不會招致危險。

【出處】《老子》四十四章：「是故甚受必大費，多藏必厚亡。知足不辱，知止不殆，可以長久。」

【簡析】說明人需要知足常樂。

知我者謂我心憂，不知我者謂我何求

【譯註】知道我個性的人知道我為什麼而悲傷，不瞭解我的還以為我要追求什麼呢。

【出處】《詩經．王風．黍離》：「知我者謂我心憂，不知我者謂我何求。悠悠蒼天，此何人哉？」

【簡析】感傷知道自己心志的人太少。

知其一，未知其二

【譯註】只知道其中的一部分，而不知道另外的

一部分。

【出處】漢・司馬遷《史記・高祖本紀》：「公知其一，未知其二。」

【簡析】說明對事情的全盤性不夠明解。

知其不可為而為之

【譯註】明知道自己的能力做不到，卻偏偏還要去做。

【出處】《論語・憲問》：「子路宿於石門。晨門曰：『奚自？』子路曰：『自孔氏。』曰：『是知其不可爲而爲之者與？』」

【簡析】表示一個人堅持去做超越自己能力範圍之外的事情。

知者不言，言者不知

【譯註】眞正懂得這個知識的人從不隨便談論它，而那些好談論的人多半是一知半解的人。

【出處】《莊子・天道》：「則知者不言，言者不知，而世豈識之哉！」

【簡析】說明一般人對事情一知半解，卻喜歡賣弄知識的弊病。

知者行之始，行者知之成

【譯註】明白事情的道理，是知道這門學問的開始；而去實踐則是完成這門知識。

【出處】明・王守仁《傳習錄》：「知是行的主意，行是知的功夫。知者行之始，行者知之成。」

【簡析】說明知與行是並重，缺一不可的。

知彼知己，百戰不殆

【譯註】若能清楚明白瞭解敵我之間優劣情況的話，就能每戰必勝。

【出處】春秋．孫武《孫子．謀攻》：「故曰：『知彼知己，百戰不殆；不知彼而知己，一勝一負；不知彼，不知己，每戰必殆。』」

【簡析】說明在競爭的過程中，若能知道敵我之間的實力，便能容易掌控所有的局勢。

知無不言，言無不盡

【譯註】把自己知道的，就毫不保留的全部說出來。

【出處】宋．蘇洵《衡論上．遠慮》：「聖人之任腹心之臣也，尊之如父師，愛之如兄弟，握手入臥內，同起居寢食。知無不言，言無不盡，百人譽之不加密，百人毀之不加疏。」

【簡析】形容發表見解毫無保留。

往者不可諫，來者猶可追

【譯註】過去的一切已經無法再追回了，而未來的還可以補救。諫：止，引申爲挽救。

【出處】《論語．微子》：「鳳兮鳳兮，何德之衰！往者不可諫，來者猶可追。」

【簡析】說明不要追悔過去，而是向未來努力。

往事已成空，還如一夢中

【譯註】雖然往事都已經成爲幻影破滅了，但我仍然覺得好像依然在夢中一般。

【出處】南唐．李煜《子夜歌》：「高樓誰與上？長記秋晴望。往事已成空，還如一夢中。」

【簡析】用以表示對往日人事物的眷戀之情。

往事只堪哀，對景難排

【譯註】想到昔日爲帝時的荒唐生活，只覺得哀傷，即使美景當前，也無法排解這股悲痛。

【出處】南唐・李煜《浪淘沙》：「往事只堪哀，對景難排，秋風庭院蘚侵階。一桁珠簾閒不卷，終日誰來？」

【簡析】表示對往昔事物的哀痛。

往事無蹤，聚散匆匆

【譯註】過往的事情常常煙消雲散，無迹可尋。而人生因離散頻繁，所以聚散無常。

【出處】宋・歐陽修《采桑子》：「畫樓鐘動君休唱，往事無蹤，聚散匆匆，今日歡娛幾客同。」

【簡析】說明人生聚散離合的無常多變。

姑妄言之，姑妄聽之

【譯註】因爲是隨便說說的話，那也就隨便聽聽，不必太在意。妄言：隨便說說。

【出處】《莊子・齊物論》：「予嘗爲女妄言之，女以妄聽之。」

【簡析】說明用持疑的態度來面對不可信的言論：那就是聽聽就算了。

姑蘇城外寒山寺，夜半鐘聲到客船

【譯註】姑蘇城外寒山寺的夜半鐘聲，傳到離寒山寺不遠的江面上，那艘帶有遊子的客船上。寒山寺：在蘇州楓橋西一里處，建於梁代，由於唐初詩僧寒山曾住在此而得名。

【出處】唐・張繼《楓橋夜泊》：「月落烏啼霜滿天，江楓漁火對愁眠。姑蘇城外寒山寺，夜半鐘聲到客船。」

【簡析】形容在外的遊人心中因爲離愁而百感交集。

金也空，銀也空，死後何曾在手中

【譯註】金銀雖是實物，可是在我的眼中卻是個虛無不實在的東西，因爲在人死後，這些東西又何曾能握在手中呢？

【出處】明・悟空《萬空歌》：「金也空，銀也空，死後何曾在手中！妻也空，子也空，黃泉路上不相逢！權也空，名也空，轉眼荒郊土一封！」

【簡析】勸人不要一味追逐金錢利益。

金玉其外，敗絮其中

【譯註】這個賣柑的人所賣的柑子，外表看起來顏色鮮艷動人，但是一剝開來看，裡面的果肉竟乾枯的像棉絮一般。

【出處】明・劉基《賣柑者言》：「觀其坐高堂，騎大馬，醉醇醴而飫肥鮮者，孰不巍巍乎可畏，赫赫乎可象也；又何往而不金玉其外，敗絮其中也哉！」

【簡析】比喻事物華而不實。

兒不嫌母醜，狗不嫌家貧

【譯註】爲人子女的不會嫌棄自己父母的長相，就像是小狗不會因主人家裡窮而離開的。

【出處】明・徐畛《殺狗記》第十六折：「兒不嫌母醜，狗不嫌家貧。我員外不知爲何把小官趕將出來。」

【簡析】比喻對家園的眷戀之情。

兒孫自有兒孫計，莫與兒孫作馬牛

【譯註】自己的孩子有他們主見，做父母的千萬不要爲他們操心得太多了。

【出處】宋・徐守信《絕句》：「汲汲光陰如水流，隨時得過便須休。兒孫自有兒孫計，莫與兒孫作馬牛。」

【簡析】勸人不必爲自己的子女過度的操心。

兒童相見不相識，笑問客從何處來

【譯註】村裡的孩子見到我都不認識，還笑笑地對我說：『先生，你是打哪裡來的啊？』」

【出處】唐・賀知章《回鄉偶書》：「少小離家老大回，鄉音無改鬢毛摧。兒童相見不相識，笑問客從何處來。」

【簡析】表示對人事多變的感歎。

爭利亦爭名，驅車復驅馬

【譯註】一般人是爭名又爭利，每天驅趕著馬車，奔走個不停。

【出處】南朝梁・王僧孺《落日登高》：「爭利亦爭名，驅車復驅馬。寧訪蓬蒿人，誰憐寂寞者。」

【簡析】說明世人爲追逐名利而忙碌勞累。

爭名於朝，爭利於市

【譯註】在官場上爭的就是名聲，在市集上爭的就是錢財。朝：朝廷，此指官場。

【出處】漢・劉向《戰國策・秦策一》：「臣聞爭

名於朝，爭利於市。今三川、周室，天下之市朝也，而王不爭焉，顧爭於戎狄，去王業遠矣。」

【簡析】說明在任何場所都有人爭名奪利。

近水樓臺先得月，向陽花木易為春

【譯註】在水邊的閣樓，由於遮蔽物少的原故，所以可以先欣賞到月色；而常迎向陽光生長的花木，比較容易因得到溫暖而提早萌芽成長。

【出處】宋・俞文豹《清夜錄》：「范文正公鎮錢塘，兵官皆被薦，獨巡檢蘇麟不見錄，乃獻詩云：『近水樓臺先得月，向陽花木易爲春。』公即薦之。」

【簡析】比喻因得到某些人事的幫助，而可以優先得到某些利益或機會。

近朱者赤，近墨者黑

【譯註】若碰到朱砂的話會沾染到紅色，若碰到墨水的話會沾染到黑色。

【出處】晉・傅玄《太子少傅箴》：「故近朱者赤，近墨者黑；聲和則響清，形正則影直。」

【簡析】說明環境對人的影響之大，所以要善加選擇對自己有利的環境。

近鄉情更怯，不敢問來人

【譯註】當越接近故鄉時心情更加緊張，越發不敢問路人有關家鄉的近況，深怕問到的盡是些壞消息。怯：緊張害怕。

【出處】唐・李頻《渡漢江》：「嶺外音書絕，經冬復歷春；近鄉情更怯，不敢問來人。」

【簡析】形容離家很久的人回家時的一種微妙的心情。

返景入深林，復照青苔上

【譯註】夕照的餘暉映照在幽暗的樹林中，穿透樹葉投射到青苔上。

【出處】唐．王維《鹿柴》：「空山不見人，但聞人語響。返景入深林，復照青苔上。」

【簡析】形容森林的幽暗與沈寂。

物不得其平則鳴

【譯註】東西一旦擺放的不平，就會因爲動搖而發出聲響。

【出處】唐．韓愈《送孟東野序》：「大凡物不得其平則鳴。草木之無聲，風撓之鳴，水之無聲，風蕩之鳴。」

【簡析】說明人一旦遇到不公平的待遇時，就會有反抗的聲音。

物必先腐而後蟲生之

【譯註】東西一定是先自行腐敗之後，才會生出蛆蟲來。

【出處】宋．蘇軾《范增論》：「物必先腐也，而後蟲生之；人必先疑也，而後讒入之。」

【簡析】比喻因爲自身有缺點，才讓他人有機可趁。

物是人非事事休，欲語淚先流

【譯註】雖然景物依舊，可是人事已非，許多事情都已成往事，這令我感傷到話還沒有說出口，兩行熱淚已經不聽使喚的流下來了。

【出處】宋・李清照《武陵春》：「風住塵香花已盡，日晚倦梳頭。物是人非事事休，欲語淚先流。」

【簡析】說明睹物思人的傷悲。

物換星移幾度秋

【譯註】人事及景物隨著時間而改變，天際的星辰轉移了位置，又歷經了好幾個季節。

【出處】唐・王勃《滕王閣詩》：「閒雲潭影日悠悠，物換星移幾度秋。閣中帝子今何在？檻外長江空自流。」

【簡析】感嘆物是人非，光陰不再。

受人之託，忠人之事

【譯註】接受別人託付的事情，就要努力的完成它。

【出處】元・無名氏《陳州糶米》：「受人之託，必當忠人之事。大人的吩咐，著我先進城去，尋那楊金吾衙內。」

【簡析】表示一定將別人交付的事情，盡心盡力的做好。

九畫

前人種樹，後人乘涼

【譯註】前代的人種下樹苗，經過數十年之後，後代的人才有機會坐在樹蔭下乘涼。

【出處】清・翟灝《通俗篇・俚語集對》：「今年種竹，來年吃筍；前人栽樹，後人乘涼。」

【簡析】說明現在的努力，是為後代子孫造福。

姜太公釣魚，願者上鉤

【譯註】姜太公用無餌的直鉤來釣魚，用意無他，只希望願意上鉤的魚兒，自己跳上來。姜太公：呂尚，稱姜子牙，周初建國的功臣，善兵略，協助武王滅紂。

【出處】宋・無名氏《武王伐紂平話》卷中：「姜尚因命守時，直鉤釣渭水之魚，不用香餌之食，離水面三尺，尚自言曰：『負命者上鉤來！』。」

【簡析】比喻受騙上當是心甘情願的。

哀莫大於心死

【譯註】沒有什麼比全然放棄希望更可悲的了。心死：比喻心灰意冷到了極點。

【出處】《莊子・田子方》：「哀莫大於心死，而人死亦次之。」

【簡析】後用以說明對事情抱持絕望的態度是最可悲的。

持之有故，言之成理

【譯註】所說的話自有一定的邏輯性，也一定有根據的道理在。

【出處】戰國・荀況《荀子・非十二子》：「不知壹天下，建國家之權稱，曾不足以容辨異、縣君臣，然而其持之有故，言之成理。足以期惑景象，是墨翟、宋鈃也。」

【簡析】說明說話應有道理及根據。

春眠不覺曉，處處聞啼鳥

【譯註】在春天溫暖的夜晚香甜入睡，睡到都不知道白天已經到來，一覺醒來而耳中盡是小鳥啼叫的聲音。

【出處】唐・孟浩然《春曉》：「春眠不覺曉，處處聞啼鳥。夜來風雨聲，花落知多少。」

【簡析】形容處處呈現生機盎然的氣息。

春宵一刻值千金

【譯註】春天夜晚短短的一刻鐘時間，就有上千兩黃金的價值。

【出處】宋・蘇軾《春宵》：「春宵一刻值千金，花有清香月有陰。歌管樓臺聲細細，秋千院落夜沈沈。」

【簡析】形容美好時光的易逝和珍貴。

胡馬依北風，越鳥巢南枝

【譯註】生長在北方的馬兒依戀著北風，南方出產的鳥類會將巢築在朝南的樹枝上。胡：指北方。越：指南方。

【出處】漢・無名氏《古詩十九首・行行重行行》：「道路阻且長，會面安可知？胡馬依北風，越鳥巢南枝。」

【簡析】說明對國家故鄉的眷戀，或是不忘本的感情。

屋漏偏逢連夜雨

【譯註】這間房子會漏水，偏偏又遇到連下好幾天的大雨。屋漏：屋頂的磚瓦破裂，而且會漏水。

【出處】元・高明《琵琶記》：「屋漏更遭連夜雨，船遲又被打頭風。奴家自從婆婆去後，萬千狼狽，誰知公公病又將危。」

【簡析】說明不好的事情是接二連三的到來。

飛上枝頭變鳳凰

【譯註】全身漆黑的燕子一旦飛上枝頭上之後，就有如鳳凰般的光鮮亮麗。

【出處】清・吳偉業《圓圓曲》：「舊巢共是銜泥燕，飛上枝頭變鳳凰。」

【簡析】比喻原來極爲普通的人，尤其是女孩子，因爲機緣的巧合，一下子變成極具身價的人。

既來之，則安之

【譯註】人已經來了，那麼就要定下心來。

【出處】《論語・季氏》：「夫如是，故遠人不服，則修文德以來之。既來之，則安之。」

【簡析】說明遇事應處變不驚，或勸人要定下心來適應新的環境。

柔情似水，佳期如夢

【譯註】我倆之間的情愛，有如天際的銀河水般的溫柔；而此刻的相逢，眞猶如身處在夢境般的不眞切。

【出處】宋・秦觀《鵲橋仙》：「柔情似水，佳期如夢，忍顧鵲橋歸路，兩情若是久長時，又豈在朝朝暮暮。」

【簡析】這原用在形容牛郎與織女每年七夕相逢的愛情，後用以形容男女間的情愛。

思君如滿月，夜夜減清輝

【譯註】我極度地想念你，想到整個人就像十五的滿月，每天都在削減它的光輝，而日益消瘦。

【出處】唐．張九齡《自君之出矣》：「自君之出矣，不復理殘機；思君如滿月，夜夜減清輝。」

【簡析】形容因相思之苦，而身形日漸消瘦的樣子。

苟日新，日日新，又日新

【譯註】如果能清洗自己身上的汚穢，就該每天清洗，不要間斷。新：清洗，泛指更新。

【出處】《禮記．大學》：「湯之盤銘：『苟日新，日日新，又日新。』」

【簡析】說明透過每天的自我反省，使得自我每天不斷的成長。

苟非吾人所有，雖一毫而莫取

【譯註】如果這個東西不是我所擁有的，那縱然是一絲一毫我也不願意拿。

【出處】宋．蘇軾《前赤壁賦》：「且夫天地之間，物各有主，苟非吾人所有，雖一毫而莫取。」

【簡析】表示不貪求他人財物。

苦恨年年壓金線，為他人作嫁衣裳

【譯註】只恨自己年復一復年地刺繡著，卻是爲

他人準備嫁衣。

【出處】唐・秦韜玉《貧女》：「敢將十指誇針巧，不把雙眉鬥畫長；苦恨年年壓金線，為他人作嫁衣裳。」

【簡析】說明懷才不遇的心情。

苦海無邊，回頭是岸

【譯註】沈溺貪慾的痛苦，就像墮入無邊無際的大海一樣，唯有擺脫慾念轉頭往回走，才能登上解脫的岸邊。

【出處】元・無名氏《來生債》：「兀那世間的人，那貪財好賄，苦海無邊，回頭是岸，何不早結善緣也？」

【簡析】比喻只要悔改就還有前途。

若大旱之望雲霓

【譯註】就好像經過長久乾旱的日子後，天天期盼地望著天空的雲彩，希望能趕快降下雨來。霓：雨後天空中與虹同時出現的彩色圓弧。此指西方的虹霓，為下雨的預兆。

【出處】《孟子・梁惠王下》：「曰：『奚為后我？』民望之，若大旱之望雲霓也。」

【簡析】形容一種殷殷期盼的心情。

是非只為多開口，煩惱皆因強出頭

【譯註】人與人之間的恩怨，都是因為多說話，而所有的煩惱，大多是因為自己好出頭所招惹來的。

【出處】宋・陳元靚《事林廣記・警世格言》：「是非只為多開口，煩惱皆因強出頭。」

【簡析】勸人少管閒事，以免惹上不該惹的麻煩，自尋苦惱。

英雄出少年

【譯註】許多傑出的人物大多是年紀很輕的少年。

【出處】清・吳敬梓《儒林外史》第七回：「果然英雄出少年，到省試，高高中了。」

【簡析】現常用以鼓勵年輕人要敢做敢當，創造一番事業。

食無求飽，居無求安

【譯註】人在吃東西方面不要求滿足，在住的方面不要求安逸舒適。

【出處】《論語・學而》：「君子食無求飽，居無求安，敏於事而慎於言，就有道而正焉，可謂好學也已。」

【簡析】說明對生活的品質不會要求太高。

侯門一入深似海

【譯註】一旦進入權貴人家之後，就像是掉入了深不可測的大海之中。侯門：舊時的權貴。

【出處】唐・崔郊《贈去婢》：「公子王孫逐後塵，綠珠垂淚濕羅巾；侯門一入深如海，從此蕭郎是路人。」

【簡析】用以諷刺某些得勢的人，就連親舊來求助，也一概拒人千里的態度。

十畫

疾風知勁草

【譯註】在狂烈巨風的吹襲下，才知道草的韌性有多大。疾風：大而急的風。

【出處】南朝宋・范曄《後漢書・王霸傳》：「光武謂霸曰：『潁川從我者皆逝，而子獨留。努力，疾風知勁草。』」

【簡析】多讚美人能接受環境的考驗。

冤有頭，債有主

【譯註】結怨的人一定有個特定的對象，而向人借錢一定會有個債權人。

【出處】宋・普濟《五燈會元・劍門安分庵主》：「驀拈拄杖，打散大衆。示衆：『上至諸佛，下及衆生，性命總在山僧手裡。檢點將來，有沒量罪過。還有檢點得出者麼？』卓拄杖一下曰：『冤有頭，債有主。』」

【簡析】比喻凡事要找主事者。

冤家宜解不宜結

【譯註】兩方彼此的仇恨應該設法解除，而不應該繼續延續下去。

【出處】宋・洪邁《夷堅志》卷八：「冤家宜解不可結。汝昔殺我，我今殺汝，汝後世又當殺我，何時可了？可釋汝以解之。」

【簡析】常用作勸有怨隙的雙方解除仇恨。

病急亂投醫

【譯註】當生重病的時候，因爲心情慌亂，便隨便找個醫生來醫病。

【出處】清・曹雪芹《紅樓夢》第五十七回：「寶玉笑道：『所謂病急亂投醫了。』」

【簡析】比喻人在事情危急的時候，往往無法仔細加以判斷而處理。

病從口入，禍從口出

【譯註】疾病的發生，往往是因爲吃了不清潔的東西。災難的來臨，往往是因爲說話不謹慎的原故。

【出處】晉・傅玄《傅子・口銘》：「情莫多妄，口莫多言。蟻孔潰河，溜沈瀨山。病從口入，禍從口出。」

【簡析】說明說話要謹慎，否則易惹禍上身。

兼聽則明，偏信則暗

【譯註】多聽各方的意見之後，是非黑白便自然會呈現出來，若只聽一方之詞，便容易產生偏見。暗：糊塗。

【出處】漢・王符《潛夫論・明暗》：「君之所以明者，兼聽也；其所以暗者，偏信也。」

【簡析】說明人應該多方採聽意見，否則容易形成偏見，造成不好的後果。

海上生明月，天涯共此時

【譯註】皎潔的月亮從海面上冉冉升起，我和親人雖然天各一方，但都一定都在此時望著這輪明月。

【出處】唐・張九齡《望月懷遠》：「海上生明月，天涯共此時。情人怨遙夜，竟夕起想思。」

【簡析】表示思念遠方的親友。

海內存知己，天涯若比鄰

【譯註】在這世界上有你這樣的好朋友，雖然相隔千里，也宛若比鄰而居，近在咫尺。比鄰：近鄰。

【出處】唐·王勃《送杜少府之任蜀州》：「海內存知己，天涯若比鄰。無爲在歧路，兒女共沾巾。」

【簡析】說明好朋友之間深摯的感情，無關距離的遠近。

海闊憑魚躍，天空任鳥飛

【譯註】遼闊的海洋是魚兒騰躍的地方，高遠的天際是鳥兒飛翔的地方。憑：聽任。

【出處】宋·阮閱《詩話總龜》：「大海從魚躍，長空任鳥飛。」

【簡析】比喻在自由的環境中，可充分的施展才能及抱負。

浮生若夢，為歡幾何

【譯註】這個人生飄浮短暫，就像是做了場夢，又能有多少實質上的歡樂。

【出處】唐·李白《春夜宴從弟桃花園序》：「而浮生若夢，爲歡幾何？古人秉燭夜遊，良有以也。」

【簡析】說明人生如夢，應及時行樂。

浮雲一別後，流水十年間

【譯註】自我倆分別之後，生活飄蕩如浮雲般的不安定，十年的歲月匆匆如流水般逝去。

【出處】唐·韋應物《淮上喜會梁州故人》：「江漢曾爲客，相逢每醉還。浮雲一別後，流水十年間。」

【簡析】感嘆朋友一別經年，歲月如流水易逝。

浮雲遊子意，落日故人情

【譯註】藍天上飄走的浮雲，就像此刻你我的心情一般離情依依；而夕陽餘暉依戀天際，就像我此刻送行的心情一樣戀戀不捨。

【出處】唐．李白《送友人》：「浮雲遊子意，落日故人情。揮手自茲去，蕭蕭班馬鳴。」

【簡析】表達離別時欲言又止的心情。

酒入愁腸，化作相思淚

【譯註】我原本希望藉酒消愁，誰知酒一入肚，反而愁上加愁，變成一串串的淚水奪眶而出。

【出處】宋．范仲淹《蘇幕遮．懷舊》：「明月樓高休獨倚，酒入愁腸，化作相思淚。」

【簡析】說明相思深切及無以排遣。

酒逢知己千杯少，話不投機半句多

【譯註】遇到知己的好友在一起喝酒，即使是喝過千杯也覺得不夠；遇到說話沒有交點，即使說半句話也嫌多。投機：意見相合，意見相投。

【出處】元．高則誠《琵琶記》第三十折：「自古道酒逢知己千鍾少，話不投機半句多。好笑我爹爹不顧仁義，卻道奴家把言衝撞他。」

【簡析】說明朋友相交貴在交心。

高而不危，滿而不溢

【譯註】雖然位居高位，但沒有被顛覆的危險；雖然財富充盈，卻沒有溢出流失的憂患。

【出處】《孝經．諸侯章》：「在上不驕，高而不危；制節謹度，滿而不溢。高而不危，所以長守貴也；滿而不溢，所以長守富也。」

【簡析】表示謙虛的重要性。

高岸為谷，深谷為陵

【譯註】當大自然發生變化時，高崖會崩落成爲深谷，而深谷會因地形隆起而成爲丘陵。

【出處】《詩經．小雅．十月之交》：「百川沸騰，山冢崒崩。高岸爲谷，深谷爲陵。哀今之人，胡憯莫懲。」

【簡析】說明萬事萬物隨時都在變化當中。

流水不腐，戶樞不蠹

【譯註】常常流動的水不會腐臭，常常轉動的門軸不會被蟲蛀。戶樞：門軸。

【出處】戰國．呂不韋《呂氏春秋．盡數》：「流水不腐，戶樞不螻，動也。」

【簡析】比喻經常在變動的事物，才會歷久不衰。

流水落花春去也，天上人間

【譯註】凋零的落花隨著水流走，春天也過去了。一在天上，一在人間，相隔無限遙遠。

【出處】南唐．李煜《浪淘沙》：「無限江山，別時容易見時難。流水落花春去也，天上人間。」

【簡析】感慨美好的光陰匆匆流逝。

流言止於智者

【譯註】能夠明辯是非的人，對於傳言能夠加以判斷其中的眞假。

【出處】戰國・荀況《荀子・大略》：「語曰：『流丸止於甌臾，流言止於智者』。此家言邪學之所以惡儒者也。是非疑，則度之以遠事，驗之以近物，參之以平心，流言止焉。」

【簡析】用以說明流言是不會被有見識的人採信，因爲流言是經不起一再分析的。

宰相肚裡能撐船

【譯註】宰相因爲平日就要日理萬機，所以他的包容力很大，宛若能在他的肚中行船般的寬廣。

【出處】宋・無名氏《京本通俗小說・拗相公》：「常言：『宰相腹中撐得船過。』」

【簡析】說明一個人的寬容量大。

窈窕淑女，君子好逑

【譯註】溫柔美好的女子，是所有的男子所極力追求的。窈窕：ㄧㄠˇ ㄊㄧㄠˇ，美好的樣子。逑：配偶。

【出處】《詩經・周南・關雎》：「關關雎鳩，在河之洲；窈窕淑女，君子好逑。」

【簡析】常用以形容男子對心儀女子的傾慕之情。

家有敝帚，享之千金

【譯註】家裡的破掃把，看待它有如千金般的價值。敝：壞的。

【出處】魏・曹丕《典論・論文》：「夫人善於自見，而文非一體，鮮能備善，是以各以所長，相輕所短。里語曰：『家有敝帚，享之千金。』斯不自見之患也。」

【簡析】比喻人常常會盲目的自滿。

粉身碎骨全不怕，要留清白在人間

【譯註】縱然粉身碎骨我也不害怕，只要能夠將我的清白留在人間。

【出處】明．于謙《詠石灰》：「千錘萬鑿出深山，烈火焚燒若等閒。粉身碎骨全不怕，要留清白在人間。」

【簡析】比喻即使被百般折磨也不能改變自己的清白的操守。

送君千里，終有一別

【譯註】無論送你送得再遠，最後還是要分手互道珍重。

【出處】元．施耐庵《水滸傳》第三十二回：「自古道：『送君千里，終有一別』，兄弟，你只顧自己前程萬里，早早的到了彼處。」

【簡析】送別臨行時勸慰的辭語。

送佛送到西天

【譯註】要送佛祖就要送到佛祖的所在地。西天：佛教發源地天竺（古印度）在中國的西方，故稱爲西天。

【出處】清．文康《兒女英雄傳》第九回：「姊姊原是爲救安公子而來，如今自然送佛送到西天。」

【簡析】說明既然要助人，那就要幫人要幫到底。

真人不露相，露相非真人

【譯註】得道的人是不會隨便在人前露出形象，

那隨意露出形象給人看的，不是眞的得道的人。眞人：道教中稱得道的人。

【出處】明．吳承恩《西遊記》第九十九回：「三藏悄悄的叫道：『悟空，這裡人家識得我們道成事完了。自古道：眞人不露相，露相不眞人。恐爲久淹，失了大事。』」

【簡析】表示有才能的人，往往不愛表現出自己眞才實學。

泰山不讓土壤，故能成其大；河海不擇細流，故能就其深

【譯註】泰山因爲不拒絕任何的土壤，所以能成爲知名的高山；河海因爲接受所有的小細流，所以能成就它的深廣。

【出處】秦．李斯《諫逐客書》：「臣聞地廣者粟多，國大者人衆，兵強者士勇。是以泰山不讓土壤，故能成其大；河海不擇細流，故能就其深；王者不卻衆庶，故能明其德。」

【簡析】比喻積累點滴可以成就大事業。

泰山崩於前而色不變

【譯註】即使像泰山這樣的高山，在面前崩落，也不會因驚嚇而變了臉色。

【出處】宋．蘇軾《心術》：「爲將之道，當先治心。泰山崩於前而色不變，麋鹿興於左而目不瞬，然後可以制利害，可以待敵。」

【簡析】說明人膽色過人，能夠沈著應變突發的事情。

桃李不言，下自成蹊

【譯註】桃樹和李樹無法像人一樣開口說話，但它的花朵和果實會吸引人們前來，自然而然

的走出一條路來。蹊：小路。

【出處】漢·司馬遷《史記·李將軍列傳》：「諺曰：『桃李不言，下自成蹊。』此言雖小，可以喻大也。」

【簡析】比喻只要爲人眞誠，自能感動別人，爲人所敬仰。或比喻應注重實際，不尙虛名。

桃李春風一杯酒，江湖夜雨十年燈

【譯註】最懷念在桃花李花盛開的春日，我倆暢飮盡興的時光。在這細雨的夜晚，我點著一盞燈想念著我倆這十年的飄泊流離。

【出處】宋·黃庭堅《寄黃幾復》：「我居北海君南海，寄雁傳書謝不能。桃李春風一杯酒，江湖夜雨十年燈。」

【簡析】人處於孤寂落寞中，特別想念遠方老友及往日相處情誼。

桃花流水窅然去，別有天地非人間

【譯註】桃花的花瓣飄落在水面上，隨著流水流向不知名的地方去，而那裡正是一方世外桃源般的境地。窅：一ㄠˇ，深遠的樣子。

【出處】唐·李白《山中問答》：「問余何意棲碧山，笑而不答心自閒。桃花流水窅然去，別有天地非人間。」

【簡析】多用以描寫自然寧靜的山水美景。

捐軀赴國難，視死忽如歸

【譯註】懷著不惜犧牲生命的決心爲國家犧牲，將死亡看作如回家般的輕鬆。

【出處】三國魏·曹植《白馬篇》：「名在壯士

籍，不得中顧私。捐軀赴國難，視死忽如歸。」

【簡析】用以表現高昂的愛國精神及甘願爲國犧牲的決心。

破山中之賊易，破心中之賊難

【譯註】弭平山中的盜賊是件很容易的事，可是要改正惡習卻是件很困難的事。

【出處】明・王守仁《與楊仕德薛尚誠書》：「破山中之賊易，破心中之賊難。」

【簡析】說明改正壞習慣是件難度很高的事情。

書不盡言，言不盡意

【譯註】每個文字都無法將所有的意思完全都表達出來，而一句話也無法將所有的意思說清楚。

【出處】《易經・繫辭上》：「子曰：『書不盡言，言不盡意。』。」

【簡析】用在書信中，表示紙短意長，而無法表達所有的感情。

振衣千仞崗，濯足萬里流

【譯註】站在高崗上拍去衣服上的灰塵，坐在長長的水邊旁洗去腳上的污垢。

【出處】晉・左思《詠史》：「破褐出閶闔，高步追許由。振衣千仞崗，濯足萬里流。」

【簡析】說明對自由生活的嚮往。

挾天子以令天下

【譯註】挾制著皇帝爲幌子，並用他的名號，來對天下人發號施令。

【出處】漢・劉向《戰國策・秦策》：「挾天子以

令天下，天下莫敢不聽。」

【簡析】比喻挾持著重要的人物，並借其名對外指揮他人。

挾泰山以超北海

【譯註】腋下挾著泰山跨過渤海。北海：渤海

【出處】《孟子．梁惠王上》：「曰：『挾泰山以超北海，語人曰：我不能，是不爲也，非不能也。」

【簡析】比喻去進行不可能做到的事。

時窮節乃見，一一垂丹青

【譯註】遇到危險的時候，才會將一個人的氣節展現出來，因此這些忠貞之士的事跡便記載在史書上，留芳百世。時窮：指時世艱危。丹青：圖畫，古時的帝王常將對國家有功的大臣的肖像和事跡請畫工畫出來。

【出處】宋．文天祥《正氣歌》：「皇路當清夷，含和吐明庭。時窮節乃見，一一垂丹青。」

【簡析】表示對國家忠貞，隨時可以爲國家犧牲的人的氣節。

蚍蜉撼大樹，可笑不自量

【譯註】一隻身軀微小的大螞蟻竟異想天開要搖動大樹，最可笑的地方是牠不衡量自己的能力有多少。蚍蜉：ㄆㄧˊ ㄈㄨˊ，大螞蟻。撼：搖。

【出處】唐．韓愈《調張籍》：「李杜文章在，光焰萬丈長。不知羣兒愚，那用故謗傷？蚍蜉撼大樹，可笑不自量。」

【簡析】嘲諷人不自量力，妄想做出超出自己能力範圍之外的事情。

柴米油鹽醬醋茶

【譯註】家庭中每天必須消費的柴火、米、油、鹽、醬油以及茶葉。

【出處】元・武漢臣《玉壺春》第一折：「早晨起來七件事，柴米油鹽醬醋茶。」

【簡析】泛指家庭中的日常瑣事。

俯首帖耳，搖尾乞憐

【譯註】低下頭，垂下耳朵，一副馴良服從的樣子，如狗一般向主人搖著尾巴，乞求著主人的憐愛。

【出處】唐・韓愈《應科目時與人書》：「若俛首帖耳，搖尾而乞憐者，非吾之志也。」

【簡析】形容向有權勢的人卑躬的醜態。

俱懷逸興壯思飛，欲上青天攬明月

【譯註】我們都懷抱著不同於世俗的想法及凌雲的壯志，並想要飛到藍天上摘月亮。

【出處】唐・李白《宣州謝脁樓別校書叔雲》：「蓬萊文章建安骨，中間小謝又清發。俱懷逸興壯思飛，欲上青天攬明月。」

【簡析】形容壯志不凡。

豹死留皮，人死留名

【譯註】豹子死了還留下毛皮，那人死後也應該留下名聲。

【出處】宋・歐陽修《新五代史・王彥章傳》：「彥章嘗作俚語曰：『豹死留皮，人死留名』。」

【簡析】勉勵人要重視名譽。

留得青山在，不怕沒柴燒

【譯註】只要能夠生長樹木的山，沒有被鏟平，就不要擔心沒有柴火可以燒。

【出處】元·凌濛初《初刻拍案驚奇》卷二十二：「只得勸母親道：『留得青山在，不怕沒柴燒。』」

【簡析】比喻只要留住事物的本源，就不怕有窮盡的時候。

倉廩實則知禮節，衣食足則知榮辱

【譯註】當倉庫的存糧豐富，人民能吃飽飯，那麼他們可以進一步實行禮節。當人民的衣物可以穿得暖時，他們便可以知道所謂的榮辱爲何物。倉廩：貯藏穀物的倉庫。

【出處】春秋·管仲《管子·牧民》：「倉廩實則知禮節，衣食足則知榮辱。」

【簡析】說明人民基本的生活所需充足了，才會去重視道德與人格。

能讀不能行，所謂兩足書櫥

【譯註】一個人如果只有死讀書的能力，而沒有實踐的能力，這就好像擺滿書籍的書櫃，只是擺著好看罷了。

【出處】清·中居郎《西巖贅語》：「能讀不能行，所謂兩足書櫥。」

【簡析】說明身體力行的重要性。

倒持太阿，授人以柄

【譯註】將寶劍的刀鋒向著自己，而把劍柄交給對方。太阿：古代寶劍的名字。

【出處】漢·班固《漢書·梅福傳》：「至秦則

不然，張誹謗之罔，以爲漢驅除，倒持泰阿，授楚其柄。」

【簡析】比喻將權柄交給別人後，卻使自己受害。

胸中正，則眸子瞭焉；胸中不正，則眸子眊焉

【譯註】一個正直的人眼神自然明亮有光彩，而心地不正的人，眼神則顯得昏暗、失神。眸子：眼睛。瞭：明亮。眊：ㄇㄠˋ，眼睛昏暗、失神。

【出處】《孟子．離婁上》：「孟子曰：『存乎人者，莫良於眸子，眸子不能掩其惡。胸中正，則眸子瞭焉；胸中不正，則眸子眊焉。』」

【簡析】說明觀察一個人最好的方法，就是去觀察他的眼睛，因眼神最能反映人的內心眞實世界。

師者，所以傳道、授業、解惑也

【譯註】當一個老師就是對學生傳授做人做事的道理，教授專業知識，解決學生在課業上的困難。

【出處】唐．韓愈《師說》：「古之學者必有師。師者，所以傳道、授業、解惑也。」

【簡析】說明身爲一位老師的基本職責所在。

躬自厚而薄責於人

【譯註】常常反省自己的行爲，少去苛責別人的行徑。

【出處】《論語．衛靈公》：「子曰：『躬自厚而

薄責於人，則遠怨矣。』」

【簡析】表示對自我的嚴格要求，對他人要多方寬容。

乘長風破萬里浪

【譯註】風勢兇猛掀起萬里的巨浪。

【出處】梁．沈約《宋書．宗慤傳》：「慤年少時，炳問其志，慤曰：『願乘長風破萬里浪。』」

【簡析】比喻不畏艱難，勇往向前。

乘興而來，敗興而歸

【譯註】興致勃勃地到這裡來，卻掃興地歸去。

【出處】明．馮夢龍《東周列國志》第一回：「各軍士未及領賞，草草而散。正是乘興而來，敗興而返。」

【簡析】說明滿懷欣喜希望而來，卻不能如願以償地失望而返。

徒善不足以為政，徒法不能以自行

【譯註】有好的政治道德而沒有具體政策，是無法將國家治理好的；有好的法令而沒有落實，是無法發揮任何實質效力。

【出處】《孟子．離婁上》：「故曰，徒善不足以爲政，徒法不能以自行。詩云：『不愆不忘，率由舊章。』」

【簡析】說明惟有好的政治道德和好的法令相結合，才能將國家治理好。

笑罵由人笑罵，好官我自為之

【譯註】別人的譏笑與怒罵，都與我不相關，照

樣當我的官。

【出處】梁・沈約《宋史・鄧綰傳》：「熙寧三年冬，通判寧州，時王安石得君專政，條上時政數十事，其辭蓋媚王安石，又貽以書頌，極其佞諛。鄉人在都者皆笑且罵。綰曰：『笑罵從汝，好官須我爲之。』」

【簡析】形容貪官的無恥嘴臉。

紙上得來終覺淺，絕知此事要躬行

【譯註】由書本上得來的知識，總是給人的感受很淺薄，唯有親行去實行一次，才會知道書本上所要傳達的眞意。

【出處】宋・陸游《冬夜讀書示子聿》：「古人學問無遺力，少壯工夫老始成。紙上得來終覺淺，絕知此事要躬行。」

【簡析】說明書本上的知識必須加以實踐，才能獲得眞知。

十一畫

羚羊掛角，無跡可求

【譯註】傳說羚羊夜晚睡覺時，把角掛在樹上，兩腳懸空，讓獵人無法找尋牠的蹤跡，便可避免被殺害。

【出處】宋．嚴羽《滄浪詩話．詩辯》：「詩者，吟詠性情也。盛唐諸人惟在興趣，羚羊掛角，無跡可求。故其妙處，透徹玲瓏。」

【簡析】比喻詩文意境超脫。

淚眼問花花不語，亂紅飛過秋千去

【譯註】我含著淚水問花兒是否能將春留住，無奈花不回答我的問話，只見一陣風吹過，無數的花瓣往秋千的方向飄過去。

【出處】宋．歐陽修《蝶戀花》：「門掩黃昏，無計留春住。淚眼問花花不語，亂紅飛過秋千去。」

【簡析】指戀春卻無法留住春天，含有傷感的意思。

惟陳言之務去

【譯註】一定要努力去掉陳腔濫調。務：務必。

【出處】唐．韓愈《答李翊書》：「當其取於心而注於手也，惟陳言之務去，戛戛乎其難哉！」

【簡析】說明好的文章需要作者的創意及清新的表現方式。

清官難斷家務事

【譯註】每個家庭的是非爭論，即使是清廉正直的好官也無法解決。

【出處】明・馮夢龍《古今小說》卷十：「常言道：『清官難斷家務事。』」

【簡析】感嘆每個家庭中的糾紛是個說個話，外人是無法釐清其中的是是非非。

清明時節雨紛紛，路上行人欲斷魂

【譯註】清明節正是全家團聚掃墓的時候，而我卻在細雨紛飛的天氣裡走在旅途，憑添了多少愁緒。清明：二十四節氣之一。在農曆四月四、五日或六日。斷魂：形容極度的悲傷。

【出處】唐・杜牧《清明》：「清明時節雨紛紛，路上行人欲斷魂。借問酒家何處有？牧童遙指杏花村。」

【簡析】形容異鄉遊子在清明節中思鄉的情形。

商女不知亡國恨，隔江猶唱後庭花

【譯註】那些賣唱的歌女無法感受到亡國的痛苦，還在秦淮河畔唱著《玉樹後庭花》這類的靡靡之音。商女：賣唱的歌女。後庭花：相傳為南朝陳後主所作的《玉樹後庭花》，因為陳後主每天都要和寵臣嬪妃飲樂，終至亡國，故後用以形容亡國之音。

【出處】唐・杜牧《泊秦淮》：「煙籠寒水月籠沙，夜泊秦淮近酒家。商女不知亡國恨，隔江猶唱後庭花。」

【簡析】藉以諷刺人只圖個人享樂，而不關心國家大事。

情人眼裡出西施

【譯註】在情人的眼中，自己心儀的對象總是像古代美女西施一樣的美麗。西施：春秋時越國的美女，後泛指美女。

【出處】宋．胡仔《苕溪漁隱叢話後集》卷三十一：「諺云：情人眼裡出西施。」

【簡析】說明即使是再平常的人事物，於喜愛之人的心目中卻是最好的。

視而不見，聽而不聞

【譯註】雖然眼睛看著，卻好像沒有看見一般；雖然耳朵聽著，卻好像沒有看見一般。

【出處】《禮記．大學》：「心不在焉，視而不見，聽而不聞，食而不知其味。」

【簡析】表示不關心，不重視的態度。

視其所以，觀其所由，察其所安

【譯註】認識一個人要先看他的所做所爲，細細的察看他做事的方法及依據，再看他的喜好是什麼。安：喜好。

【出處】《論語．爲政》：「子曰：『視其所以，觀其所由，察其所安，人焉廋哉？人焉廋哉？』」

【簡析】說明判斷一個人的好壞，需要從許多方面去觀察瞭解。

視茫茫，而髮蒼蒼，而齒牙動搖

【譯註】視力已經開始模糊，白髮蒼蒼，牙齒也

開始動搖。

【出處】唐．韓愈《祭十二郎文》：「吾年未四十，而視茫茫，而髮蒼蒼，而齒牙動搖。」

【簡析】韓形容未老先衰的樣子。

寄蜉蝣於天地，渺滄海之一粟

【譯註】人生在世，就像蜉游寄生在天地之間一樣短促，也像茫茫大海中的一顆小米粒那般渺小。蜉蝣：蟲名，生存期極短。粟：穀粒，即未去殼的米粒。

【出處】宋．蘇軾《前赤壁賦》：「寄蜉蝣於天地，渺滄海之一粟。哀吾生之須臾，羨長江之無窮。」

【簡析】感嘆自己在時間之流中是如此短暫渺小。

烽火連三月，家書抵萬金

【譯註】戰火已經持續一整年了，在這混亂的時局中如果能得到一封家書，得知家人的安危，眞得是比得到萬兩黃金更令人高興的了。烽火：原指古代邊境報警的煙火，此指戰爭。抵：值得。

【出處】唐．杜甫《春望》：「烽火連三月，家書抵萬金。白頭搔更短，渾欲不勝簪。」

【簡析】表示對戰火中離散的家人，深切的思念之意。

剪不斷，理還亂，是離愁，別是一般滋味在心頭

【譯註】這個像流水一般剪也剪不斷的，也像是一團亂麻理不出頭緒的，就是離愁，而其中的況味，只有當事人感受最爲深刻。

【出處】南唐·李煜《相見歡》：「剪不斷，理還亂，是離愁，別是一般滋味在心頭。」

【簡析】形容那種無法名狀，難以排遣的心情。

訪舊半為鬼，驚呼熱中腸

【譯註】去探訪以往的朋友，大半已經離開人世間，在吃驚之餘，不禁一時悲從中來。

【出處】唐·杜甫《贈衞八處士》：「少壯能幾時，鬢髮各已蒼。訪舊半爲鬼，驚呼熱中腸。」

【簡析】慨歎於世事的滄桑與人生的悲歡離合。

麻雀雖小，五臟俱全

【譯註】麻雀雖然是隻小小的鳥兒，可是鳥身內該有的五臟都有。五臟：指心、肝、脾、肺、腎。

【出處】清·吳趼人《黑籍冤魂》：「我這回雖是短篇小說，未免也學著樣兒，先謅一個引子，以博諸公一笑。正是：麻雀雖小，五臟俱全。」

【簡析】說明東西看似稍小，但該具備的事物皆具備了。

深則厲，淺則揭

【譯註】爲避免將衣服弄濕，遇到要涉深水的時候，要脫掉衣服渡水；遇到淺水灘時，只要將衣角提起來便可以。厲：爲「裸」字音的轉變。揭：ㄑㄧˋ，高舉。

【出處】《詩經·邶風·匏有苦葉》：「匏有苦葉，濟有深涉。深則厲，淺則揭。」

【簡析】比喻做任何事要因時制宜。

欲加之罪，何患無辭

【譯註】隨便加個罪名給別人，還怕沒有理由嗎？辭：藉口。

【出處】春秋．左丘明《左傳．僖公十年》：「將殺里克，公使謂之曰：『子弒二君與一大夫，爲子君者，不亦難乎？』對曰：『不有廢也，君何以興？欲加之罪，其無辭乎？』」

【簡析】說明故意羅織罪名，誣陷人入罪的卑下行徑。

欲速則不達，見小利則大事不成

【譯註】凡事都要求快速，目的反而很難達到；只圖眼前的小利益，往往無法成就大事。

【出處】《論語．子路》：「子夏爲莒父宰。子曰：『無欲速，無見小利。欲速則不達，見小利則大事不成。』」

【簡析】勸人切勿躁進，一切都需腳踏實地，按部就班的去做。

欲將心事付瑤琴，知音少，弦斷有誰聽

【譯註】我想藉由這把瑤琴，表達我抗金復國的壯志，可惜是知音如此難尋，即使我彈到琴弦斷了，又誰會來欣賞呢？

【出處】宋．岳飛《小重山》：「白首爲功名，舊山松竹老，阻歸程。欲將心事付瑤琴，知音少，弦斷有誰聽？」

【簡析】感歎滿懷心事或理想抱負無人知曉的寂寞和不平。

欲窮千里目，更上一層樓

【譯註】如果想要看到更寬廣的景致的話，就必須爬上更高的一層樓去。

【出處】唐．王之渙《登鸛鵲樓》：「白日依山盡，黃河入海流。欲窮千里目，更上一層樓。」

【簡析】比喻要將事物看得更清楚，那就要站到更高的位置。或鼓勵人要奮發向上，不斷地求進取。

淡妝濃抹總相宜

【譯註】西湖的景色就像是美女西施一樣，美的自然渾成，無論是以淡妝或豔妝出現，總能展現出不同的風華，給人不同的感受。

【出處】宋．蘇軾《飲湖上初晴後雨》：「水光瀲灩晴光好，山色空濛雨亦奇。欲把西湖比西子，淡妝濃抹總相宜。」

【簡析】現多用以形容女子的容貌，無論是如何打扮都美的驚人。

掛羊頭，賣狗肉

【譯註】店門口掛的是羊頭，可是店裡頭實際賣的卻是狗肉。

【出處】宋．道原《續景德傳燈錄．曇華禪師》：「從此卸卻干戈，隨分著衣服吃飯，二十年來曲彔床，懸羊頭，賣狗肉，知它有什麼憑據？」

【簡析】比喻言行不一或指騙人的行爲。

強自取柱，柔自取束

【譯註】在處理事情上如果太強出頭的話，就會招致挫敗；但如果行事太過軟弱的話，又會

爲自己帶來許多的約束。柱：通「祝」，折斷。

【出處】戰國・荀況《荀子・勸學》：「強自取柱，柔自取束。」

【簡析】說明事物的變化，全在於內因。

強弩之末，力不能入魯縞

【譯註】用弩發射一支箭，這支箭飛到了最後力量減弱，甚至於連魯國製的薄絹都穿不透。弩：構造簡單的機械弓箭。縞：ㄍㄠˇ。白色的絲織品。

【出處】漢・班固《漢書・韓安國傳》：「且臣聞之，衝風之衰，不能起毛羽；強弩之末，力不能入魯縞。」

【簡析】說明逐漸衰微的勢力。

強將手下無弱兵

【譯註】精明幹練的將領手下，沒有貪生怕死的兵士。

【出處】宋・蘇軾《題連公壁》：「俗語云：『強將手下無弱兵。』眞可信。」

【簡析】多用來稱贊他人領導有方。

強龍不壓地頭蛇

【譯註】外地來的龍，力量再大，也壓不住盤據在當地的蛇。地頭蛇：比喻稱霸地方的惡人。

【出處】明・吳承恩《西遊記》第四十五回：「你也忒自重了，更不讓我遠方之僧。也罷，這正是『強龍不壓地頭蛇』。」

【簡析】說明當地惡勢力太大，規勸他人不要與之相爭。

責己也重以周，其待人也輕以約

【譯註】古時候的君子對自我的要求，是全面性而嚴厲地。而對待他人則是要求單純而寬厚地。

【出處】唐・韓愈《原毀》：「古之君子，其責己也重以周，其待人也輕以約。重以周，故不怠；輕以約，故人樂爲善。」責：要求。周：全面性。」

【簡析】說明處世的原則應嚴格的要求自己，寬容的對待別人。

奢者心常貧，儉者心常富

【譯註】生活奢侈的人因爲常欲求不滿足，所以常有貧乏感；而生活節儉的人因爲對物質的需求不多，所以常有知足感。

【出處】五代・譚峭《化書・儉化・天牧》：「奢者心常貧，儉者心常富。」

【簡析】說明外面物質的追求，常令人匱乏不安，唯有心靈上的知足，才是眞正的富有。

將在外，君命有所不受

【譯註】統帥領軍在前線作戰，由於情勢急迫，因而可以不執行皇帝下達的命令，自行研判處理的辦法。

【出處】漢・司馬遷《史記・孫子吳起列傳》：「臣既已受命爲將，將在軍，君命有所不受。」

【簡析】說明人單獨在外，可獨立行事，不受上司或長官的約束。

將相本無種，男兒當自強

【譯註】所謂的王侯將相不是與生俱來，所以有志氣的男兒應當努力爭取。

【出處】宋．汪洙《神童詩》：「將相本無種，男兒當自強。」

【簡析】鼓勵人要奮發向上，爭取大的作為。

將縑來比素，新人不如故

【譯註】拿細絹和白絹來比較，新人織布的技巧不如舊人的技巧純熟。縑：雙絲織的淺黃色細絹。素：白色生絹。

【出處】漢．無名氏《上山採蘼蕪》：「新人工織縑，故人工織素。織縑日一匹，織素五丈餘。將縑來比素，新人不如故。」

【簡析】勸戒人們在婚姻（或愛情）上不要喜新厭舊。

問世間，情是何物，直教生死相許

【譯註】請問這人世間的情愛究竟是什麼呢？竟然可以讓那麼多的人以生命來交換。

【出處】金．元好問《摸魚兒》：「問世間，情是何物，直教生死相許。天南地北雙飛客，老翅幾回寒暑？」

【簡析】說明愛情的堅貞動人。

問君能有幾多愁？恰似一江春水向東流

【譯註】問問我心中究竟有多少的愁苦呢？那就像是春天的江水一般悠長無盡。

【出處】南唐．李煜《虞美人》：「雕欄玉砌應猶在，只是朱顏改。問君能有幾多愁？恰似一江春水向東流。」

【簡析】形容憂愁綿長，難以排除。

問渠哪得清如許，爲有源頭活水來

【譯註】這小小的池塘水爲何能永遠這般清澈呢？只因爲有源源不斷的活水流進的緣故。渠：池塘。

【出處】宋．朱熹《觀書有感》：「半畝方塘一鑑開，天光雲影共徘徊。問渠哪得清如許，爲有源頭活水來。」

【簡析】說明唯有不斷地吸收新知，才能夠不斷地進步。或稱讚他人的學術有深厚的根柢。

盛名之下，其實難副

【譯註】擁有響亮名氣的人，他眞正的品德很難配得上他的名聲。副：符合。

【出處】南朝宋．范曄《後漢書．黃瓊傳》：「陽春之曲，和者必寡。盛名之下，其實難副。」

【簡析】說明很多人是名過其實的。

盛年不重來，一日難再晨

【譯註】年輕力壯的日子一旦過去，就不會重新再回來；日子一天一天的過去，同一個早晨是不可能再回來的。

【出處】晉．陶潛《雜詩》：「盛年不重來，一日難再晨。及時當勉勵，歲月不待人。」

【簡析】用以告誡人們切莫虛度光陰。

都云作者癡，誰解其中味

【譯註】大家都說寫書的作者是個癡情種，可是有誰會知道，作者在寫書時的滿腹辛酸呢？

【出處】清・曹雪芹《題紅樓夢》：「滿紙荒唐言，一把辛酸淚。都云作者癡，誰解其中味？」

【簡析】用以比喻作者寫書時五味雜陳的心情，是讀者無法領略的。

掘井九仞而不及泉，猶為棄井也

【譯註】在挖井水的時候，挖到九仞還沒有水的迹象就放棄，這仍是一口廢井。仞：長度單位，八尺。

【出處】《孟子・盡心上》：「孟子曰：『在爲者譬若掘井，掘井九軔而不及泉，猶爲棄井也。』」

【簡析】比喻功虧一簣。

捲土重來未可知

【譯註】在項羽的家鄉中仍有許多有才華的人，因此如果他能回到家鄉重新來過，說不定還能再有一番作爲呢？

【出處】唐・杜牧《題烏江亭》：「勝敗兵家事不期，包羞忍恥是男兒。江東子弟多才俊，捲土重來未可知。」

【簡析】鼓勵人在失敗之後，仍能再接再厲。

匏巴鼓瑟而潛魚出聽，伯牙鼓琴而六馬仰秣

【譯註】當匏巴在彈瑟的時候，瑟音好聽到連水底的魚兒都浮上來傾聽，當伯牙在彈琴的時候，樂音動聽到連吃著糧草的馬兒都擡起頭來傾聽。匏巴：古代傳說中善於奏瑟的音樂人。伯牙：春秋時精琴藝的人。

【出處】戰國・荀況《荀子・勸學》：「瓠巴鼓瑟而潛魚出聽，伯牙鼓琴而六馬仰秣。」

【簡析】用以形演奏技巧高超，樂音動聽無比。

逝者如斯夫，不捨晝夜

【譯註】時間就流水一般，不分晝夜的流淌著。逝者：指消失的光陰。

【出處】《論語・子罕》：「子在川上曰：『逝者如斯夫，不捨晝夜。』」

【簡析】後用以說明光陰匆匆流逝。

採得百花成蜜後，為誰辛苦為誰甜

【譯註】我這隻小小的蜜蜂將採集來的花粉釀成花蜜後，到頭來這是爲誰在辛苦，又是爲了讓誰享受這甜蜜呢？

【出處】唐・羅隱《蜂》：「不論平地與山尖，無限風光盡被占。採得百花成蜜後，爲誰辛苦爲誰甜。」

【簡析】說明窮忙後的惆悵感。

採菊東籬下，悠然見南山

【譯註】在東邊的籬笆下採摘菊花，心情恬淡遂適的遠望終南山。悠然：形容恬淡舒適的心境。

【出處】晉・陶潛《飲酒》：「採菊東籬下，悠然見南山。山氣日夕佳，飛鳥相與還。」

【簡析】用以形容田園生活的恬淡自在與閒適自得。

陳力就列，不能者止

【譯註】盡自己一己的力量做好工作，若不能適

任的話就辭職。

【出處】《論語・季氏》：「周任有言曰：『陳力就列，不能者止。』」

【簡析】說明在職應克盡職守。

救人一命，勝造七級浮屠

【譯註】救一個人的性命，比建造一座七層高的佛塔所累積的功德更大。浮屠：佛塔，一般是建造七層高，佛家認爲建塔是件功德無量的事情。

【出處】元・鄭德輝《傷梅香》：「救人一命，勝造七級浮屠。」

【簡析】今比喻扶傷救死是很重要的。

患生於忿怒，禍起於纖微

【譯註】災難往往產生在人因忿怒失去理性的時候，而禍端往往產生在細小的情節中。

【出處】漢・韓嬰《韓詩外傳》卷十九：「患生於忿怒，禍起於纖微。」

【簡析】說明人往往在不經意之間惹出災禍。

國之興也，視民如赤子；其亡也，以民為草芥

【譯註】當國家興盛的時候，對待老百姓就像呵護嬰兒般的細心；但國家將要滅亡的時候，老百姓的生命就如野草般的輕賤，任人踐踏摧殘。

【出處】晉・陳壽《三國志・吳書・賀邵傳》：「國之興也，視民如赤子；其亡也，以民爲草芥。」

【簡析】說明爲治理政治應以人民爲重。

國家將興，必有禎祥；國家將亡，必有妖孽

【譯註】這個國家即將興盛起來時，一定有好的吉兆；倘若這個國家即將滅亡的時候，一定有反常的現象出現。妖孽：古代指物類反常現象，古人以爲是不祥的預兆。

【出處】《禮記．中庸》：「國家將興，必有禎祥；國家將亡，必有妖孽。見乎蓍龜，動乎四體。」

【簡析】用以說明社會現象，足以反映國家現有的情勢。

國破山河在，城春草木深

【譯註】經過這幾年的安史之亂後，世局動盪不安，家園殘破，但山河景物依然和昔日一樣；當春天來臨時，長安城內長滿青嫩的春草，滿眼淒涼的景色。

【出處】唐．杜甫《春望》：「國破山河在，城春草木深。感時花濺淚，恨別鳥驚心。」

【簡析】形容戰亂之後，城市蕭條殘破的景象。

莊生曉夢迷蝴蝶，望帝春心托杜鵑

【譯註】莊子在夢中幻化爲蝴蝶，因而醒後有無限迷惘的感覺；蜀王渴望春天的心，只有寄由杜鵑的啼聲來傳達。

【出處】唐．李商隱《錦瑟》：「錦瑟無端五十弦，一弦一柱思華年。莊生曉夢迷蝴蝶，望帝春心托杜鵑。」

【簡析】表達人對愛情的渴望，並癡迷不已。

堂上一呼，階下百諾

【譯註】處上位者在上面呼一聲口號，下面立刻有許多附和的聲音出來。

【出處】元・無名氏《淬范叔》：「出則高牙大纛，入則竣宇雕梁，堂上一呼，階下百諾，何等受用。」

【簡析】形容有權勢的人，部屬很多。或指權勢顯赫具影響力的人。

野火燒不盡，春風吹又生

【譯註】自然引發的大火，無法將深藏在地底的野草根鬚燒盡，只要春風一吹，春雨一滋潤，又引發野草的生機，讓它迅速破土重生。野火：荒山野地上自然引發的火災。

【出處】唐・白居易《賦得古原草送別》：「離離原上草，一歲一枯榮。野火燒不盡，春風吹又生。」

【簡析】說明事物具有頑强的生命力，或比喻無法徹底摧毀的事物。

晚食以當肉，安步以當車

【譯註】將吃飯的時候往後推一點，在適度的饑餓下即使吃的是蔬菜也和肉一樣香甜。慢慢地走，在適度的運動下身心舒暢，就和坐車一樣舒服。

【出處】漢・劉向《戰國策・齊策》：「晚食以當肉，安步以當車，無罪以當貴。」

【簡析】用以表示過著恬淡的生活。或表示現代人爲謀求身體健康的方法。

常將冷眼看螃蟹，看你橫行得幾時

【譯註】我常在一旁觀察螃蟹的一舉一動，看你這隻螃蟹要橫走到什麼時候。冷眼：對事物以一種冷靜的態度對待。

【出處】宋．楊顯之《瀟湘雨》：「常將冷眼看螃蟹，看你橫行得幾時。」

【簡析】表示對倚仗權勢，肆行無忌之人的不屑。

眾人皆醉我獨醒

【譯註】世局如此混亂，大家都渾渾噩噩的過日子，只我一個憂心世局。

【出處】戰國．屈原《漁父》：「屈原既放，游於江潭，行吟澤畔，顏色憔悴，形容枯槁。漁父見而問之曰：『子非三閭大夫與？何故至於斯？』屈原曰：『舉世皆濁我獨清，眾人皆醉我獨醒，是以見放。』」

【簡析】用以表示在大家都看不清實情時，只有自己頭腦清醒能掌握狀況。

眾惡之，必察焉；眾好之，必察焉

【譯註】大家都討厭他，就要探究原因何在。大家都喜歡他，也要研究理由何在。

【出處】《論語．衛靈公》：「子曰：『眾惡之，必察焉；眾好之，必察焉。』」

【簡析】說明凡事應經過觀察與思考再下立論，不可偏聽偏信，人云亦云。

眾士之諾諾，不如一士之諤諤

【譯註】許多人隨聲附和，還不如有一個人能夠

直言不諱。諾諾：連聲應諾，表示順從，不加違逆。諤諤：直言爭辯的樣子。

【出處】漢・司馬遷《史記・商君列傳》：「商君曰：『子觀我視秦也，孰與五羖大夫賢？』趙良曰：『視千羊之皮，不如一狐之掖；千人之諾諾，不如一士之諤諤。』」

【簡析】說明人應少聽拍馬屁的話，而應聽聽一些眞心話。

眾心成城，眾口鑠金

【譯註】只要大家同心協力，其力量有如城堡般的堅固；大家有志一同的抵毀同一人事，其力量有如可以鎔化金屬般的厲害。鑠：鎔化，銷鑠。

【出處】春秋・左丘明《國語・周語下》：「諺曰：『衆心成城，衆口鑠金。』」

【簡析】說明衆人的力量是強大無比的，既可團結成一股力量，也可以成爲毀謗的根源所在。

眾裡尋他千百度，驀然回首，那人卻在燈火闌珊處

【譯註】元宵節的花燈之夜裡，在擁擠的人羣中一遍又一遍地找尋他的影蹤，怎麼找也找不著，猛然一回頭才發現，他一直站在燈火最稀落的地方。驀然：猛然。闌珊：暗淡、零落。

【出處】宋・辛棄疾《青玉案・元夕》：「蛾兒雪柳黃金縷，笑語盈盈暗香去。衆裡尋他千百度，驀然回首，那人卻在燈火闌珊處。」

【簡析】描寫男女之間追求過程中，心情的輕折，亦用作在治學的過程中突然有所獲的心

情。

敗軍之將，不可言勇

【譯註】打了敗仗的將軍，是沒有資格談勇敢的。

【出處】漢．司馬遷《史記．淮陰侯列傳》：「於是信問廣武君曰：『僕欲北攻燕，東伐齊，何若而有功？』廣武君辭謝曰：『臣聞敗軍之將，不可言勇；亡國之大夫，不可以圖存。今臣敗亡之虜，何足以權大事乎？』」

【簡析】說明自己因爲有失敗的記錄，所以無法再有大作爲。

莫言炙手手可熱，須臾火盡灰亦滅

【譯註】不要說那個將軍的氣焰，高漲的像是可以燙人手似的，要知道這氣焰沒多久就會滅了，甚至會灰飛煙滅。

【出處】唐．崔顥《長安道》：「日晚朝回擁賓客，路上揖拜何紛紛？莫言炙手手可熱，須臾火盡灰亦滅。」

【簡析】說明權貴的專橫是不會長久的。

莫言閒話是閒話，往往事從閒話來

【譯註】不要以爲和別人談論八卦的事是磨時間的事情，要知道所有的是是非非，就是從這樣的談話中製造出的。

【出處】唐．衞準《失題》：「莫言閒話是閒話，往往事從閒話來。何必剃頭爲弟子，無家便是出家人。」

【簡析】說明平日的言行要謹慎，否則會在不經意間製造出禍端來。

莫把金針度與人

【譯註】不要把繡鴛鴦的針法傳授給別人。金針：原為針的美稱。後因傳說鄭彩娘七月七日夜祭織女，織女送給她一根金針，此後她的刺繡技藝，變得高明無比。而藉以比喻祕法、訣竅。

【出處】金・元好問《論詩》：「暈碧裁紅點綴勻，一回拈出一回新。鴛鴦繡了從教看，莫把金針度與人。」

【簡析】意思是不要將研究得到的心得或成果告訴別人。

莫怪世人容易老，青山也有白頭時

【譯註】不要再抱怨人為何年華那麼容易老去，你看當白雪覆在山巔時，像不像人白了頭一般。

【出處】清・駱綺蘭《對雪》：「登樓對雪懶吟詩，閒倚欄干有所思。莫怪世人容易老，青山也有白頭時。」

【簡析】說明要以樂觀的心情看待自己的人生。

莫等閒，白了少年頭，空悲切

【譯註】不要讓年華輕易過去，要不然等到白霜染上雙鬢的時候，回首前塵，只徒留許多的遺憾及悲哀。等閒：輕易。

【出處】宋・岳飛《滿江紅》：「三十功名塵與土，八千里路雲和月。莫等閒，白了少年頭，空悲切。」

【簡析】鼓勵人要把握時光，及時努力。

莫愁前路無知己，天下誰人不識君

【譯註】不要擔心從此沒有知心的好朋友，你是個有名氣的人，有誰會不認識你呢？

【出處】唐．高適《別董大》：「千里黃雲白日曛，北風吹雁雪紛紛。莫愁前路無知己，天下誰人不識君。」

【簡析】這句話是用勸勉遠行的朋友。

莫道不消魂，簾捲西風，人比黃花瘦

【譯註】誰說悲傷不傷神啊，試看當西風捲起這竹簾時，竹簾內的人比簾外的菊花還要清瘦。消魂：形容極度的悲愁而傷神。

【出處】宋．李清照《醉花陰》：「東籬把酒黃昏後，有暗香盈袖。莫道不消魂，簾捲西風，人比黃花瘦。」

【簡析】後用以形容人因相思而消瘦憔悴。

眼看他起朱樓，眼看他宴賓客，眼看他樓塌了

【譯註】我親眼看這棟朱紅色的大樓建造起來，他的主人曾在這大宴賓客，熱鬧非凡。如今是樓塌荒廢，徒留遺憾給人。

【出處】清．孔尚任《桃花扇．離亭宴帶歇指煞》：「俺曾見金陵玉殿鶯啼曉，秦淮水榭花開早，誰知道容易冰消？眼看他起朱樓，眼看他宴賓客，眼看他樓塌了。」

【簡析】感嘆人生禍福無常，非人力所能控制

的。

眼裡揉不下沙子

【譯註】眼睛是無法接受像沙子這樣的異物。

【出處】清・曹雪芹《紅樓夢》第六十九回：「奶奶寬洪大量，我卻眼裡揉不下沙子去。」

【簡析】表示對不合理的事物有意見。或是不能接受某個人。

眼觀四面，耳聽八方

【譯註】眼睛要仔細觀看環境四周的情形，耳朵細聽各方面的動靜。

【出處】明・許仲琳《封神演義》第五十三回：「爲將之道，身臨戰場務要眼觀四處，耳聽八方。」

【簡析】說明細心察看四處的情形。

悠悠生死別經年，魂魄不曾來入夢

【譯註】時間匆匆過了好多年，死去的愛妃卻從來沒有到我的夢境中來。

【出處】唐・白居易《長恨歌》：「鴛鴦瓦冷霜華重，翡翠衾寒誰與共。悠悠生死別經年，魂魄不曾來入夢。」

【簡析】表達對死去親人的思念之情。

鳥之將死，其鳴也哀；人之將死，其言也善

【譯註】鳥兒將要死的時候，牠的叫聲必定是悲哀無比的；一個人在面臨死亡時，所說的話也是發自眞誠的。

【出處】《論語・泰伯》：「曾子有疾，孟敬子問之。曾子言曰：『鳥之將死，其鳴也哀；人

之將死，其言也善。』」

【簡析】說明人無論好壞，在臨終時所說的話都是出自肺腑的。

鳥棲不擇山林，唯其木而已；魚游不擇江湖，唯其水而已

【譯註】鳥兒在找棲息的地方，不再執意找尋樹林，只要是棵樹就可以了。魚兒在找尋生存的地方時，不再執意要大江流，只要是有水的地方就可以了。

【出處】宋．秦觀《逆旅集序》：「鳥棲不擇山林，唯其木而已；魚游不擇江湖，唯其水而已。」

【簡析】比喻人不再堅持某些條件，只要有基本需求即可。

得成比目何辭死，願作鴛鴦不羨仙

【譯註】面對心中愛慕的美人，我這樓前相望的癡情人想如果和她能像比目魚般的成雙成對，即使是死又有什麼可怕的呢？我不羨慕神仙的生活，只願和她做對相親相愛的鴛鴦。比目：此指比目魚，傳說此種魚類在水中是併排而游，比喻相愛且不分離。

【出處】唐．盧照鄰《長安古意》：「得成比目何辭死，願作鴛鴦不羨仙。比目鴛鴦眞可羨，雙去雙來君不見。」

【簡析】用以形容追求愛情不悔的心情。

得意而忘言，得魚而忘筌

【譯註】體會出語言的精華所在，就可以將表達意思的形容詞忘掉；就像是捕到魚之後，就

可以將捕魚的工具暫擱在一旁一樣。筌：捕魚器，竹製有逆向鉤刺。

【出處】《莊子．外物》：「筌者所以在魚，得魚而忘筌；蹄者所以在兔，得兔而忘蹄；言者所以在意，得意而忘言。」

【簡析】說明去領會文中的旨意，才是學習的眞正目的。

得黃金百斤，不如得季布一諾

【譯註】得到一百斤的黃金，還不如得到季布一句允諾的話來得有價值。季布：漢初楚人。以任俠著名，重然諾。

【出處】漢．司馬遷《史記．季布欒布列傳》：「得黃金百斤，不如得季布一諾。」

【簡析】用以稱讚守信用的人。

得道者多助，失道者寡助

【譯註】堅持正義的人得到的助益會越來越多，而違背正義的人必然陷於孤立無援的境地。

【出處】《孟子．公孫丑下》：「得道者多助，失道者寡助。寡助之至，親戚畔之；多助之至，天下順之。」

【簡析】多用以說明合乎正義的，必會得到最後的勝利，而違背眞理的，必定會招致失敗。

得饒人處且饒人

【譯註】能夠寬恕別人的地方就寬恕他吧。

【出處】宋．褒信縣道人《棋詩》：「爛柯仙客妙通神，一局曾經幾度春。自出洞來無敵手，得饒人處且饒人。」

【簡析】說明對待人處事上要給別人留點餘地，不可以逼人太甚。

貧居鬧市無人問，富在深山有遠親

【譯註】一個貧窮的人即使住在繁華的城鎮中，也乏人問津。而一個富有的人即使住在偏遠的深山裡，也會有關係遠的親戚來探訪。

【出處】宋．陳元靚《事林廣記．通用警語》：「貧居鬧市無人問，富在深山有遠親。」

【簡析】說明人情的冷暖。

貧賤之交不可忘，糟糠之妻不下堂

【譯註】對於在窮困時結交的朋友，千萬不可以遺忘。曾共渡患難的妻子，千萬不可以拋棄。糟糠：酒滓穀皮等粗劣食物，貧窮的人用以充飢。後藉指曾共患難的妻子。下堂：指妻子被丈夫遺棄或與丈夫離異。

【出處】南朝宋．范曄《後漢書．宋弘傳》：「後弘被引見，帝令主坐屏風後，因謂弘曰：『諺言貴易交，富易妻，人情乎？』弘曰：『臣聞貧賤之交不可忘，糟糠之妻不下堂。』帝顧謂主曰：『事不諧矣。』」

【簡析】規勸人切勿在發達之後，忘恩負義。

貧賤夫妻百事哀

【譯註】生死離別是難免的，可是發生在貧賤夫妻的身上更顯得事事悲哀。

【出處】唐．元稹《遣悲懷》之二：「尚想舊情憐婢僕，也曾因夢送錢財。誠知此恨人人有，貧賤夫妻百事哀。」

【簡析】形容世間的夫妻，在貧賤時所有不如意及苦難會頻頻到來。

貪天之功，以爲己力

【譯註】將上天的所有功勞都說是自己的功勞。

【出處】春秋．左丘明《左傳．僖公二十四年》：「天實置之，而二三子以爲己力，不亦誣乎？竊人之財，猶謂之盜，況貪天之功，以爲己力。」

【簡析】指責某些竊取他人功勞的人。

貪多務得，細大不捐

【譯註】求學問要不知滿足地多方面學習，力求有所收獲，無論大小學問都不捨棄。捐：捨棄。

【出處】唐．韓愈《進學解》：「記事者必提其要，纂言者必鉤其玄；貪多務得，細大不捐，焚膏油以繼晷，恆兀兀以窮年。」

【簡析】指在學習的過程中應該兼容並蓄，無所偏廢。亦用以嘲諷人貪心無厭。

貪多嚼不爛

【譯註】因貪心而吃得太多，反而嚼不碎食物，造成胃的負擔。

【出處】《寶林禪師語錄．婺州云黃山寶林禪寺》：「僧云：『明眼衲僧因甚腳跟下紅絲線不斷？』師云：『貪多嚼不爛。』」

【簡析】常用以規勸人要量力而爲。

魚游於沸鼎之中，燕巢於飛幕之上

【譯註】魚在沸騰的水中游，燕子在不穩固的帳篷上築巢。鼎：古代烹煮的用器，三足。幕：帳篷。

【出處】南朝梁．丘遲《與陳伯之書》：「方當繫頸蠻邸，懸首藁街，而將軍魚游於沸鼎之中，燕巢於飛幕之上，不亦惑乎？」

【簡析】比喻明明知道自己的處境已經岌岌可危，仍苟安於表面上的安定。

終身讓路，不枉百步

【譯註】在一生中，都讓路給別人先走的人，自己雖然走遙遠的路途也不會白費。

【出處】宋．歐陽修《新唐書．朱敬則傳》：「終身讓路，不枉百步。」

【簡析】勸人凡事要包容，不要強出頭。

甜言美語三冬暖，惡語傷人六月寒

【譯註】對人說些好聽的言語，即使在冬天也會令人覺得溫暖；對人說些惡毒的言語，即使在夏天也會令人覺得寒冷。

【出處】元．王實甫《西廂記》三本二折：「別人行甜言美語三冬暖，我根前惡語傷人六月寒。我爲頭兒看：看你個離魂倩女，怎發付擲果潘安。」

【簡析】勸人應留口德，不要口出惡言。

猛將如雲，謀臣如雨

【譯註】在這裡驍勇善戰的將士，多得像天上的雲彩一樣；而擘畫計策的謀臣，多得像雨絲一般。

【出處】清．文康《兒女英雄傳》第十八回：「況他那裡雄兵十萬，甲士千員，猛將如雲，謀臣如雨。」

【簡析】泛指人才衆多。

猛獸易伏，人心難降；谿壑易填，人心難滿

【譯註】只要運用捕捉的技巧，就很容易將野獸馴伏，而人心卻是無法令它順服；只要努力的推填，就很容易將山谷填平，而人心卻是沒那麼容易讓它滿足。

【出處】明・洪自誠《菜根譚》：「猛獸易伏，人心難降；谿壑易填，人心難滿。」

【簡析】說明人心叵測而且貪得無厭。

笙歌散盡遊人去，始覺春空

【譯註】當歌舞表演結束，人潮散去之後，才猛然發現春天不過是場幻夢罷了。

【出處】宋・歐陽修《采桑子》：「笙歌散盡遊人去，始覺春空。垂下簾櫳，雙燕歸來細雨中。」

【簡析】說明一種在繁華落盡後的失落感。

船到江心補漏遲

【譯註】如果船行駛到江心中央的時候，發現有漏水的現象而要補洞，已經來不及了。

【出處】元・關漢卿《救風塵》第一折：「恁時節船到江心補漏遲，煩惱怨他誰，事要前思免勞後悔。」

【簡析】比喻事情發展到不可收拾的地步，才來挽救已經來不及了。

偷雞不著蝕把米

【譯註】想要偷人家的一隻雞，不但沒有偷著，反而賠上引誘雞上勾的一把米。

【出處】清・錢彩《說岳全傳》第二十五回：「這艄公好晦氣！卻不是『偷雞不著，反折了一

把米。』」

【簡析】比喻想貪圖便宜，反而吃了大虧。

停車坐愛楓林晚，霜葉紅於二月花

【譯註】停車駐足只爲貪看夕陽映照下的楓林之美，因爲那經霜雪洗禮的楓葉，遠比二月的春花更嬌豔動人。

【出處】唐・杜牧《山林》：「遠上寒山石徑斜，白雲生處有人家。停車坐愛楓林晚，霜葉紅於二月花。」

【簡析】形容在山中所見的夕照美景。

從來好事天生險，自古瓜兒苦後甜

【譯註】所有的事情都必須經過許多的折難，才能完成，就像瓜果的成長過程中，會先苦澀後來才會甜美一樣。

【出處】元・白樸《喜春來・題情》：「從來好事天生險，自古瓜兒苦後甜。奶娘催逼緊拘鉗，甚是嚴，越間阻越情歡。」

【簡析】安慰人好事多磨，歷經苦難終會成功。

從善如登，從惡如崩

【譯註】學習好的事物像登高山一樣的困難耗時，學習壞的事物像山崩一樣的快速，並且很快就會不可收拾。

【出處】晉・陳壽《三國志・吳書・張嚴程闞薛傳》：「夫人情憚難而趨易，好同而惡異，與治道相反。《傳》曰：『從善如登，從惡如崩』言善之難也。」

【簡析】說明好壞事對自己影響的快慢。

敏而好學，不恥下問

【譯註】一個思緒靈敏又勤奮向學的人，不會覺得向不如自己的人請教，是件可恥的事情。

【出處】《論語．公治長》：「子貢問曰：『孔文子何以謂之文也？』子曰：『敏而好學，不恥下問，是以謂之文也。』」

【簡析】說明虛心向人請教也是求學的一種方法。

逢人且說三分話，未可全拋一片心

【譯註】面對初識的人說話時要多所保留，因為還不知這個人的心地是好是壞，因此對他不可太眞心。

【出處】宋．陳元靚《事林廣記．結交警語》：「逢人且說三分話，未可全拋一片心。」

【簡析】說明面對不熟悉的人，說話要多所保留，以免惹出不必要的痲煩。

殺雞焉用牛刀

【譯註】宰殺一隻小小的雞，那需要用到宰殺牛的大刀呢？

【出處】《論語．陽貨》：「夫子莞爾而笑，曰：『割雞焉用牛刀。』」

【簡析】多勸人在處理事情時，無需動用到太繁複的手續或是大人物。

做一天和尚撞一天鐘

【譯註】既然身為和尚，就得每天準時敲鐘，開始做早課。

【出處】明．吳承恩《西遊記》第十六回：「你哪裡曉得，我這是『做一天和尚撞一天鐘』

的。」

【簡析】比喻在工作中得過且過的怠惰心態。

假輿馬者，足不勞而致千里；乘舟楫者，不能游而絕江海

【譯註】藉助車馬遠行的人，可以不勞累雙腳，能行走到千里之外。坐船的人，可以不會游泳，就能橫渡江海。

【出處】漢・劉安《淮南子・主術訓》：「假輿馬者，足不勞而致千里；乘舟楫者，不能游而絕江海。」

【簡析】說明善於借助外力，便能將事情辦好。

十二畫

寒夜客來茶當酒，竹爐湯沸火初紅

【譯註】在淒冷的夜晚裡，有朋友來訪，權以茶代酒盡興，小火爐上水正開，火剛紅，滿室溫馨。

【出處】宋・杜耒《寒夜》：「寒夜客來茶當酒，竹爐湯沸火初紅。尋常一樣窗前月，才得梅花便不同。」

【簡析】說明主人待客的雅興及深意。

富貴不能淫，貧賤不能移，威武不能屈

【譯註】富貴當前也不會受誘惑，處於窮困的生活之中也不會改變志向，受到武力脅迫也不會屈服。

【出處】《孟子・滕文公下》：「得志，與民由之；不得志，獨行其道。富貴不能淫，貧賤不能移，威武不能屈，此之謂大丈夫。」

【簡析】讚美人有堅貞不移的品格，縱然有強大的誘惑在面前，也不為所動。

富貴於我如浮雲

【譯註】所謂的權勢和錢財，由於不實在，我只當它是天上的浮雲一般，隔著距離來欣賞。

【出處】《論語・述而》：「子曰：『飯疏食飲水，曲肱而枕之，樂亦在其中矣。不義而富且貴，於我如浮雲。』」

【簡析】說明不慕名利的情操。

富貴他人合，貧賤親戚離

【譯註】當自己有錢有勢的時候，所有不相干的人都會來趨附；一旦失勢沒有錢財的時候，就連至親的親戚都會躲得遠遠的。

【出處】晉·曹攄《感舊詩》：「富貴他人合，貧賤親戚離。廉藺門易軌，田竇相奪移。」

【簡析】感嘆世態炎涼，人情澆薄，大家皆以權貴做爲結交的對象。

富與貴，是人之所欲也；不以其道得之，不處也

【譯註】財富與權勢是每個人都渴望的東西，但若不是以正當的手段得到的話，君子是不會接受的。

【出處】《論語·里仁》：「富與貴，是人之所欲也；不以其道得之，不處也。貧與賤，是人之所惡也，不以其道去之，不避也。」

【簡析】說明君子對於富與貴是取之有道的。

曾經滄海難爲水，除卻巫山不是雲

【譯註】曾經看過滄海深廣的人，其他的江海就很難再吸引他的目光了；看過巫山繚繞的雲彩之後，就覺得其他的雲色都因此而黯然失色。滄海：古人通稱渤海爲滄海。巫山：山名，在今四川省和湖北省的交界處，山上長年多繚繞著雲霧。

【出處】唐·元稹《離思》：「曾經滄海難爲水，除卻巫山不是雲。取次花叢懶回顧，半緣修道半緣君。」

【簡析】後用以形容對愛情或理想的專一追求。

善作者不必善成，善始者不必善終

【譯註】會開創事業的人，不一定會得到最後的成功，就像是有好的開始，並不一定能持續到最後。

【出處】漢．司馬遷《史記．樂毅列傳》：「臣聞之：『善作者不必善成，善始者不必善終。』」

【簡析】說明一件事情的成功，不是只靠個人的能力及主觀的努力，還有外在環境的影響。

善始者實繁，克終者蓋寡

【譯註】在做事時，一剛開始就做得很風光的，大有人在，可是能將一件事情持續到最後的卻是寥寥可數。

【出處】唐．魏徵《諫太宗十思疏》：「善始者實繁，克終者蓋寡。豈取之易守之難乎？」

【簡析】用以告誡人們做事應該有始有終，不要虎頭蛇尾。

善待問者如撞鐘，叩之以小則小鳴，叩之以大則大鳴

【譯註】對於他人所提的問題，對待的方法一如撞鐘一般，問小的問題時，就敲得輕一點；問深入一點的問題時，就撞得用力一點，鐘聲就大一些。

【出處】《禮記．學記》：「善待問者如撞鐘，叩之以小則小鳴，叩之以大則大鳴，待其從容，然後盡其聲，不善答問者反此。」

【簡析】說明對於提問人所提的問題，應該要因人而異，回答得難易適度。

善欲人見，不是真善；惡恐人知，便是大惡

【譯註】做了好事便到處宣揚，這不是眞的在行善；做了壞事便遮遮掩掩怕人知道，這一定是在做大壞事。

【出處】明・朱柏廬《治家格言》：「善欲人見，不是眞善；惡恐人知，便是大惡。」

【簡析】這是勸誡他人爲善不欲人知，並且不要刻意爲惡。

善游者溺，善騎者墮

【譯註】最會游泳的人往往會被淹死，騎術最好的人往往會因墮馬而受傷。

【出處】漢・劉安《淮南子・原道訓》：「夫善游者溺，善騎者墮，各以其所好，反自爲禍。」

【簡析】用以勸誡人們勿恃自己所擅長的，而疏忽大意，釀成禍端。

善惡到頭終有報，只爭來早與來遲

【譯註】人在一生中所做的好壞事，到最後都是有果報的，只是果報的時間有早晚的差別而已。

【出處】宋・俞成《螢雪叢說・善惡有報》：「善惡到頭終有報，只爭來早與來遲，此古詩也。一是反說，一是正說。」

【簡析】這句話是勸人爲善，戒人爲惡。

善御者不忘其馬，善射者不忘其弓

【譯註】一個好的駕馬者不會忘了先照顧好自己

的馬，一個好的射箭者絕不會忘了常常保養自己的弓箭。

【出處】漢．韓嬰《韓詩外傳》卷四：「善御者不忘其馬，善射者不忘其弓，善爲上者不忘其下。」

【簡析】後用來告誡做人做事不要忘本。

善疑者，不疑人之所疑，而疑人之所不疑

【譯註】眞正善於提出疑問的人，不是著眼在和他人完全相同的疑問點上，而是在別人不曾提出疑問的地方，提出自己的疑問。

【出處】明．方以智《東西均．疑何疑》：「善疑者，不疑人之所疑，而疑人之所不疑。」

【簡析】說明每個人應建立自己的思考模式，不要人云亦云。

善戰者，因其勢而利導之

【譯註】精於戰術的人，善於將整個戰況導引到對自己最有利的形勢上，爭取最後的勝利。

【出處】漢．司馬遷《史記．孫子吳起列傳》：「彼三晉之兵素悍勇而輕齊，齊號爲怯。善戰者，因其勢而利導之。」

【簡析】說明在做任何事情時，要對所處的局勢有所瞭解，這樣才能獲致最後的成功。

善學者，假人之長以補其短

【譯註】知道學習竅門的人，最善長運用他人的長處來修正自己的短處。假：利用。

【出處】秦．呂不韋《呂氏春秋．用衆》：「物固莫不有長，莫不有短，人亦然。故善學者，假人之長以補其短。」

【簡析】說明要用他人長處來彌補自己的短處，

所以要虛心向學，才是真正學習之道。

善學者，師逸而功倍，又從而庸之

【譯註】知道學習竅門的人，老師教起來是輕鬆而又有成效，最後這個學生會將學習的成效，歸功於老師善於教學的緣故。逸：輕鬆。庸：酬其功勞。

【出處】《禮記．學記》：「善學者，師逸而功倍，又從而庸之；不善學者，師勤而功半，又從而怨之。」

【簡析】說明求學應善講究學習的方法，追求照佳的成效。

惺惺惜惺惺，好漢識好漢

【譯註】聰明人總是疼惜聰明的人，英雄人物總是會賞識英雄人物的。惺惺：聰明人。

【出處】明．施耐庵《水滸傳》第十九回：「古人有言：『惺惺惜惺惺，好漢識好漢。』」

【簡析】說明彼此有很多相似處的人，容易結交成爲好友。

棄我去者，昨日之日不可留；亂我心者，今日之日多煩憂

【譯註】昨天的光陰離開我漸行漸遠，已經無法挽回；而今天的光陰擾亂我的心思，帶給我的是無盡的煩惱和憂愁。

【出處】唐．李白《宣州謝朓樓餞別校書叔雲》：「棄我去者，昨日之日不可留；亂我心者，今日之日多煩憂。長風萬里送秋雁，對此可以酣高樓。」

【簡析】用以感慨歲月不再，而人生不僅苦悶而

且多憂。

項莊舞劍，意在沛公

【譯註】在鴻門宴上，項莊表演舞劍的目的，是想伺機刺殺劉邦的。項莊：項羽手下的武將。沛公：指劉邦。

【出處】漢．司馬遷《史記．項羽本紀》：「良曰：『甚急。今日項莊拔舞劍，其意常在沛公也。』」

【簡析】比喻利用表面行爲來掩飾，實則別有用心。

雲想衣裳花想容

【譯註】看到天上的雲彩便想她動人的衣形，看見美麗的牡丹花便想起她美麗的容貌。

【出處】唐．李白《清平調》：「雲想衣裳花想容，春風拂檻露華濃。若非羣玉山頭見，會向瑤臺月下逢。」

【簡析】現指女孩子喜歡打扮，愛美的行徑。

惡人自有惡人磨

【譯註】凶惡的人自然有比他更凶惡的人，專門來折磨他。惡人：兇殘做壞事的人。

【出處】宋．無名氏《張協狀元》：「百草怕霜霜怕日，惡人自有惡人磨。」

【簡析】說明再壞的人也自然有能制服他的人存在。

惡不可積，過不可長

【譯註】錯事不可以積累，過錯也不可以滋長。

【出處】晉．陳壽《三國志．吳書．陸凱傳》：「臣聞惡不可積，過不可長；積惡長過，喪亂之源也。」

【簡析】說明要防止亂事的發生，唯有及時遏止錯事的蔓延，才是治本的方法。

惡言不出於口，忿言不返於身

【譯註】不好聽的話不會從你的口中說出來，那麼忿怒的言語也不會再回到你的身上。

【出處】《禮記．祭義》：「壹出言而不敢忘父母，是故惡言不出於口，忿言不返於身。」

【簡析】說明用惡言傷人的結果最後必定自傷。

博觀而約取，厚積而薄發

【譯註】博覽羣書吸取其中的精華，積累知識而謹慎的發表。

【出處】宋．蘇軾《雜說．送張琥》：「博觀而約取，厚積而薄發。」

【簡析】說明治學之道在於博覽羣書，謹慎發表。

尋尋覓覓，冷冷清清，淒淒慘慘戚戚

【譯註】我整天找尋心中失落的情感，結果只找到一片清冷和寂寞，那只會令我更感覺到憂傷罷了。

【出處】宋．李清照《聲聲慢》：「尋尋覓覓，冷冷清清，淒淒慘慘戚戚。乍暖還寒時候，最難將息。」

【簡析】形容內心百般無奈，悽苦空虛的情緒。

焚膏油以繼晷，恆兀兀以窮年

【譯註】到了晚上點上油燈之後，仍繼續白天的研讀，這樣的努力持續一年都沒有間斷過。

兀兀：用心勞苦的樣子。

【出處】唐・韓愈《進學解》：「貪多務得，細大不捐；焚膏油以繼晷，恆兀兀以窮年。先生之業，可謂勤矣。」

【簡析】比喩不分日夜堅持不懈的努力著。

黃沙百戰穿金甲，不破樓蘭終不還

【譯註】戰場上黃沙漫天，而身經百戰的將士身穿的鎧甲早已磨穿，但他們發誓不消滅西北的敵人，絕不班師還朝。黃沙：沙漠。樓蘭：今新疆鄯善縣東南，漢時西域鄯善國，今泛指西北邊境的敵人。

【出處】唐・王昌齡《從軍行》：「青海長雲暗雪山，孤城遙望玉門關。黃沙百戰穿金甲，不破樓蘭終不還。」

【簡析】描寫戰地將士爲國奉獻的豪情壯志。

黃鐘毀棄，瓦釜雷鳴

【譯註】像黃鐘這樣的正聲被廢置不用，瓦鍋取而代之，並發出如雷鳴般的聲響。黃鐘：古樂器。瓦釜：瓦鍋，用粘土燒製成的陶器。

【出處】戰國・屈原《卜居》：「世溷濁而不清，蟬翼爲重，千鈞爲輕。黃鐘毀棄，瓦釜雷鳴。讒人高張，賢士無名。」

【簡析】表示現實的情況是黑白不分，是非顚倒。

朝聞道，夕死可矣

【譯註】在早晨時學到眞理灼見，即使是到了晚上就要死去，也是値得的。

【出處】《論語・里仁》：「子曰：『朝聞道，夕死可矣。』」

【簡析】說明追求眞理的迫切心情。

畫竹必先得成竹於胸

【譯註】在畫竹子之前，要先將竹子如何在紙上呈現的樣子想好。

【出處】宋・蘇軾《文與可畫篔簹谷偃竹記》：「故畫竹必先得成竹於胸，執筆熟視，乃見其所欲畫者，急起坐之，振筆直遂，追其所見。」

【簡析】說明做任何事都要先有完整的規畫。

畫虎不成反類犬

【譯註】想要畫出一隻老虎的樣子，結果畫得不像，反而像一隻狗。

【出處】南朝宋・范曄《後漢書・馬援傳》：「效季良不得，陷爲天下輕薄子，所謂畫虎不成反類狗者也。」

【簡析】指只有摹仿外貌，而沒有學到精髓，看起來就不倫不類，很是可笑。

畫虎畫皮難畫骨，知人知面不知心

【譯註】要描繪老虎的樣貌是件很簡單的事，可是要仔細的描繪出老虎的骨骼結構，卻是件艱難的事情；就像要認清一個人的長相是件容易的事，可是要深入去瞭解這個人的內心世界是很不容易的。

【出處】元・孟漢卿《張孔同智勘魔合羅》：「你知道我是什麼人，便好道畫虎畫皮難畫骨，知人知面不知心。」

【簡析】說明人心之莫測，不是由外貌就可以看得出來的，所以告誡人們要對人多方觀察，不能只看表面。

揀盡寒枝不肯棲，寂寞沙洲冷

【譯註】我這隻孤雁看盡了寒風中的樹枝，也不願停留下來，最後我選擇孤獨的棲息在沙洲上。

【出處】宋・蘇軾《卜算子・黃州定惠院寓居作》：「驚起卻回頭，有恨無人省。揀盡寒枝不肯棲，寂寞沙洲冷。」

【簡析】比喻寧願忍受困苦，也不肯與世苟合。

揚湯止沸，不如釜底抽薪

【譯註】拚命攪動滾水想抑止水的沸騰，倒不如由鍋底抽出柴火來得有效。揚湯：攪動開水。

【出處】明・俞汝楫《禮部志稿・議處宗潘疏》：「諺云：『揚湯止沸，不如釜底抽薪。』」

【簡析】說明唯有從事情的根本著手，才是解決問題的最好辦法。

發憤忘食，樂以忘憂

【譯註】努力讀書竟忘了吃飯，沈溺在讀書的快樂中竟忘卻所有的煩惱。

【出處】《論語・述而》：「葉公問孔子於子路，子路不對。子曰：『女奚不曰，其爲人也，發憤忘食，樂以忘憂，不知老之將至云爾。』」

【簡析】今泛指對某件事執著的態度。

置之死地而後生

【譯註】人在面臨生死存亡的關頭，才會努力的

找出一條生路。

【出處】唐・李延壽《北史・僭僞附庸・劉武》：「軍士去家二千里，後有黃河之難，所謂置之死地而後生也。」

【簡析】說明唯有在極其危險的情況下，才能讓人產生突破困境的勇氣。

蛟龍得雲雨，終非池中之物

【譯註】蛟龍得到天上雲雨的滋潤之後，最後一定不願受限在小小的池子之中。雲雨：傳說困居在淺灘的蛟龍，如果得到雨水，就會飛升到大海去。

【出處】晉・陳壽《三國志・吳書・周瑜傳》：「蛟龍得雲雨，終非池中之物，恐蛟龍得雲雨，終非池中物見。」

【簡析】比喻有長才的人一遇到機會，便會一展長才。

悲莫悲兮生別離，樂莫樂兮新相知

【譯註】世間最悲痛的事情，莫過於與親人訣別；最高興的事情，莫過於結交到知心好友了。

【出處】戰國・屈原《九歌》：「悲莫悲兮生別離，樂莫樂兮新相知。荷衣兮蕙帶，倏而來兮忽而逝。」

【簡析】後用以形容人世間的悲歡離合，所帶給人不同的感受。

悲歡離合總無情，一任階前點滴到天明

【譯註】到了老年對於人世間的悲歡離合，似乎

已經麻木，不再動心，可是還是會若有所思的聽著雨水滴落在階前的聲音，一直到第二天早晨。

【出處】宋．蔣捷《虞美人．聽雨》：「而今聽雨僧廬下，鬢已星星也。悲歡離合總無情，一任階前點滴到天明。」

【簡析】這句是描寫老年看待世事的心情，雖然看似看破，但仍帶些許惆悵在其中。

等閒識得東風面，萬紫千紅總是春

【譯註】我們很容易辨別出春天來，眼前百花爭豔萬紫千紅，就是證據。等閒：輕易。東風：春風，泛指春天。

【出處】宋．朱熹《春日》：「勝日尋芳泗水濱，無邊光景一時新。等閒識得東風面，萬紫千紅總是春。」

【簡析】比喻整個社會是一片祥和之氣，或是形容情勢看好。

順天者存，逆天者亡

【譯註】順應天意的就能夠生存，如果違反天意的就會滅亡。

【出處】《孟子．離婁上》：「天下有道，小德役大德，小賢役大賢；天下無道，小役大，弱役強。斯二者，順天者存，逆天者亡。」

【簡析】說明事事要符合發展的規律。

無可奈何花落去，似曾相識燕歸來

【譯註】我無奈的親眼看著花兒凋落了，那雙飛來的小燕子，很可能是去年在簷前築巢的燕

子吧。

【出處】宋．晏殊《浣溪沙》：「無可奈何花落去，似曾相識燕歸來，小園香徑獨徘徊。」

【簡析】描寫傷春的情緒。

無肉令人瘦，無竹令人俗

【譯註】不吃肉最多讓人瘦罷了，可是沒有竹子來美化居家生活的話，會讓一個人精神生活貧乏，變得庸俗不堪。

【出處】宋．蘇軾《於潛僧綠筠軒》：「可使食無肉，不可使居無竹。無肉使人瘦，無竹令人俗。」

【簡析】說明精神生活是生活中不可或缺的部分。

無顏見江東父老

【譯註】由於這次的失敗，我再也沒有顏面回家鄉見鄉親好友了。江東：指現在江蘇南部及浙江北部一帶。

【出處】漢．司馬遷《史記．項羽本紀》：「縱江東父老憐而王我，我何面目見之？」

【簡析】形容一個人在面臨失敗時，覺得見自己的至親好友，是件很羞愧的事情。

無事不登三寶殿

【譯註】心中沒有任何牽絆及不安的話，就不會到廟裡去拜佛求神了。三寶殿：佛教中以佛、法、僧爲三寶，故三寶殿在此泛指佛寺。

【出處】明．馮夢龍《警世通言》卷二十八：「白娘子道：『無事不登三寶殿，去做什麼？。』」

【簡析】多用以說明或猜測事情的目的。

無冥冥之志者，無昭昭之明

【譯註】沒有向學的決心，就得不到辨明是非的智慧。冥冥：精誠專一。昭昭：明辨事理。

【出處】戰國・荀況《荀子・勸學》：「是故無冥冥之志者，無昭昭之明；無惛惛之事者，無赫赫之功。」

【簡析】說明學習要專心一致，才能有所得。

無情不似多情苦，一寸還成千萬縷

【譯註】鐵石心腸的人對情無所動心，不像多情的人常爲相思之苦所折磨，那愁緒彷彿手中的一寸紗，瞬間幻化成千萬縷，難以細數。

【出處】宋・晏殊《玉樓春・春恨》：「無情不似多情苦，一寸還成千萬縷。天涯地角有窮時，只有相思無盡處。」

【簡析】描寫多情人的相思之苦，常爲情感所折磨。

無情花對有情人

【譯註】面對著不解風情的花朵，我滿腹的情愫要向誰去訴。

【出處】宋・歐陽修《定風波》：「把酒花前去問君，世間何計可留春。縱使青春留得住，虛語，無情花對有情人。」

【簡析】現多用以形容面對不解風情之人的無奈。

無貴無賤，無長無少，道之所存，師之所存也

【譯註】不論身分貴賤及年齡大小，誰擁有學問知識，誰就有資格做老師。

【出處】唐・韓愈《師說》：「吾師道也，夫庸知其年之先後生於吾乎。是故無貴無賤，無長無少，道之所存，師之所存也。」

【簡析】說明隨時都可以向擁有專業知識的人學習，不必在乎地位或年齡。

無意苦爭春，一任羣芳妒

【譯註】梅花並不想強占春光，所以任憑其他百花爲春爭豔吧。

【出處】宋・陸游《卜算子・詠梅》：「無意苦爭春，一任羣芳妒。零落成泥碾作塵，只有香如故。」

【簡析】表現出受到排擠仍堅毅不屈的精神。

無道人之短，無說己之長

【譯註】不要去評論別人的缺點，也不要炫耀自己的長處。

【出處】漢・崔瑗《座右銘》：「無道人之短，無說己之長，施人愼勿念，受施愼勿忘。」

【簡析】用以告誡人們要有口德，爲人要謙虛。

無邊落木蕭蕭下，不盡長江滾滾來

【譯註】一眼看不盡的樹林在秋風的摧殘下，黃葉紛紛落下；好似沒有盡頭的長江水，不斷的奔騰而來。蕭蕭：形容風吹葉落聲。

【出處】唐・杜甫《登高》：「風急天高猿嘯哀，渚清沙白鳥飛回。無邊落木蕭蕭下，不盡長

江滾滾來。」

【簡析】比喻新事物取代舊事物是一種自然的規律。

結交在相知，骨肉何必親

【譯註】與朋友結交重在彼此相知相惜，因爲即使是骨肉至親也未必關係密切。

【出處】漢・無名氏《箜篌謠》：「結交在相知，骨肉何必親。甘言無忠實，世薄多蘇秦。」

【簡析】說明朋友相交貴在知心。

結髮為夫妻，恩愛兩不疑

【譯註】一旦成爲夫妻之後，就要互相體諒、互相信任而不猜忌。結髮：在古代男女成婚之前，有共髻髮之禮，今指婚配。

【出處】漢・蘇武《留別妻》：「結髮爲夫妻，恩愛兩不疑。歡娛在今夕，嬿婉及良時。」

【簡析】說明夫妻之間的愛情堅貞不渝。

結廬在人境，而無車馬喧；問君何能爾？心遠地自偏

【譯註】我身處在這紛擾的紅塵中，卻沒有感受到身旁車馬的喧鬧聲。你問我爲什麼可以做到這個境界呢？原因無他，只在於我的心已經超然世外，所以無論身處何地，都可以怡然自處。

【出處】晉・陶潛《飲酒》：「結廬在人境，而無車馬喧；問君何能爾？心遠地自偏。山氣日夕佳，飛鳥相與還。」

【簡析】無論外在環境如何，只要自己保持心中恬靜淡遠，就不會被影響。

短綆不可以汲深，器小不可盛大

【譯註】井邊汲水的桶繩如果太短，就無法從深井中汲取水；盛物的器物如果太小，就無法容納大的東西。綆：ㄍㄥˇ，汲水用的繩子。

【出處】漢．劉安《淮南子．說林訓》：「短綆不可以汲深，器小不可盛大。」

【簡析】說明人才必須適得其所，才能發揮出他的專長來。

筆落驚風雨，詩成泣鬼神

【譯註】李白寫起詩來，其才思敏捷有如風雨驟至，寫成之後的詩句，其感染力能上達感動陰陽兩界的鬼神。

【出處】唐．杜甫《寄李十二白二十韻》：「昔年有狂客，號爾謫仙人。筆落驚風雨，詩成泣鬼神。」

【簡析】用以形容文藝作品富有藝術感染力，氣魄宏大。

勝敗乃兵家常事

【譯註】在戰場上時而戰勝時而戰敗，這是經常有的事情。

【出處】《三國演義》第九十六回：「後主覽畢曰：『勝負兵家常事，丞相何出此言？』」

【簡析】用來鼓勵失敗者繼續再接再厲。

飲食男女，人之大欲存焉

【譯註】人類最基本的欲望就是吃東西和性。

【出處】《禮記．禮運》：「飲食男女，人之大欲存焉；死亡貧苦，人之大惡存焉。」

【簡析】今多用在說明異性相吸的自然生理現象。

十三畫

誠於中而形於外

【譯註】內心的眞誠會外露在外表上面的。

【出處】《禮記・大學》：「人之視己，如見其肺肝然，則何益矣。此謂誠於中，形於外，故君子必愼其獨也。」

【簡析】形容內外皆眞誠不欺的人。

愼終追遠，民德歸厚矣

【譯註】在上位者能謹愼盡禮的辦理父母的喪事，眞心誠意的祭祀祖先，人民就會受到感化，而使得民風道德趨於篤實。

【出處】《論語・學而》：「曾子曰：『愼終追遠，民德歸厚矣。』」

【簡析】說明尊敬祖先的重要。

試問閑愁都幾許？一川煙草，滿城風絮，梅子黃時雨

【譯註】要說我這相思之苦有多少呢？就像是滿地蔓生的野草，滿城飄揚的柳絮，梅雨季節時下的綿綿不斷的細雨。

【出處】宋・賀鑄《青玉案》：「碧雲冉冉蘅皐暮，彩筆新題斷腸句。試問閑愁都幾許？一川煙草，滿城風絮，梅子黃時雨。」

【簡析】形容單相思之苦，是連綿不盡的。

詩中有畫，畫中有詩

【譯註】詩中有圖畫的意境，圖畫中有詩的境界。

【出處】宋・蘇軾《東坡題跋・書摩詰藍關煙雨

圖》：「味摩詰之詩，詩中有畫；觀摩詰之畫，畫中有詩。」

【簡析】後用以讚美詩畫意境之妙。

慈母手中線，遊子身上衣

【譯註】慈愛子女的母親手拿著針線，為即將遠行的孩子縫製衣物上。

【出處】唐．孟郊《遊子吟》：「慈母手中線，遊子身上衣。臨行密密縫，意恐遲遲歸。」

【簡析】形容母愛的偉大，表現在日常的瑣碎事物。

福來有由，禍來有漸；漸生不憂，將不可悔

【譯註】福氣的到來是有原由的，災禍的來臨是有徵兆的，如果漠視那些徵兆而不加以防範的話，將會導致令人後悔的結果。

【出處】晉．陳壽《三國志．吳書．吳主五子傳》：「福來有由，禍來有漸；漸生不憂，將不可悔。」

【簡析】說明應重視微小徵兆，否則將會導致大災禍的降臨而不自知。

福無雙至，禍不單行

【譯註】幸運的事情不會連續到來，而災禍卻會接續而至。

【出處】漢．劉向《說苑．權謀》：「此所謂福不重至，禍必重來者也。」

【簡析】說明人的時運不濟，不好的事情一件接一件的到來。

禍患常積於忽微

【譯註】所有的災禍常是由許多細小的事情而累積出來的。忽微：古代兩種極小的度量單位名，此比喻細微的意思。

【出處】宋・歐陽修《新五代史・伶官傳序》：「夫禍患常積於忽微，而智勇多困於所溺，豈獨伶人也哉？」

【簡析】說明事物剛顯現不好的跡象時，就要加以制止，以免逐漸形成大災禍。

禍福無門，唯人所召

【譯註】災禍或福報是沒有一定門徑可達到的，而完全是人們自己招惹來的。無門：沒有來路。

【出處】春秋・左丘明・《左傳・襄公二十三年》：「禍福無門，唯人所召。為人子者，患不孝，不患無所，敬其父命，何常之有，若能孝敬，富信季氏可也。」

【簡析】說明所謂的禍和福皆是人為所致的，所以不可以怨天尤人。

塞翁失馬，焉知非福

【譯註】住在邊塞的老頭子丟了一匹馬的時候，怎知道他不會因此而獲得福運呢？

【出處】漢・劉安《淮南子・人間訓》：「近塞上之人，有善術者，馬無故亡而入胡，人皆弔之。其父曰：『此何遽不為福乎？』居數月，其馬將胡駿馬而歸。」

【簡析】說明雖有一時的損失，卻很有可能因此而得到某種利益，所以所謂的好壞，並不是一定的。

滄浪之水清兮，可以濯吾纓；滄浪之水濁兮，可以濯吾足

【譯註】滄浪江的水如果是清澈無比，就可以用來洗我繫帽子的絲繩；滄浪江的水如果是混濁不堪，也可以用來洗我的腳。滄浪：古河名，在今湖北省武當境內。

【出處】《孟子．離婁上》：「有孺子歌曰：『滄浪之水清兮，可以濯吾纓；滄浪之水濁兮，可以濯吾足。』」

【簡析】形容人必順應客觀的情勢，做適度的改變。

新浴者必振其衣，新沐者必彈其冠

【譯註】剛洗好澡的人在穿衣服前，一定會將衣服抖平，好穿上；洗好頭髮的人在戴帽子前，一定會將帽子彈去上面的灰塵後，再戴上。沐：洗頭髮。

【出處】戰國．荀況《荀子．不苟》：「新浴者必振其衣，新沐者必彈其冠，人之情也。其誰能以己受之𤄊𤄊者哉！」

【簡析】稱讚不同流合污的高潔之士。

新筍已成堂下竹，落花都上燕巢泥

【譯註】房前新冒出嫩芽的筍子，如今已經成爲挺挺直立的竹子；而凋落的花瓣都被燕子一片片銜去築巢了。

【出處】宋．周邦彥《浣溪沙》：「新筍已成堂下竹，落花都上燕巢泥，忍聽林表杜鵑啼。」

【簡析】藉此感慨歲月的無情流逝，使得景物全非。

道之以德，齊之以禮，有恥且格

【譯註】用道德及禮法來教化老百姓，這樣教育下的老百姓不但有廉恥心，並且循規蹈矩。道：同「導」，導引。齊：統一。格：方正。

【出處】《論語·爲政》：「子曰：『道之以政，齊之以刑，民免而無恥；道之以德，齊之以禮，有恥且格。』」

【簡析】說明以禮制教化人民的重要性。

道不同，不相為謀

【譯註】當彼此所有的觀點及作風不同時，就不要在一起謀畫事情。

【出處】《論語·衞靈公》：「子曰：『道不同，不相爲謀。』」

【簡析】說明切勿和理念不同的人結交爲友或共事，以免惹出不必要的麻煩。

道高一尺，魔高一丈

【譯註】當佛家修行達到一尺的功力時，破壞修行的惡念、貪慾等魔障也高升到一丈的功力。

【出處】明·凌濛初《初刻拍案驚奇》卷三十六：「道高一尺，魔高一丈。冤業隨身，終須還帳。」

【簡析】原是佛家警戒修行人要力抗外界的所有誘因，後用以形容當社會正義的力量出現時，邪惡的破壞力量更以加倍的力量出現。

運用之妙，存乎一心

【譯註】戰略戰術在千變萬化的實戰中如何巧妙

的運用，全憑主將運用才智隨機應變。

【出處】元・脫脫《宋史・岳飛傳》：「飛曰：『陣而後戰，兵法之常；運用之妙，存乎一心。』」

【簡析】說明如何成就一件事，全憑個人機智的靈活運用。

運籌帷幄之中，決勝千里之外

【譯註】將領在軍營中謀畫軍事戰略，就可以使在千里之外的戰場上的士兵們，戰勝敵人。帷幄：軍營中的帳幕。

【出處】漢・司馬遷《史記・高祖本紀》：「夫運籌策帷帳之中，決勝於千里之外，吾不如子房。」

【簡析】說明某人善於謀略及指揮。

感人心者，莫先乎情

【譯註】詩文要感動人心，就要先發自內心的感情。

【出處】唐・白居易《與元九書》：「感人心者，莫先乎情，莫始乎言，莫切乎聲，莫深乎義。」

【簡析】說明出自於內心感情的詩文，才能打動讀者的心。

感時花濺淚，恨別鳥驚心

【譯註】想到時局是如此的不安，欣賞美麗的花兒時，竟會落下淚來；怨恨家人四散分離，即使聽到動聽的鳥鳴，也會心驚肉跳。

【出處】唐・杜甫《春望》：「國破山河在，城春草木深。感時花濺淚，恨別鳥驚心。」

【簡析】形容國家因戰爭而混亂，使人終日不安的情形。

煢煢獨立，形影相弔

【譯註】自己一個人孤孤單單的，和我相伴的只有自己的影子了。煢煢：ㄑㄩㄥˊㄑㄩㄥˊ，孤獨的樣子。獨立：孤立無依的樣子。

【出處】晉・李密《陳情表》：「既無伯叔，終鮮兄弟；門衰祚薄，晚有兒息。外無期強近之親，內無應門五尺之僮。煢煢獨立，形影相弔。」

【簡析】形容孤立無援。

想當年，金戈鐵馬，氣吞萬里如虎

【譯註】遙想當年，劉裕領軍北伐時，軍容壯闊，氣勢如虎，銳不可擋，就好像要將入侵的敵人一口吞滅一般。

【出處】宋・辛棄疾《永遇樂・京口北固亭懷古》：「斜陽草樹，尋常巷陌，人道寄奴曾住。想當年，金戈鐵馬，氣吞萬里如虎。」

【簡析】用來誇耀自己年少時候的英雄氣概及凌雲壯志。

雷聲大，雨點小

【譯註】打雷的聲響很大，但是所下的雨卻很小。

【出處】明・蘭陵笑笑生《金瓶梅》第二十回：「你既不幹，昨日那等雷聲大雨點小，要打著教他上弔。」

【簡析】比喻徒有聲勢嚇人，卻沒有實際的行動。

聖人千慮，必有一失；愚人千慮，必有一得

【譯註】擁有大智慧的人考慮得再周詳，也難免有失誤的時候；愚笨的人雖然想得很多，也會有一次可行的辦法。

【出處】春秋．晏嬰《晏子春秋．內篇雜下》：「聖人千慮，必有一失；愚人千慮，必有一得。」

【簡析】說明凡事都不是絕對的，所以不要自恃聰明，而要認眞的聽聽別人的意見。

羣居終日，言不及義

【譯註】整天在一起說些沒有意義的言語。

【出處】《論語．衞靈公》：「子曰：『羣居終日，言不及義，好行小慧，難矣哉。』」

【簡析】形容一些整天無所事事的人。

楚雖三戶，亡秦必楚

【譯註】楚國雖然是個小國家，但對秦國的積恨甚深，所以滅掉秦國的，一定是楚國人。三戶：形容地小人少，另有一說是指楚國的昭、屈、景三大姓。

【出處】漢．司馬遷《史記．項羽本紀》：「夫秦滅六國，楚最無罪，自懷王入秦不反，楚人憐之至今，故楚南公曰：『楚雖三戶，亡秦必楚。』」

【簡析】說明即使力量微薄，仍然不可以輕視其中蘊藏的爆發力。

楚靈王好細腰而國中多餓人

【譯註】楚國的國君喜歡細腰的苗條女子，楚國的女子便爲了博取君王的青睞，流行餓肚子來使腰瘦。楚靈王：春秋時楚國的君主。

【出處】戰國・韓非《韓非子・二柄》：「越王好勇而民多輕死，楚靈王好細腰而國中多餓人。」

【簡析】說明在上位者的喜好，會成爲一股流行風氣。

萬里赴戎機，關山度若飛

【譯註】由萬里外的地方趕赴戰場，像飛一般地穿越那些雄偉的大山。戎機：軍機，此指戰爭。

【出處】北朝・無名氏《木蘭詩》：「萬里赴戎機，關山度若飛。朔氣傳金柝，寒光照鐵衣。將軍百戰死，壯士十年歸。」

【簡析】表示以極短的時間奔赴戰場。

萬兩黃金容易得，知心一個也難求

【譯註】求得一萬兩的黃金是件很容易的事，但是知心的朋友卻是很難求得的。

【出處】清・曹雪芹《紅樓夢》第五十七回：「姑娘是個明白人，沒聽見俗語說的『萬兩黃金容易得，知心一個也難求！』」

【簡析】說明能相知相守的朋友，是很難尋覓的。

萬事不如身手好，一生須惜少年時

【譯註】沒有什麼比擁有一技之長更好的事情，人生苦短，所以更要特別珍惜青春年華。

【出處】民國・王國維《浣溪沙》：「萬事不如身手好，一生須惜少年時，那能白首下書帷。」

【簡析】鼓勵年輕人把握時間，多學一技之長，充實自己的內涵。

萬事俱備，只欠東風

【譯註】諸葛亮及周瑜合謀攻擊曹操水軍的各項條件，都已準備妥當了，現在只要東風吹起，一切就完成了。

【出處】明．羅貫中《三國演義》第四十九回：「孔明索紙筆，屏退左右，密書十六字曰：欲破曹公，宜用火攻；萬事俱備，只欠東風。」

【簡析】說明欲要成就一件事情，所有的條件都已備妥，只差關鍵性的一個要件。

萬物靜觀皆自得

【譯註】只要以冷靜的態度觀察世事萬物，都會由其中，感悟出一定的道理出來的。

【出處】宋．程顥《秋日偶成》：「閒來無事不從容，睡覺東方日已紅。萬物靜觀皆自得，四時佳興與人同。」

【簡析】說明萬物皆有它的價值，只是須要人們用心去體察。

萬般皆下品，唯有讀書高

【譯註】所有的事情都是次要的，只要讀書才是最重要的事情。下品：猶言下等。

【出處】宋．汪洙《神童詩》：「天子重英豪，文章教爾曹。萬般皆下品，唯有讀書高。」

【簡析】這句話是表示讀書至高的論點。

萬綠叢中一點紅

【譯註】在茂盛的綠葉中，只要有一朵鮮花綻放的話，就足以帶出春天動人的感覺了。

【出處】宋・王安石《石榴詩》：「萬綠叢中紅一點，動人春色不須多。」

【簡析】用以比喻人事非常的顯眼出衆，或是身處在男人羣中的女孩子。

萬變不離其宗

【譯註】無論如何變化，都不會離開其根本的所在。宗：目的。

【出處】清・譚獻《明詩》：「求夫辭有體要，萬變而不離其宗。」

【簡析】說明無論外在的形式有多少變化，其宗旨或目的是不會改變。

跳到黄河也洗不清

【譯註】跳進黄河這樣的大河去清洗，也是清洗不乾淨的。

【出處】清・文康《兒女英雄傳》第二十二回：「大約說破了嘴也沒人信，跳在黄河也洗不清。」

【簡析】用以說明冤屈恥辱，無論如何說明辯白，也是無法洗刷的。

蜀道之難，難於上青天

【譯註】進入四川的道路是非常難走的，難走的程度簡直比登天還難。

【出處】唐・李白《蜀道難》：「噫吁嚱，危乎高哉！蜀道之難，難於上青天。」

【簡析】形容事情難以達成，或形容道路崎嶇難走。

歲寒，然後知松柏之後凋

【譯註】等到天氣非常寒冷之際，所有植物都已凋謝時，才能看出松柏是在寒冷中依然青翠的。

【出處】《論語．子罕》：「子曰：『歲寒然後知松柏之後凋也。』」

【簡析】用以比喻必須禁得起環境的試煉，才能看出一個人的高尚精神。

置之死地而後生

【譯註】在作戰時，將這個人放在必死的絕境中，才能激發這個人求生的動力，而突破困境。

【出處】春秋．孫武《孫子．九地》：「投之亡地然後存，陷之死地而後生。夫衆陷於害，然後能爲勝敗。」

【簡析】說明人在絕境中求生存，往往可以轉危爲安。

路曼曼其修遠兮，吾將上下而求索

【譯註】路途是如此遙遠啊，我將登天入地去尋找眞理。曼曼：即漫漫，漫長無際的樣子。

【出處】戰國．屈原《離騷》：「吾令羲和弭節兮，望崦嵫而勿迫。路曼曼其修遠兮，吾將上下而求索。」

【簡析】後用以形容對理想的苦心追求。

路遙知馬力，日久見人心

【譯註】路程遠了，才能知道這匹馬的腳力好不好；和這個人相處的日子久了，才能知道他的心地是好是壞。

【出處】宋‧陳元靚《事林廣記‧結交警語》：「路遙知馬力，事久見人心。」

【簡析】說明要認識一個人，是需要經過時間考驗的。

落花有意，流水無情

【譯註】飄落在水面上的花瓣，有意的追隨流水而行，而流水卻無意照顧落花，任其在水面上飄流。

【出處】宋‧普濟《五燈會元》卷五十四：「落花有意隨流水，流水無情戀落花。」

【簡析】形容單相思的情況，往往是一方很有情意，另外一方則沒有任何的表示。

落花如有意，來去逐輕舟

【譯註】飄落在水面上的花瓣對小船似乎很有情意，一直徘徊留連在小船四週。

【出處】唐‧儲光羲《江南曲》：「日暮長江裡，相邀歸渡頭。落花如有意，來去逐輕舟。」

【簡析】表示對某一人事物眷戀的感情，始終不肯放棄。

落紅不是無情物，化作春泥更護花

【譯註】凋落的花瓣雖然讓枝體減了春色，但它不是沒有感情的東西，一旦掉落在泥土裡成爲綠肥，可以日後培育出更美麗的花朵來。

【出處】清‧龔自珍《己亥雜詩》：「浩蕩離愁白日斜，吟鞭東指即天涯。落紅不是無情物，化作春泥更護花。」

【簡析】用以形容犧牲自己的一切，去完成某一事物。

落霞與孤鶩齊飛，秋水共長天一色

【譯註】一隻野鴨飛向火紅晚霞的天際，秋天的碧波和藍天連成一片。鶩ㄨˋ，鳥名，鴨子的一種。

【出處】唐．王勃《滕王閣序》：「落霞與孤鶩齊飛，秋水共長天一色。漁舟唱晚，響窮彭蠡之濱，雁陣驚寒，聲斷衡陽之浦。」

【簡析】形容秋天傍晚的湖色，是寧靜而動人的。

當仁，不讓於師

【譯註】在面對仁義之所在時，即使自己的老師在面前，也無須謙讓。

【出處】《論語．衛靈公》：「子曰：『當仁，不讓於師。』」

【簡析】後指面對正確的事情時，就該勇往直前的去做。

當今之世，捨我其誰

【譯註】在現在這個世局上，除了我能做之外還有誰能？

【出處】《孟子．公孫丑下》：「夫天，夫欲平治天下也：如欲平治天下，當今之世，捨我其誰也？吾何爲不豫哉？」

【簡析】表達出一種自滿自傲，目空一切的狂妄。

當年不肯嫁東風，無端卻被秋風誤

【譯註】荷花當年不肯在春風中開放，如今卻得忍受秋風的摧殘而凋謝。

【出處】宋．賀鑄《踏莎行．楊柳回塘》：「返照迎潮，行雲帶雨，依依似與騷人語：當年不肯嫁東風，無端卻被秋風誤。」

【簡析】比喻錯失良機而蒙受損失。

當局者迷，旁觀者清

【譯註】在下棋的人因專心佈棋局，因而看不清整個局勢，而看棋的人，因爲是看著兩方棋的走勢，誰勝誰敗，一目了然。局：棋局。

【出處】宋．歐陽修《舊唐書．元行沖傳》：「當局稱迷，旁觀必審，何所爲疑，而不申列？」

【簡析】比喻當事人往往自陷某個主觀的念頭中，而不及旁人置身事外，才能看出問題的癥結點所在。

當家才知柴米價

【譯註】一旦主持家務之後，才會知道一般生活用品的價錢。

【出處】明．吳承恩《西遊記》第二十八回：「當年行者在日，老和尙要的就有：今日輪到我的身上，誠所謂當家才知柴米價。」

【簡析】說明唯有身在其後，才會知道個中滋味是甜是酸。

當面輸心背面笑

【譯註】在你的面前表示眞誠，而在背後卻又笑你的愚笨。輸心：表示眞心。

【出處】唐．杜甫《莫相疑行》：「往時文采動人主，此日饑寒趨路旁。晚將末契托年少，當面輸心背面笑。」

【簡析】表示人表裡不一致，常是說是一套，做是一套。

當斷不斷，反受其亂

【譯註】應該做決策的時候不當機立斷，反而會因此遭到牽累。

【出處】漢．司馬遷《史記．齊悼惠王世家》：「嗟呼！道家之言『當斷不斷，反受其亂』，乃是也。」

【簡析】說明優柔寡斷的害處，在於自己嚐到惡果。

敬鬼神而遠之

【譯註】尊敬鬼神，但保持一定距離而不迷信。

【出處】《論語．雍也》：「子曰：『務民之義，敬鬼神而遠之，可謂知矣。』」

【簡析】比喻對某人事有所顧忌，而不敢靠近。

暖風薰得遊人醉，直把杭州作汴州

【譯註】這裡溫暖的春風，吹得這些南宋的達官貴人們將國恥家恨忘得一乾二淨，整天歌舞昇平，簡直是將暫作首都的杭州，當做是眞正的國都開封了。杭州：南宋的首都臨安。汴州：北宋的首都開封。

【出處】宋．林升《題臨安邸》：「山外青山樓外樓，西湖歌舞幾時休？暖風薰得遊人醉，直把杭州作汴州。」

【簡析】說明朝野醉生夢死，不圖勵精圖治。

過則勿憚改

【譯註】犯了錯誤就不要怕改正。憚：害怕。

【出處】《論語．學而》：「子曰『君子不重則不威，學則不固，主忠信，無友不如己者，過則勿憚改。』」

【簡析】說明面對錯誤時的正確態度，就是勇敢面對，並加以改正。

過盡千帆皆不是

【譯註】在江面航行的帆船，來來去去數千艘，竟沒有一艘是自己所等待的。

【出處】唐・溫庭筠《夢江南》：「梳洗罷，獨倚望江樓。過盡千帆皆不是，斜暉脈脈水悠悠，腸斷白蘋洲。」

【簡析】用來形容殷切的期待某人、事、物的出現，最後卻事與願違的失落感。

業精於勤，荒於嬉

【譯註】勤奮向學就能使學業精進，耽於嬉戲的話就會使學業荒廢。嬉：玩耍。

【出處】唐・韓愈《進學解》：「國子先生晨入太學，招諸生立館下，誨之曰：業精於勤，荒於嬉；行成於思，毀於隨。」

【簡析】說明勤勞與否是導致學業好壞的要因所在。

鉛刀貴一割，夢想騁良圖

【譯註】鉛製的刀子只有割一次的能力，就像我的才能雖然低微，但仍想報效國家。

【出處】晉・左思《詠史》：「長嘯激清風，志若無東吳。鉛刀貴一割，夢想騁良圖。」

【簡析】比喻才能雖然不好，仍想實現自己的理想。

經師易遇，人師難求

【譯註】照本宣科教書的老師比比皆是，而能成

為人格榜樣的老師卻很難求。

【出處】宋・司馬光《資治通鑑・後漢記》：「經師易遇，人師難求。」

【簡析】說明眞正以身作則的老師是很可貴的。

飽食終日，無所用心

【譯註】整天吃得飽飽的，對任何事情都不關心。不有博奕者乎？為之猶賢乎已。

【出處】《論語・陽貨》：「子曰：『飽食終日，無所用心，難矣哉。不有博奕者乎？為之猶賢乎已。』」

【簡析】後用以譏諷人好逸惡勞。

飽暖思淫欲，飢寒發善心

【譯註】人一旦吃飽喝足後，就會發起淫欲的念頭；人只有遇到饑寒交迫的時候，才會想起那些不幸的人。

【出處】宋・陳元靚《事林廣記・警世格言》：「飽暖思淫欲，飢寒發善心。」

【簡析】指人在不同的處境中就會有不同的希望或要求。或用來勸人知足，不要過分追求物欲。

亂石崩雲，驚濤拍岸，捲起千堆雪

【譯註】陡峭的山壁高聳入雲天，驚人的巨浪沖擊著江岸，激起無數雪白的浪花。

【出處】宋・蘇軾《念奴嬌・赤壁懷古》：「亂石崩雲，驚濤拍岸，捲起千堆雪。江山如畫，一時多少豪傑！」

【簡析】用以形容波濤沖刷石壁的壯觀景象。

矮人看戲何曾見，都是隨人說短長

【譯註】個子矮小的人站在人羣中，看不到舞臺上的表演，只能從別人的口中得知戲的發展情形。

【出處】清・趙翼《論詩》：「隻眼須憑自主張，紛紛藝苑說雌黃。矮人看戲何曾見，都是隨人說短長。」

【簡析】用以告誡人們凡事要有自我主張，不要人云亦云，隨聲附和。

愛人者人恆愛之，敬人者人恆敬之

【譯註】愛護別人的人，別人也會同樣的愛回饋他；尊敬別人的人，別人也會同樣的尊敬回饋他。

【出處】《孟子・離婁下》：「君子以仁存心，以禮存心。仁者愛人，有禮者敬人；愛人者人恆愛之，敬人者人恆敬之。」

【簡析】說明愛和敬是人與人之間交往的基本要素。或說明處事的態度爲何，他人必定以同樣的態度回饋你。

愛之太殷，憂之太勤

【譯註】愛護的太過度，就會擔心的太過度。

【出處】唐・柳宗元《種樹郭橐駝傳》：「愛之太殷，憂之太勤；旦視而暮撫，已去而復顧。」

【簡析】說明對事物的過度關懷，往往會導致不好的結果。

愛之欲其生，惡之欲其死

【譯註】喜歡一個人就希望他活得長壽，討厭一個人就希望他早點死掉。

【出處】《論語．顏淵》：「愛之欲其生，惡之欲其死。既欲其生，又欲其死，是惑也。」

【簡析】用以說明對人的態度好惡分明。

愛而知其惡，憎而知其善

【譯註】喜歡一個人也要知道他的短處，討厭一個人也要知道他的長處。

【出處】《禮記．曲禮上》：「愛而知其惡，憎而知其善。」

【簡析】說明一個人的善惡不是一分爲二，黑白分明的。

腹有詩書氣自華

【譯註】書讀得越多，智慧內蘊，呈現在外的氣質就越有光采。

【出處】宋．蘇軾《和董傳留別》：「粗繒大布裹生涯，腹有詩書氣自華。」

【簡析】形容學問淵博的人，自然氣質高雅。

嫉惡如仇，見善若饑渴

【譯註】看見壞事就好像見到仇人一般，見到善事就好像饑餓求食、口渴思飲一般的渴望。

【出處】唐．韓愈《舉張正甫自代狀》：「嫉惡如仇，見善若饑渴。」

【簡析】後用以贊美某人個性耿直，善惡分明。

十四畫

慷他人之慨

【譯註】使用他人的財物來表示自己的大方慷慨。

【出處】明．凌濛初《二刻拍案驚奇》卷十一：「慷他人之慨。」

【簡析】任意揮霍他人的財物。

慷慨赴死易，從容就義難

【譯註】意氣激昂地爲國犧牲不是件難事；可是經過自己幾番思量後，從容不迫地爲國而死卻是件困難的事情。

【出處】宋．謝枋得《卻聘書》：「慷慨赴死易，從容就義難。」

【簡析】說明爲正義而死是很難達到的。

竭誠，則胡越爲一體；傲物，則骨肉爲行路

【譯註】只要是誠心待人，那麼就連外族也可能團結在一起。可是一旦驕傲凌人，那麼即使再親密如骨肉至親，也會疏遠得如過路的人一般陌生。胡越：胡，指北方的外族。越，指南方的外族。物：外物，這裡指人。行路：過路的人。

【出處】唐．魏徵《諫太宗十思疏》：「竭誠，則胡越爲一體；傲物，則骨肉爲行路。」

【簡析】說明誠懇待人的重要，影響自己與他人關係的親疏。

滿招損，謙受益

【譯註】驕傲自滿容易招來災害，謙虛讓人容易得到好處。

【出處】《尚書・大禹謨》：「滿招損，謙受益，時乃天道。」

【簡析】說明人不可以驕傲，而應謙虛謹慎。

滿懷心腹事，盡在不言中

【譯註】滿肚子的心事，卻無法用言語表達一二，也沒地方排遣，只能藏在心中。

【出處】元・無名氏《馬陵道》第一折：「我正是：滿懷心腹事，盡在不言中。」

【簡析】形容無法言喻，亦無可排遣的心事。

實迷途其未遠，覺今是而昨非

【譯註】眞得是走迷了路，還好沒有相距的太遠，現在才眞正的覺悟到今天的所作所爲才是正確的，而以往所做所爲是錯的。

【出處】晉・陶潛《歸去來兮辭》：「悟已往之不諫，知來者之可追。實迷途其未遠，覺今是而昨非。」

【簡析】表示對過去錯誤的悔悟和改正。

精誠所至，金石為開

【譯註】只要灌注自己的誠意，即使如金石這般堅硬的物質也會裂開。金石：金屬和石頭等，後用以比喻最爲堅硬的東西。

【出處】南朝宋・范曄《後漢書・廣陵思王荊傳》：「上以求天下事必舉，下以雪除沈沒之恥，報死母之仇，精誠所加，金石爲開。」

【簡析】說明只要下定決心去做，任何事都能達成；或指以眞誠之心打動人心。

語不驚人死不休

【譯註】若沒有寫出好的詩句，到死我都不會放棄。

【出處】唐．杜甫《江上値水如海勢，聊短述》：「爲人性僻耽佳句，語不驚人死不休。老去詩篇渾漫與，春來花鳥莫深愁。」

【簡析】說明人在創作時，於用字用詞上的努力。

說大人則藐之，勿視其巍巍然

【譯註】要去遊說那些大人物之前，要將他們視爲和我們一樣的人一般，別被他們顯赫的地位所嚇到。說：遊說。說：勸說。大人：有地位的人，此指諸侯。

【出處】《孟子．盡心下》：「孟子曰：『說大人則藐之，勿視其巍巍然。』」

【簡析】說明不要因爲面對富貴強權，就失志喪氣。或是面對權貴人物時，要以平常心對待他們。

說曹操，曹操就到

【譯註】說到曹操這個人，曹操就出現在我們身邊。

【出處】清．曾樸《孽海花》第二十九回：「無巧不成書，說到曹操，曹操就到。」

【簡析】說明正在談論某人的事情時，某人就來得湊巧。

寧可玉碎，不為瓦全

【譯註】我寧可做一個碎裂的玉，而不願屈就做

個瓦片被保全。

【出處】唐・李百藥《北齊書・元景安傳》：「大丈夫寧可玉碎，不能瓦全。」

【簡析】說明個人寧死不屈以保全名節。

寧可我負人，不可人負我

【譯註】只願自己做對不起別人的事，而不允許別人做出對不起自己的事情。負：背棄。

【出處】晉・陳壽《三國志・魏書・武帝紀》：「聞其食器聲，以爲圖己，遂夜殺之。既而淒愴曰：『寧我負人，毋人負我。』遂行。」

【簡析】表示人自私陰毒、薄情寡義的行徑。

寧可信其有，不可信其無

【譯註】寧願相信這件事情是眞實存在的，而不要相信這件事情是子虛烏有的。

【出處】元・無名氏《盆兒鬼》楔子：「那先生人都叫他賈半仙，寧可信其有，不可信其無。孩兒去意已決。」

【簡析】說明人對可能發生的事情還是愼重些比較好。

寧為雞口，無為牛後

【譯註】寧可做爲雞的嘴巴，也不願做爲牛的屁股。牛後：牛的肛門。

【出處】漢・劉向《戰國策・韓策一》：「臣聞鄙語曰：『寧爲雞口，無爲牛後。』今大王西面交臂而臣事秦，何以異於牛後乎？」

【簡析】說明人要獨當一面，而不願任人擺布。

寢不安席，食不甘味

【譯註】覺無法好好的睡，吃東西也沒有任何味

道。

【出處】漢・劉向《戰國策・齊策五》：「秦王恐之，寢不安席，食不甘味。」

【簡析】形容人因爲心中掛念某事，以致於寢食難安。

盡人事而聽天命

【譯註】用自己的能力努力去做，結果只能聽任天命的安排了。

【出處】宋・胡寅《致堂讀書管見》：「盡人事而待天命。」

【簡析】表示因爲天命不可測，凡事要不計後果，盡心去做。

盡由他恁地聰明，也猜不透天情性

【譯註】無論他如何的聰明，也無法猜出老天的安排。

【出處】清・蔣士銓《空谷香・懷香・金絡索》：「何堪聽，霜鐘月柝一聲聲。盡由他恁地聰明，也猜不透天情性。」

【簡析】說明天意不可測。

盡信書則不如無書

【譯註】盲目的相信《尚書》中有關周武王伐紂時「血流漂杵」的記載，那還不如不要有《尚書》這本書呢，因爲書中的描寫不及事實的萬分之一。書：原指《尚書》，後泛指書籍。

【出處】《孟子・盡心下》：「盡信《書》，則不如無《書》。吾於《武成》，取二三策已矣。仁人無敵於天下，以至仁伐至不仁，而何其血之流杵也？」

【簡析】說明讀書時要有獨立思考的批判精神，千萬不可迷信書本上所說的。

輕諾必寡，多易必多難

【譯註】對他人容易許下承諾的人，往往不守信用；將事情預估太容易的人，往往在行事時會遭遇到很多困難。

【出處】《老子》六十三章：「夫輕諾必寡信，多易必多難，是以聖人猶難之，故終無難矣。」

【簡析】說明待人行事要謹慎小心，否則容易招致禍患。

聞善言則拜，告有過則喜

【譯註】聽到別人規勸自己的言論，就行禮致謝；看到他人指出自己的錯處，就非常的高興。拜：古時候表示恭敬的一種禮節。

【出處】《孟子．公孫丑上》：「孟子曰：『子路，人告之以有過則喜，禹聞善言則拜。大舜有大焉，善與人同。』」

【簡析】說明人應當有接受別人批評的肚量。

聞道有先後，術業有專攻

【譯註】領略儒家學說的精神有先後時間的區別，而在學習的歷程上，也各有專長。

【出處】唐．韓愈《師說》：「是故弟子不必不如師，師不必賢於弟子，聞道有先後，術業有專攻，如是而已。」

【簡析】今用以說明每個人學習的才分不同、專長不同。

疑行無成，疑事無功

【譯註】行動時猶豫不決，考慮事情時搖擺不定的人，是不會有什麼成就的。

【出處】戰國・公孫鞅《商君書・更法》：「公孫鞅曰：『臣聞之：疑行無成，疑事無功。君亟定變法慮，殆無顧天下之議之也。』」

【簡析】說明行動要果斷。

疑則勿用，用則勿疑

【譯註】用人的準則是：對這個人不信任就不要任用，一旦任用之後就要給予全然的信任，而不去懷疑他。

【出處】後晉・劉昫等《舊唐書・文宗紀上》：「五月壬戌朔戊辰詔：『元首股肱，君臣象類，義深同體，理在坦懷，夫任則不疑，疑則不任。』」

【簡析】說明對於人才要給予充分的信任。

遠來的和尚會唸經

【譯註】從別地來的和尚比較會誦讀經文。

【出處】元・張國賓《合汗衫》第三折：「近寺人家不重僧，遠來和尚好看經。」

【簡析】說明人多輕視身邊的人才，反而重用外面找來的人擔任重責。

漢賊不兩立

【譯註】由於政治立場上的不同，蜀漢和曹魏是不能同時在一起並存的。

【出處】三國蜀・諸葛亮《後出師表》：「先帝慮漢賊不兩立，王業不偏安，故託臣以討賊也。」

【簡析】比喻彼此之間的仇恨已到了不能相容的

地步。

蒲柳之姿，望秋而落；松柏之質，經霜彌茂

【譯註】蒲柳的特性是逢秋葉片就會凋落；松樹和柏樹的特性是葉片是經霜而更加翠綠。蒲柳：水楊的一種，性柔弱，葉早落用以比喻衰弱的體質。

【出處】南朝宋．劉義慶《世說新語．言語》：「蒲柳之姿，望秋而落；松柏之質，經霜彌茂。」

【簡析】形容有品德的人遇到困厄而不改其志，而無品德的人卻可以隨時同流合污。

對酒當歌，人生幾何

【譯註】在飲美酒時應該高歌一番，因爲這個人生是多麼地短暫啊！

【出處】魏．曹操《短歌行》：「對酒當歌，人生幾何？譬如朝露，去日苦多。」

【簡析】說明人生短暫，應及時建功立業。

對瀟瀟暮雨灑江天，一番洗清秋

【譯註】眼看風吹著雨水灑向江河和天幕，就好像將清冷的秋天洗刷了一番。瀟瀟：風雨暴急的樣子。

【出處】宋．柳永《八聲甘州》：「對瀟瀟暮雨灑江天，一番洗清秋。漸霜風凄緊，關河冷落。」

【簡析】形容秋天雨的清冷。

嘈嘈切切錯雜彈，大珠小珠落玉盤

【譯註】琵琶弦所彈奏出來的低音和高音混雜在一起，叮叮噹噹的聲音就好像大小珠子落在玉盤上一樣。嘈嘈切切：指大弦小弦上發出的大小不同的聲音。

【出處】唐・白居易《琵琶行》：「輕攏慢撚，抹復挑，初爲霓裳後六么，大弦嘈嘈如急雨，小弦切切如私語。嘈嘈切切錯雜彈，大珠小珠落玉盤。」

【簡析】後形容音樂聲的動聽。

綠楊煙外曉寒輕，紅杏枝頭春意鬧

【譯註】天氣已漸漸暖和，青翠的柳條愈發茂密；而杏樹的枝頭上長滿了紅花，蜂蝶在花間忙碌地穿梭。

【出處】宋・宋祁《玉樓春》：「東城漸覺風光好，縠皺波紋迎客棹。綠楊煙外曉寒輕，紅杏枝頭春意鬧。」

【簡析】描寫春意盎然的意象。

綠葉成蔭子滿枝

【譯註】當狂風驟起時，所有的花瓣都被打落，而現在竟綠葉成蔭，結了滿樹枝的果子。深紅色：指花。

【出處】唐・杜牧《悵詩》：「自是尋春去較遲，不須惆悵怨芳時。狂風落盡深紅色，綠葉成蔭子滿枝。」

【簡析】比喻自己喜歡的女孩子已經另嫁他人，並已生子爲母。

綠樹村邊合，青山郭外斜

【譯註】村子的四周被綠意盎然的樹木圍繞著，而青翠的山嶺，依舊斜斜地伸展在村莊的外圍。郭：外城，此指村莊外圍。

【出處】唐・孟浩然《過故人莊》：「故人具雞黍，邀我至田家。綠樹村邊合，青山郭外斜。」

【簡析】描寫農村美好寧靜的風景。

與人方便，自己方便

【譯註】給他人便利之處，也就等於給自己一個便利之處。

【出處】元・施君美《幽閨記》第二十六折：「罷罷罷，自古道：『與人方便，自己方便。』」

【簡析】說明人應將心比心，以較寬鬆的條件對待他人。

與君一席話，勝讀十年書

【譯註】和你長談一次，勝過我讀了十年的書。

【出處】宋・程頤《伊川先生語錄》卷八上：「古人有言曰：『共君一夜話，勝讀十年書。』若一日有所得，何止勝讀十年書也。」

【簡析】說明得人教益頗多。

與其屈辱而生，不若守節而死

【譯註】如果要忍受著屈辱才能生存，還不如爲了保守節操而死亡。

【出處】宋・司馬光《資治通鑑・晉紀》：「與其屈辱而生，不若守節而死。」

【簡析】說明名節操守比生命還要重要。

與朋友交，言而有信

【譯註】和朋友結交時，要誠實且有信用。

【出處】《論語・學而》：「子夏曰：『賢賢易色，事父母，能竭其力；事君，能致其身；與朋友交，言而有信。雖曰未學，吾必謂之學矣。』」

【簡析】說明朋友之間的交往以誠信爲主。

種瓜得瓜，種豆得豆

【譯註】撒下瓜種最後會得到瓜實，埋下豆種最後會得到豆實。

【出處】明・馮夢龍《古今小說》卷二十九：「假如種瓜得瓜，種豆得豆，種是因，得是果。不因種下，怎得收成？好因得好果，惡因得惡果。」

【簡析】本爲佛教語，比喻因果報應，今用以說明自食其果。

十五畫

熟讀唐詩三百首，不會作詩也會吟

【譯註】只要將《唐詩三百首》這本詩集讀熟後，即使是不會做詩的人，也能作出一首首的好詩來的。

【出處】清・孫洙《唐詩三百首序》：「熟讀唐詩三百首，不會作詩也會吟。」

【簡析】說明只要常讀詩文，便能體會個中奧妙之處，提升自我的寫作能力。

寬以濟猛，猛以濟寬

【譯註】政策過於嚴厲時，施政時就要手段寬大些；政策過於寬容時，施政時就要手段嚴厲些。濟：輔助，配合。

【出處】春秋・左丘明《左傳・昭公二十年》：「仲尼曰：『政寬則民慢，慢則糾之以猛。猛則民殘，殘則施之以寬。寬以濟猛，猛以濟寬，政是以和。』」

【簡析】說明在施政要在寬容及嚴厲之間，拿捏出一個較為合適的標準出來。

審度時宜，慮定而動，天下無不可為之事

【譯註】在行動之前先考慮及評估需要，等一切都妥當之後才去做，那天底下沒有不可以做的事情了。度：ㄉㄨㄛˋ，忖度。

【出處】明・張居正《答宣大巡撫吳環洲策黃酉》：「審度時宜，慮定而動，天下無不可為之事。」

【簡析】說明事情先要有周慮的規畫才能成功。

請君試問東流水，別意與之誰短長

【譯註】請你們問一問正在流淌的水流，和你們離別的情意相比，那個比較多又長呢？

【出處】唐・李白《金陵酒肆留別》：「金陵子弟來相送，欲行不行各盡觴。請君試問東流水，別意與之誰短長？」

【簡析】說明離愁深濃。

請看今日之域中，竟是誰家之天下

【譯註】請你們看看，現在究竟是誰掌控整個天下的大局。

【出處】唐・駱賓王《爲徐敬業討武曌檄》：「凡諸爵賞，同指山河。若其眷戀窮城，徘徊歧路，坐昧先幾之兆，必貽後至之誅。請看今日之域中，竟是誰家之天下。」

【簡析】說明整個國家的歸屬權屬於誰。

誰言寸草心，報得三春暉

【譯註】誰說我這個才冒出綠意的小草，能報答春陽給與溫暖的恩惠呢？

【出處】唐・孟郊《遊子吟》：「臨行密密縫，意恐遲遲歸。誰言寸草心，報得三春暉。」三春：農曆正月稱孟春，二月稱仲春，三月稱季春。所以指整個春天。

【簡析】表達對母親的感激之情。

誰知盤中飧，粒粒皆辛苦

【譯註】有誰知道每個人碗中的白飯，每一粒飯

中凝結著多少農夫的血汗。

【出處】唐．李紳《憫農》：「鋤禾日當午，汗滴禾下土。誰知盤中飧，粒粒皆辛苦。」

【簡析】說明要珍惜糧食，不可任意蹧踏。

誰道閒情拋棄久？每到春來，惆悵還依舊

【譯註】誰說那種令人愁苦的感覺已經拋卻很久了？可是每每春天來臨的時候，這種情緒又莫名其妙的縈繞在心。

【出處】宋．歐陽修《蝶戀花》：「誰道閒情拋棄久？每到春來，惆悵還依舊。」

【簡析】形容對景難排的失意惆悵的感覺。

誰謂古今殊？異代可同調

【譯註】是誰說古往今來一定要有不同呢？因為不同時代的人也可以有同樣的志趣。

【出處】南朝宋．謝靈運《七里瀨》：「誰謂古今殊？異代可同調。」

【簡析】說明某種志趣或想法，雖有時間的區隔，但有同樣念頭的人，卻比比皆是。

論大功者不錄小過，舉大善者不疵細瑕

【譯註】在評定一個人的功績時，就不要計較他的小過錯；要推薦一個有才能的人，就不要計較他的小毛病。

【出處】漢．班固《漢書．陳湯傳》：「論大功者不錄小過，舉大善者不疵細瑕。」

【簡析】說明識人要從正面去判斷，而不要去計較那些枝微末節的事情。

論事易，作事難；作事易，成事難

【譯註】去批評一件事情是很容易的，但是做一件事是很困難的。做一件事情是很容易的，但是要完成一件事情是很困難的。

【出處】宋·蘇軾《薦誠禪院五百羅漢記》：「論事易，作事難；作事易，成事難。」

【簡析】說明要完成一件事情要排除萬難才能達成的。

窮則獨善其身，達則兼善天下

【譯註】一個人在境遇不好的時候，就將個人的才德修養好；飛黃騰達的時候，就將天下治理好，爲百姓謀福利。

【出處】《孟子·盡心上》：「古之人得志，澤加於民；不得志，修身見於世。窮則獨善其身，達則兼善天下。」

【簡析】說明個人要先盡自我的本分，然後才能盡對國家的責任。

窮則變，變則通

【譯註】事情發展到了極點，就必然會產生變化，發生變化之後便能順利發展下去。

【出處】《易經·繫辭下》：「窮則變，變則通，通則久。」

【簡析】說明事物發展到不能不變的地步。

窮當益堅，老當益壯

【譯註】面對困境更應將志氣堅定起來，面對年老的事實更應當壯大自己的志氣。窮：困境。

【出處】南朝宋·范曄《後漢書·馬援傳》：「丈

夫爲志，窮當益堅，老當益壯。」

【簡析】說明無論面對何種環境，都要壯大自己的志氣。

談笑有鴻儒，往來無白丁

【譯註】和學識豐富的人在一起談天說笑，交往的朋友中，沒有一個是不識字的人。

【出處】唐．劉禹錫《陋室銘》：「苔痕上階綠，草色入簾青。談笑有鴻儒，往來無白丁。」

【簡析】說明平日和一些不尋常的人相互往來。

養兒不肖不如無

【譯註】如果教養出品行不好的孩子，還不如當初沒有生養過這個孩子。

【出處】明．馮夢龍《醒世恆言》卷十七：「種田不熟不如荒，養兒不肖不如無。」

【簡析】說明教導子女良好品德的重要性。

養兒防老，積穀防饑

【譯註】生養子女是爲了怕年老時無人奉養，積存穀物是爲了預防饑荒的發生。

【出處】宋．陳元靚《事林廣記．警世格言》：「養兒防老，積穀防饑。」

【簡析】說明人應有憂患意識，爲自己的後路，預做打算。

養軍千日，用軍一時

【譯註】長時間的訓練軍隊，只爲了一旦用兵打仗能上陣殺敵。

【出處】元．馬致遠《漢宮秋》第二折：「我養軍千日，用軍一時，空有滿朝文武，那一個與我退的番兵。」

【簡析】說明長期培養人才的目的，在於在關鍵時能發揮作用。

養虎自遺患

【譯註】飼養老虎會爲自己日後埋下被吃掉的危險。

【出處】漢．司馬遷《史記．項羽本紀》：「此天亡楚之時也，不如因其饑而遂取之。今釋弗擊，此所謂『養虎自遺患。』」

【簡析】說明善待惡人會爲自己留下後患。

賢士之處世也，譬若錐囊中，其末立見

【譯註】有才能的人在社會上做事，就好像一把錐子裝在口袋裡，立刻會破袋而出，引起衆人的注意。

【出處】漢．司馬遷《史記．平原君虞卿列傳》：「賢士之處世也，譬若錐囊中，其末立見。」

【簡析】說明有眞正才能的人，不會被埋沒，終有一天會被重用的。

賢者不悲其身之死，而憂其國之衰

【譯註】有賢德的人不會因爲個人的死生而悲愁，反而爲是國家的盛衰而憂心忡忡。

【出處】宋．蘇洵《管仲論》：「夫國以一人興，以一人亡。賢者不悲其身之死，而憂其國之衰。」

【簡析】說明賢德的人將國家看得比個人的生命還重要。

賢者在位，能者在職

【譯註】讓有賢德的來掌權，讓有能力的人來執行任務。

【出處】《孟子．公孫丑上》：「賢者在位，能者在職；國家閒暇，及是時，明其政刑。雖大國，必畏之矣。」

【簡析】說明國家應該交由有賢有能的人來治理，才能有所作爲。

增之一分則太長，減之一分則太短

【譯註】增加一點高度就顯得太高，減一點高度又顯得太短。

【出處】戰國．宋玉《登徒子好色賦》：「增之一分則太長，減之一分則太短；著粉則太白，施朱則太赤。」

【簡析】形容女子美的恰到好處。或是形容審察美的標準需要。

醉翁之意不在酒，在乎山水之間也

【譯註】我醉翁的本意不在於喝酒，而是這裡的佳山好水讓我陶醉。醉翁：指歐陽修。

【出處】宋．歐陽修《醉翁亭記》：「太守與客來飲於此，飲少輒醉，而年又最高，故自號曰醉翁也。醉翁之意不在酒，在乎山水之間也。」

【簡析】形容本意不在表面上所呈現的，而是另有他圖。

撥雲霧而睹青天

【譯註】將濃厚的雲層撥開之後，就可以看見湛

藍的天空。

【出處】明・羅貫中《三國演義》第三十八回：「先生之言，頓開茅塞，使備如撥雲霧而睹青天。」

【簡析】比喻由他人的言語中，使自己從迷惑中覺悟出來，開了竅。

樑木其壞，哲人其萎

【譯註】這個見識卓越的人過世了，就像支撐別屋的棟樑朽壞了。萎：ㄨㄟˇ，草木枯黃，引申爲死亡。

【出處】《禮記・檀弓上》：「泰山其頽，則吾將安仰？樑木其壞，哲人其萎，將吾將安放？」

【簡析】表示對偉人去世時的哀慟之情。

憂勞可以興國，逸豫可以亡身

【譯註】因爲有憂患意識，所以做起事謹愼小心，可以將國家管理的更好，但如果貪圖安逸享樂，凡事漠不關心，那就能讓人招致亡身之禍。

【出處】宋・歐陽修《五代史・伶官傳序》：「憂勞可以興國，逸豫可以亡身，自然之理也。故方其盛也，舉天下之豪傑莫能與之爭；及其衰也，數十伶人困之，而身死國滅，爲天下笑。」

【簡析】說明要成就一番事業就必須奮發努力。

踏破鐵鞋無覓處，得來全不費功夫

【譯註】爲了找一個東西走到連鐵做的鞋都磨穿，現在竟然沒費一點力氣就得到了。

【出處】《宋詩紀事．夏元鼎》：「崆峒訪道至湘湖，萬卷詩書看轉愚。踏破鐵鞋無覓處，得來全不費功夫。」

【簡析】說明有心求之卻求不得，無心求之卻很容易得到。

賠了夫人又折兵

【譯註】憑白送給敵手一位夫人，又折損了軍隊的兵員。

【出處】元．無名氏《隔江鬥智》第二折：「周瑜周瑜，休誇妙計高天下，只教你賠了夫人又折兵！」

【簡析】比喻本來盤算是可以占到便宜，結果反而是吃了大虧。

蝸角虛名，蠅頭微利，算來著甚干忙

【譯註】爭取的虛名就像蝸牛角般的渺小，取得的利益就像蒼蠅頭般的微薄，算來算去又是為什麼忙呢？

【出處】宋．蘇軾《滿庭芳》：「蝸角虛名．蠅頭微利，算來著甚干忙。事皆前定，誰弱又誰強。」

【簡析】說明汲汲於爭名逐利是不智的行為。

蓬生麻中，不扶自直

【譯註】飛蓬生長在筆直的麻田裡，不用特別用東西來支持，自然直生得很直挺。蓬：又叫飛蓬，一種容易倒伏的菊科植物。蓬：蓬蒿。

【出處】戰國．荀況《荀子．勸學》：「蓬生麻中，不扶自直；白沙在涅，與之俱黑。」

【簡析】說明環境對人的影響甚鉅。

暴虎馮河，死而無悔者，吾不與也

【譯註】徒手和老虎格鬥，徒步涉水過河，做事如此莽撞的連死都不會後悔的人，我是不會他交往。馮河：沒有舟船，涉水過河。

【出處】《論語．述而》：「子曰：『暴虎馮河，死而無悔者，吾不與也。必也臨事而懼，好謀而成者。』」

【簡析】比喻有勇無謀的人，或指無謂的犧牲。

餘音繞樑，三日不絕

【譯註】音樂結束之後，音符好像還繚繞在屋樑上，許多天都不曾停止過。

【出處】戰國．列禦寇《列子．湯問》：「韓娥東之齊，匱食，過雍門，鬻歌假食，既去而餘樑欐，三日不絕。」

【簡析】形容某些音樂或歌聲，動聽感人。

德不孤，必有鄰

【譯註】有德行的人不會孤獨的，因爲同樣有德行的人會來親近他。

【出處】《論語．里仁》：「子曰：『德不孤，必有鄰。』」

【簡析】說明做好事一定會得到認同的。

質勝文則野，文勝質則史

【譯註】一個人過份的表現樸實的本性，就顯得粗野。但是如果態度浮誇，又顯得虛假。文：文彩。史：是古代掌管文書的人，因其

做事時，只是完成任務而已，心中並無誠意。在此引申爲虛泛無誠意。

【出處】《論語．雍也》：「子曰：『質勝文則野，文勝質則史。文質彬彬，然後君子。』」

【簡析】說明爲人應該要外在及內涵均衡。

儉，德之共也；侈，惡之大也

【譯註】節儉是美德中最大的美德，奢侈是惡行中最大的惡行。

【出處】春秋．左丘明《左傳．莊公二十四年》：「儉，德之共也；侈，惡之大也。」

【簡析】說明節儉美德的重要性。

嬉笑怒罵，皆作文章

【譯註】隨口說出的笑話及謾罵的話語，都可以成爲寫作的最好素材。

【出處】宋．黃庭堅《東坡先生眞贊》：「東坡之酒，赤壁之笛，嬉笑怒罵，皆作文章。」

【簡析】形容文章作品的內容包羅萬象。

魯班門前弄大斧

【譯註】在木匠始祖的面前耍弄用斧頭的技巧。魯班：木匠的鼻祖，是春秋時代魯國的名匠。

【出處】明．梅之煥《題太白墓》：「采石江邊土一堆，李白之名高千古。來來往往詩一首，魯班門前弄大斧。」

【簡析】比喻在行家面前耍弄本領，是自取其辱。

稻花香裡說豐年，聽取蛙聲一片

【譯註】夜風中傳來陣陣的稻花香，人們熱烈地討論著豐收的快樂，而路旁的蛙聲相和著。

【出處】宋・辛棄疾《西江月・夜行黃沙道中》：「明月別枝驚鵲，清風半夜鳴蟬。稻花香裡說豐年，聽取蛙聲一片。」

【簡析】形容豐收時的快樂情景。

翩若驚鴻，婉若遊龍

【譯註】動作輕盈地像大雁驚飛時快速，俐落地像蛟龍在水中游動。

【出處】魏・曹植《洛神賦》：「其形也，翩若驚鴻，婉若遊龍。榮曜秋菊，華茂春松。」

【簡析】形容女人體態動人，舉止優雅。

箭在弦上，不得不發

【譯註】現在弓箭已經搭在弓弦上，沒有辦法不發出去。

【出處】漢・陳琳《爲袁紹檄豫州》李善注：「琳謝罪曰：『矢在弦上，不可不發。』曹公愛其才，而不責之。」

【簡析】說明因爲情勢所逼，不得已要發動某種行動。

樂天知命，故不憂

【譯註】凡事都順著命數，跟著天意的安排，所以心中無所憂愁。

【出處】《易經・繫辭上》：「樂天知命，故不憂。」

【簡析】說明一種聽任自然的處世態度。

樂極生悲，否極泰來

【譯註】當快樂過了頭就會變成悲哀，不幸的事過完之後好的運氣會跟著來。否、泰：爲易經中指好壞的卦名，此代指好壞事。

【出處】明．施耐庵《水滸傳》第二十六回：「常言道：『樂極生悲，否極泰來。』光陰迅速，前後又早四十餘日。」

【簡析】說明事物發展到了極端後，就會往另一方面發展。

十六畫

憑誰問，廉頗老矣，尚能飯否

【譯註】現在又有誰會來問，廉頗雖然老了，現在的飯量還行不行，還能不能上陣殺敵呢？廉頗：戰國時趙國的名將。

【出處】宋・辛棄疾《永遇樂・京口北固亭懷古》：「可堪回首，佛狸祠下，一片神鴉社鼓。憑誰問，廉頗老矣，尚能飯否？」

【簡析】用以比喻徒有一展長才的願意，而在現實中卻不被重用。

龍游淺水遭蝦戲，虎落平陽被犬欺

【譯註】生活在大海的蛟龍被困在淺水灘上動彈不得，就被河蝦戲弄。而老虎離開了山林來到平地上，反被狗欺侮。

【出處】明・吳承恩《西遊記》第二十八回：「正是：『龍游淺水遭蝦戲，虎落平陽被犬欺。』縱然好事多魔障，誰像唐僧西向時？」

【簡析】說明人一旦失去了原有的優勢，反而境遇堪憐。

燈蛾撲火，惹焰燒身

【譯註】飛蛾憑著向光性竟向燭火上撲去，引火上身，燒死了自己。

【出處】明・施耐庵《水滸傳》第二十七回：「這賊配軍卻不是作死，倒來戲弄老娘。正是『燈蛾撲火，惹焰燒身。』」

【簡析】這用來比喻人無故自尋死路，自取滅亡。

謀事在人，成事在天

【譯註】希望事情成功，這在於個人主觀的努力，但結果如何，則有待天意的決定了。

【出處】明．羅貫中《三國演義》第一○三回：「孔明嘆曰：『謀事在人，成事在天，不可強也。』」

【簡析】鼓勵人們在任何事情上，要盡其在我，不計成敗。

激湍之下，必有深潭

【譯註】在湍急的水流之下，必然會有深邃的潭水。激湍：激流旋湍。

【出處】明．劉基《司馬季主論卜》：「激湍之下，必有深潭；高丘之下，必有浚谷。君侯亦知之矣，何以下爲？」

【簡析】鼓勵人要努力不懈，如此一來，必有所成。

頭痛醫頭，腳痛醫腳

【譯註】生病時，不探究病源，頭痛就從頭去醫，腳痛就從腳去醫。

【出處】宋．朱熹《朱子全書．道統六．訓門人》：「今學者亦多來求病根，某向他說，頭痛灸頭，腳痛灸腳，病在這上。」

【簡析】比喻發生事情時，只從事情的表面去解決，而不尋求事情的關鍵點。

橫看成嶺側成峯，遠近高低各不同

【譯註】看一座山，如果由正面去看，是連綿不絕的山嶺；如果由側面去看，是一道山峯。若是由同一個角度去觀察山，那從遠方看，

從近觀，從低處仰頭去看，從高處往下看，都會看到不同的山況。

【出處】宋·蘇軾《題西林壁》：「橫看成嶺側成峯，遠近高低各不同。不識廬山眞面目，只緣身在此山中。」

【簡析】比喻從不同的角度看待事物，都會得到不同的結果。

擒賊先擒王

【譯註】要戰勝敵人必須先捉到他們的首腦人物，使他們失去指揮的中心。

【出處】唐·杜甫《前出塞》：「挽弓當挽強，用箭當用長。射人先射馬，擒賊先擒王。」

【簡析】比喻做任何事要找到關鍵人物，其他問題便能迎刃而解了。

樹欲靜而風不止，子欲養而親不待

【譯註】樹想要靜止，而風卻不斷的吹拂讓樹葉不斷的飄動。子女想要奉養父母的時候，父母卻已經過世了。

【出處】漢·韓嬰《韓詩外傳》卷九：「夫樹欲靜而風不止，子欲養而親不待也。」

【簡析】用以勸誡人們要及時行孝，否則若父母辭世，那就來不及了。

樹德務滋，除惡務本

【譯註】培養好的品德要不斷地進行，要鏟除邪惡，需要從根本做起。

【出處】《尚書·泰誓下》：「樹德務滋，除惡務本。」

【簡析】後用以形容疾惡從善的態度。

機不可失，時不再來

【譯註】當機會來臨時，絕對不可以錯失，因爲好機會是不會重來的。

【出處】宋・薛居正等《舊五代史・晉書・安重榮傳》：「仰認睿旨，深惟匿瑕，其如天道人心，至務勝殘去虐，須知機不可失，時不再來。」

【簡析】說明要把握時機。

機關算盡太聰明，反算了卿卿性命

【譯註】自以爲聰明的玩盡所有權謀，結果卻把自己的性命也賠了進去。機關：指險詐之心。卿卿：對人親暱的稱呼，此指王熙鳳。

【出處】清・曹雪芹《紅樓夢》第五回：「機關算盡太聰明，反算了卿卿性命！生前心已碎，死後性空靈。」

【簡析】說明善於玩弄機謀巧詐的人，往往害人也害己。

橘生淮南則為橘，生於淮北則為枳

【譯註】橘子樹生在淮南的地方，所產的果實叫做橘子，一旦移植到淮北之後，所產的果實是像橘子的枳。枳：常綠灌木，果實似橘而小，味酸而不能食用。

【出處】《禮記・考工記》：「橘生淮南則爲橘，生於淮北則爲枳，此地氣然也。」

【簡析】原意是比喻環境對人的重要影響。後比喻同一個道理，不一定可以套用在所有的情況上。

操千曲而後曉聲，觀千劍而後識器

【譯註】彈奏過上千條的曲子之後，才會知道什麼叫做音樂；鑑賞過上千把名劍之後，才會知道什麼叫做寶劍。

【出處】南朝梁．劉勰《文心雕龍．知音》：「凡操千曲而後曉聲，觀千劍而後識器。故圓照之象，務先博觀。」

【簡析】這句話是說想要眞正的理解一部文學著作，必須先閱讀大量的作品才行。或泛指經驗及知識的重要性。

燕雀不知天地之高，坎井之蛙不知江海之大

【譯註】燕雀只能飛翔在低空之中，所以無法知道天地究竟有多大；生活在土井裡的青蛙，也無法明白江海究竟有多寬廣。

【出處】漢．桓寬《鹽鐵論．復古》：「燕雀不知天地之高，坎井之蛙不知江海之大。」

【簡析】諷刺別人見識淺薄，眼光狹窄。

燕雀安知鴻鵠之志

【譯註】小小的燕子和麻雀那裡知道天鵝欲展翅遨翔的宏願呢？

【出處】漢．司馬遷《史記．陳涉世家》：「陳涉太息曰：『嗟呼，燕雀安知鴻鵠之志哉。』」

【簡析】比喻一般人無法明白雄才大略者的遠大志向。

戰士軍前半死生，美人帳下猶歌舞

【譯註】前線的戰士已死傷慘重，而將帥卻還在

營區縱情聲色。

【出處】唐・高適《燕歌行》：「戰士軍前半死生，美人帳下猶歌舞。大漠窮秋塞草衰，孤城落日鬥兵稀。」

【簡析】後常用來容形領軍將帥們的腐敗無能，無法體恤自己的部下。

戰戰兢兢，如臨深淵，如履薄冰

【譯註】整天小心翼翼的，就好像站在萬丈深淵的邊緣，也好像站在薄冰上面行走。戰戰兢兢：謹愼害怕的樣子。

【出處】《詩經・小雅・小旻》：「不敢暴虎，不敢馮河，人知其一，莫知其他。戰戰兢兢，如臨深淵，如履薄冰。」

【簡析】比喻處事謹愼小心的態度。

嘴上無毛，辦事不牢

【譯註】一個男人嘴上沒有長鬍鬚，代表還沒有長大，會讓人覺得這個人過於稚嫩，辦事不牢靠。

【出處】淸・李嘉寶《官場現形記》第十五回：「俗語說道：『嘴上無毛，辦事不牢。』像你諸位一定是靠得住，不會冤枉人的了。」

【簡析】說明一般人認爲年輕人做事缺乏經驗，辦事的能力可能不太強。

獨在異鄉為異客，每逢佳節倍思親

【譯註】隻身客居異鄉，每逢過節的日子裡，就格外想念在家鄉的親人。

【出處】唐・王維《九月九日憶山東兄弟》：「獨在異鄉爲異客，每逢佳節倍思親；遙知兄弟登高處，遍插茱萸少一人。」

【簡析】後人用以說明在異鄉因心情格外苦悶，而在特別節日中更加地想念親人。

獨學而無友，則孤陋而寡聞

【譯註】關起門來自己學習，沒有和他人相互切磋，會流於知識偏狹。

【出處】《禮記．學記》：「時過然後學，則勤苦而難成；雜施而不孫，則壞亂而不修；獨學而無友，則孤陋而寡聞。」

【簡析】說明朋友在學習中占有重要的地位。

積土成山，風雨興焉；積水成淵，蛟龍生焉

【譯註】慢慢將土堆積成大山，風雨自然就會形成；小小的水滴慢慢匯積成爲深潭，蛟龍自然會進駐在其中。

【出處】戰國．荀況《荀子．勸學》：「積土成山，風雨興焉；積水成淵，蛟龍生焉；積善成德，而神明自得，聖心備焉。」

【簡析】比喻知識及經驗都是需要慢慢累積而成的。

積財千萬，不如薄技在身

【譯註】縱有千萬財產，還不如學得一、二門技藝保身的好。

【出處】北齊．顏之推《顏氏家訓．勉學》：「諺曰：『積財千萬，不如薄技在身。』技之易習而可貴者，無過讀書也。」

【簡析】勸勉人學習各種技藝，將來才能自立於世，不依靠任何人。

積善之家，必有餘慶

【譯註】長期做好事的人，福祿一定是接連而來的。

【出處】《易經．坤》：「積善之家，必有餘慶；積不善之家，必有餘殃。」

【簡析】這句話是用來鼓勵人多做好事。

學也，祿在其中矣

【譯註】學習的目的在於爲官吃公家飯。

【出處】《論語．衞靈公》：「子曰：『君子謀道不謀食。耕也，餒在其中矣；學也，祿在其中矣。君子憂道不憂貧。』」

【簡析】說明某些人學習的目的，在於升官發財。

學不精勤，不如不學

【譯註】在學習的過程中，如果學得的只是一知半解的話，那還不如不要學習這門知識。

【出處】唐．令狐德棻等《周書．李賢傳》：「學不精勤，不如不學。」

【簡析】後用以鼓勵人學習要認眞精要。

學而不思則罔，思而不學則殆

【譯註】在學習的歷程中，如果沒有學會思考問題，就會對很多問題迷惑不解；但是只是空想而不落實在學習上，就會使精神懈怠。

【出處】《論語．爲政》：「子曰：『學而不思則罔，思而不學則殆。』」

【簡析】說明在學習的路程上，學習和思考是相輔相成缺一不可的。

學而不厭，誨人不倦

【譯註】學習慾是永遠不會滿足的，對於他人要循循善誘，不要表現出疲憊的樣子。

【出處】《論語・述而》：「子曰：『默而識之，學而不厭，誨人不倦。何有於我哉？』」

【簡析】說明在治學的過程中，要嚴以律己，寬以待人。

學而時習之，不亦悅乎

【譯註】對於學過的知識，如果能在適當的時候拿出來溫習，不讓自己忘記，不是件很快樂的事情嗎？悅，快樂。

【出處】《論語・學而》：「學而時習之，不亦悅乎？有朋自遠方來，不亦樂乎？」

【簡析】說明學習和複習應該要並重的。

學而優則仕

【譯註】學習到了一定的程度後，若有餘裕的精力的話，就去做官。

【出處】《論語・子張》：「子夏曰：『仕而優則學，學而優則仕。』」

【簡析】說明當人有優異的學業成績之後，就具有做官的必備條件。

學如不及，猶恐失之

【譯註】在學習某種知識時，就像是在追求某種東西，只怕是追不上；而學到時，要時時複習，因爲害怕沒多久就會遺忘。

【出處】《論語・泰伯》：「子曰：『學如不及，猶恐失之。』」

【簡析】說明在學習上有一種執著而熱切追求的心。

學問之道無他，求其放心而已矣

【譯註】做學問的道理很簡單，只要求將放縱的心找回來而已。

【出處】戰國・孟軻《孟子・告子上》：「人有雞犬放，則知求之，有放心而不知求。學問之道無他，求其放心而已矣。」

【簡析】說明在學習時要聚精會神。

學然後知不足，教然後知困

【譯註】通過學習才會知道自己學識的不足，通過教學才會感到自己學識的貧乏。

【出處】《禮記・學記》：「是故學然後知不足，教然後知困。知不足，然後能自反也；知困，然後能自強也。故曰：教學相長也。」

【簡析】這句話是說唯有藉由教與學的歷程，才會知道自己所學是有限的。

十七畫

鴻鵠高飛，一舉千里

【譯註】天鵝展翅高飛時，一飛就有幾千里之遠。鴻鵠：天鵝。

【出處】漢・劉邦《鴻鵠歌》：「鴻鵠高飛，一舉千里。羽翼已就，橫絕四海。」

【簡析】用來讚美具有雄心壯志的人。

謙謙君子，卑以自牧

【譯註】謙虛的君子常以謙恭的態度來修養自己的德行。牧：修養。

【出處】《易經・謙卦》：「謙謙君子，卑以自牧。」

【簡析】鼓勵人學習謙虛。

醜女來效顰，還家驚四鄰

【譯註】容貌醜陋的女子模仿西施捧心皺眉的樣子，把左鄰右舍的人都嚇壞了。顰：ㄆㄧㄣˊ皺眉。

【出處】唐・李白《古風五十九首》之三十五：「醜女來效顰，還家驚四鄰。壽陵失本步，笑殺邯鄲人。」

【簡析】說明沒有目的的模仿，往往會得到反效果。

聰明一世，糊塗一時

【譯註】在待人處事上聰明了一輩子，卻偶爾會一時不明事理。

【出處】元・無名氏《拜月亭》第七折：「我陀滿興福聰明了一世，懵懂在一時。」

【簡析】諷刺聰明人偶爾也會做出糊塗事。

臨財毋苟得，臨難毋苟免

【譯註】財富當前，不要用不正當的手段取得；危險臨頭時，不懦弱偷生。毋：不要。

【出處】《禮記．曲禮上》：「臨財毋苟得，臨難毋苟免，很毋求勝，分毋求多。」

【簡析】告誡人們要臨財不貪，臨危不懼。

臨淵羨魚，不如退而結網

【譯註】空站在水邊與其想著得到水中的魚，那還不如回家去結網來捕撈。

【出處】漢．班固《漢書．董仲舒傳》：「古人有言曰：『臨淵羨魚，不如退而結網。』」

【簡析】比喻要達到目的，唯有採取實際行動，一味的空想是沒有成效的。

聲無小而不聞，行無隱而不形

【譯註】只要是聲音，無論再小聲也會被聽見；只要做了事情，不會因爲隱藏就不被人發現。

【出處】戰國．荀況《荀子．勸學》：「聲無小而不聞，行無隱而不形；玉在山而草木潤，淵生珠而崖不枯。」

【簡析】意思是說只要積善，無論再小的善行，也會爲人所發覺。或爲「若要人不知，除非己莫爲」之意。

聲聞過情，君子恥之

【譯註】自己的名聲超過實際的情形，這是君子覺得可恥的事。聲聞：名望。

【出處】《孟子．離婁下》：「苟爲無本，七八月之間雨集，溝澮皆盈；其涸也，可立而待也。故聲聞過情，君子恥之。」

【簡析】表示人不可以欺世盜名。

雖無刎頸交，卻有忘機友

【譯註】雖然沒有生死與共的患難之交，卻有彼此坦誠無私的交心之友。

【出處】元·白樸《沈醉東風·漁父》：「雖無刎頸交，卻有忘機友，點秋江白鷺沙鷗。傲殺人間萬戶侯，不識字煙波釣叟。」

【簡析】形容一個人追求淡泊寧靜的生活。

螳螂捕蟬，黃雀在後

【譯註】當螳螂專心在捕捉蟬的時候，卻不知道黃雀也正在牠的身後，等著要把牠吃掉呢！

【出處】戰國·莊周《莊子·山木》：「睹一蟬，方得美蔭，而忘其身，螳螂執翳而搏之，見得而忘其形；異鵲從而利之，見利而忘其眞。」

【簡析】比喻只貪圖眼前的利益，而不顧後患。

牆倒眾人推

【譯註】一面牆之所以傾倒是因爲大家都去推一把的結果。

【出處】清·曹雪芹《紅樓夢》第六十九回：「牆倒眾人推，那趙姨娘原有些顛倒，著三不著四，有了事都賴他。」

【簡析】意思是說某人或事一旦失勢之後，就會受到大家的攻擊。

嚐一臠肉，知一鑊之味，一鼎之調

【譯註】吃一小塊肉，就可以知道這一鍋的口味

如何了。臠：塊狀的肉食。鑊：古稱無足之鼎。

【出處】秦．呂不韋《呂氏春秋．愼大覽．察今》：「見瓶水冰而知天下之寒、魚鱉之藏也，嚐一臠肉，知一鑊之味、一鼎之調。」

【簡析】比喻由事物的一小部分，即可推知事物的全部。

雖小道必有可觀者焉

【譯註】即使是小的技藝，其中也一定有可取的地方。小道：指的是農業、園藝、醫卜之類，後泛指所有的技藝。

【出處】《論語．子張》：「子夏曰：『雖小道，必有可觀者焉；致遠恐泥，是以君子不爲也。』」

【簡析】說明不要自以爲高明，而輕視其他的技能或職業。

雖九死其猶未悔

【譯註】實現理想是我心中最想做的事，縱然因此讓我死過千百遍，我也無怨無悔。九：形容次數很多。

【出處】戰國．屈原《離騷》：「既替余以蕙纕兮，又申之以攬茝。亦余心之所善兮，雖九死其猶未悔。」

【簡析】後用以表示追求理想的堅強決心，縱然有諸多阻撓，也絕不退縮。

鞠躬盡瘁，死而後已

【譯註】恭敬謹愼，竭盡全力工作，直到死爲止。鞠躬：彎腰表示恭敬，引申爲恭敬謹愼。

【出處】三國蜀・諸葛亮《後出師表》：「凡事如是，難能逆料。臣鞠躬盡瘁，死而後已，至於成敗利鈍，非臣之明所能逆睹也。」

【簡析】用以表示自己決定致力成就某項事業的決心。

還君明珠雙淚垂，恨不相逢未嫁時

【譯註】我含著眼淚把明珠奉還給你，謝謝你的深情，只遺憾的是我們的相遇不是在我出嫁之前。

【出處】唐・張籍《節婦吟》：「知君用心如日月，事夫誓擬同生死。還君明珠雙淚垂，恨不相逢未嫁時。」

【簡析】後用以表示已婚婦女面對自己心儀者時，心中所產生的矛盾之情。

總把新桃換舊桃

【譯註】新年時，千家萬戶總要將門上的舊桃符換上新桃符。桃：桃符，古時在大門上掛的兩塊畫著門神或題著門神名字的桃木板，古人認爲此可以鎮邪。

【出處】宋・王安石《元日》：「千門萬戶日，總把新桃換舊桃。」

【簡析】說明除舊佈新是事情發展的正常規律。

縱有千年鐵門限，終須一個土饅頭

【譯註】即便有千年的壽命，也難免一死。鐵門限：即鐵門檻。原指打鐵做門檻以求堅固。後用以比喻人們爲自己作長久打算。土饅頭：指墳墓。

【出處】宋・范成大《重九日行營壽藏之地》：

「家山隨處可行楸，荷鍤攜壺似醉劉。縱有千年鐵門限，終須一個土饅頭。」

【簡析】說明人終須一死，所以凡事不要太過計較。

舉一隅不以三隅反，則不復也

【譯註】做老師的舉一個例子，而身爲學生的不能類推理解到其他部分的話，那這個學生就不值得教了。隅：角，這裡指事物的一部分。

【出處】《論語．述而》：「子曰：『不憤不啓，不悱不發。舉一隅不以三隅反，則不復也。』」

【簡析】這句話是强調啓發式教育的重要性。

舉世而譽之而不加勸，舉世而非之而不加沮

【譯註】整個社會都讚美他，他並不因此而驕傲；整個社會都在責備他，他並不因此而沮喪。勸：勵勉。

【出處】《莊子．逍遙遊》：「且舉世而譽之而不加勸，舉世而非之而不加沮，定乎內外之分，辯乎榮辱之境，斯已矣。」

【簡析】說明不因爲世人的毀譽而更改自己的心志。

舉世皆濁，我獨清；衆人皆醉，我獨醒

【譯註】全世界的人都腐敗，只有我是清高的；全世界的人都受到利益薰心，只有我是清醒的。

【出處】戰國・屈原《漁父》：「屈原曰：『舉世皆濁，我獨清；衆人皆醉，我獨醒，是以見放。』」

【簡析】表示自己是不同流合污的。

篳路藍縷，以啟山林

【譯註】：駕著性能不好的車輛，身著破舊的衣服，去從事山林開墾的工作。路：指柴車。

【出處】春秋・左丘明《左傳・宣公十二年》：「訓之以若敖、蚡冒，篳路藍縷，以啓山林。」

【簡析】：說明創業的艱辛。

鍥而不捨，金石可鏤

【譯註】只要努力的刻下去，即使是金石之類堅硬的素材，也可以雕刻出作品來。鏤：用刀子來雕刻。

【出處】戰國・荀況《荀子・勸學》：「鍥而捨之，朽木不折；鍥而不捨，金石可鏤。」

【簡析】比喻在學習的過程中，只要堅持到底，就必然有所成就。

十八畫

甕中捉鱉，手到擒來

【譯註】在罈子裡捉甲魚，只要伸手下去捉就可以了。鱉：甲魚。

【出處】元・康進之《李逵負荊》第四折：「這是揉著我山兒的癢處，管教他甕中捉鱉，手到拿來。」

【簡析】比喻事情很容易成功。

騏驥一躍，不能十步；駑馬十駕，功在不捨

【譯註】駿馬跳一下還不能超過十步遠，資質不好的馬拉車走十天，卻可以走很遠的路程，其中的關鍵在於牠從不停蹄地走。騏驥：千里馬。駑馬：劣馬。駕：馬拉車一日的路程爲一駕。

【出處】戰國・荀況《荀子・勸學》：「騏驥一躍，不能十步；駑馬十駕，功在不捨。鍥而捨之，朽木不折；鍥而不捨，金石可鏤。」

【簡析】比喻在學習的過程中雖然有資質優劣之分，但只要持續不斷，最後仍能得到的好成績。

覆巢之下，焉有完卵

【譯註】傾覆的鳥巢下面，那可能還有完好無損的鳥蛋呢？

【出處】南朝宋・劉義慶《世說新語・言語》：「融謂使者曰：『冀罪止於身，二兒可得全

不？」兒徐進曰：『大人豈見覆巢之下，復有完卵乎？』」

【簡析】後用以比喻當整個團體遭到破壞時，個人想獨善其身是不可能的。

藏書萬卷可教子，遺金滿籯常作災

【譯註】家裡藏有許多的書，可以留給子孫們看，美化他們的性靈；如果留下來的是萬貫家財的話，只會讓子孫們怠惰，並爲他們種下許多的禍源。籯：箱籠一類的盛物竹器。

【出處】宋．黃庭堅《題胡逸老致虛庵》：「藏書萬卷可教子，遺金滿籯常作災。能與貧人共年穀，必有明月生蚌胎。」

【簡析】說明教育孩子的方法，是增長他們的性靈，而不是滿足物質上的慾望。

藏諸名山，傳之其人

【譯註】將自己的著作藏在著名的山中，等待將來傳給志同道合的人。

【出處】漢．司馬遷《報任少卿書》：「僕誠已著此書，藏諸名山，傳之其人，通邑大都，則僕償前辱之責，雖萬被戮，豈有悔哉！」

【簡析】說明對自己作品的珍視。

舊時王謝堂前燕，飛入尋常百姓家

【譯註】昔日在王謝豪族的門前簷下築巢的燕子，如今仍在簷下築巢，而屋裡住的卻已是一般老百姓的家了。王謝：指東晉時王導和謝安兩大豪門世族。

【出處】唐．劉禹錫《烏衣巷》：「朱雀橋邊野草花，烏衣巷口夕陽斜。舊時王謝堂前燕，飛入尋常百姓家。」

【簡析】感慨人事的變遷，富貴無常。

舊書不厭百回讀

【譯註】好的書不怕你不斷地重覆誦讀，因爲每讀一次就會產生新的感受及想法。

【出處】宋．蘇軾《送安惇秀才失解西歸》：「舊書不厭百回讀，熟讀深思子自知。他年名宦恐不免，今日棲遲那可追。」

【簡析】說明好的文章及書是値得重覆閱讀，讓人咀嚼其中的深意。

雞犬之聲相聞，老死不相往來

【譯註】可以聽到雞啼狗吠的聲音，而住在附近的人們卻直到老死，也從來不交往。

【出處】《老子》十八章：「鄰國相望，雞犬之聲相聞，民至老死不相往來。」

【簡析】今用以形容人與人之間的情感淡薄。

簡能而任之，擇善而從之

【譯註】選擇有才能的人加以重用，選擇正確的意見來加以實行。簡：選擇。

【出處】唐．魏徵《諫太宗十思疏》：「簡能而任之，擇善而從之，則智者盡其謀，勇者竭其力，仁者播其惠，信者效其忠。」

【簡析】說明用人時要用有才能的人，在執政時要選擇正確的意見來執行。

翻手作雲覆手雨，紛紛輕薄何須數

【譯註】視他人得勢與否，來決定是否交受朋友的人，待人變化之快，就像是手掌向上就捉

住雲彩，手掌向下就要下雨一般，令人無法捉摸；這種無情無義的人眞是多得數不清呢！

【出處】唐・杜甫《貧交行》：「翻手作雲覆手雨，紛紛輕薄何須數。君不見管鮑貧時交，此道今人棄如土。」

【簡析】這句詩是用來諷刺那些善於興風作浪，玩弄手腕的勢利小人。

簞食壺漿以迎王師

【譯註】老百姓紛紛提著飯盒及水酒來勞軍。

【出處】戰國・孟軻《孟子・梁惠王下》：「今燕虐其民，王往而征之，民以爲將拯己於水火之中也，簞食壺漿以迎王師。」

【簡析】形容老百姓熱情地迎接軍隊的盛況。

十九畫

識時務者爲俊傑

【譯註】能認清當前政治情勢的人，才是眞正的英雄。俊傑：泛指那些出類拔萃的英雄人物。

【出處】晉．陳壽《三國志．蜀書．諸葛亮傳》：「儒生俗士，豈識時務？識時務者，在乎俊傑。」

【簡析】勸人要認清當前的客觀情勢，謹慎行事。

爆竹聲中一歲除，春風送暖入屠蘇

【譯註】在爆竹聲中送走了過往的一年，在溫暖的春風中，一家人高高興興的聚在一起喝著屠蘇酒。屠蘇：酒名。在古代的風俗習慣中，每在春節時全家共飲。

【出處】宋．王安石《元日》：「爆竹聲中一歲除，春風送暖入屠蘇。千門萬戶曈曈日，總把新桃換舊符。」

【簡析】形容辭歲迎新的歡喜心情。

離恨恰如春草，更行更遠還生

【譯註】離別的愁苦就好像是春天蔓生的青草，走得越遠，就滋生得越多越寬，無處不在。

【出處】南唐．李煜《清平樂》：「雁來音信無憑，路遙歸夢難成。離恨恰如春草，更行更遠還生。」

【簡析】用以形容離愁既深又長。

離愁漸遠漸無窮，迢迢不斷如春水

【譯註】遠行的人隨著漸走漸遠的路程，强烈的離愁越來越壓抑不住，綿延不斷正如眼前的流水一般。

【出處】宋・歐陽修《踏莎行》：「離愁漸遠漸無窮，迢迢不斷如春水；寸寸柔腸，盈盈粉淚。」

【簡析】這裡描寫的是離愁帶給人的深刻感受。

靡不有初，鮮克有終

【譯註】每件事都有個好的開始，但是卻很少有個好結果的。

【出處】《詩經・大雅・蕩》：「蕩蕩上帝，下民之辟。疾威上帝，其命多辟。天生烝民，其命匪諶。靡不有初，鮮克有終。」

【簡析】說明人們做事的熱誠，往往只有在開始做的時候，很少能堅持到底的。

癡漢偏騎駿馬走，巧妻常伴拙夫眠

【譯註】不善駕御馬兒的人偏偏有好馬可騎，聰慧的女子往往嫁給粗魯笨拙的人爲妻。

【出處】明・謝肇淛《佚題》：「癡漢偏騎駿馬走，巧妻常伴拙夫眠。世間多少不平事，不會作天莫作天。」

【簡析】這是用以形容許多事情是不合理的，而且沒有道理可言。

顛狂柳絮隨風舞，輕薄桃花逐水流

【譯註】瘋顛的柳絮隨著風勢翻飛，輕浮的桃花

順著水流漂走。

【出處】唐・杜甫《絕句漫興》：「腸斷春江欲盡頭，杖藜徐步立芳洲。顛狂柳絮隨風舞，輕薄桃花逐水流。」

【簡析】這裡是諷刺那些趨炎附勢、喪失獨立人格的小人。

願車馬，衣輕裘，與朋友共，敝之而無憾

【譯註】我願意將自己的車馬和最好的衣服和朋友共享，即使被他們不小心弄壞了，我也不會抱怨的。

【出處】《論語・公冶長》：「子曰：『盍各言爾志？』子路曰：『願車馬，衣輕裘，與朋友共，敝之而無憾。』」

【簡析】說明希望與朋友有福共享。

霧失樓臺，月迷津渡，桃源望斷無尋處

【譯註】在月色下的一片濃霧中，樓臺和津渡都看不清楚，傳說中的桃花源就在離郴州不遠的武陵裡，可是在大霧的月夜中，我不但看不見也尋不著。

【出處】宋・秦觀《踏莎行・郴州旅舍》：「霧失樓臺，月迷津渡，桃源望斷無尋處。可堪孤館閉春寒，杜鵑聲裡斜陽暮。」

【簡析】用以形容在現實的環境中受到挫折，急欲找個避風港卻又無法尋得時的淒涼心情。

霧裡看花，終隔一層

【譯註】隔著霧來欣賞花朵，好像中間隔著一層紗，看起來是朦朦朧朧的。

【出處】民國・王國維《人間詞話》：「白石寫景

之作，雖格韻高絕，然如霧裡看花，終隔一層。」

【簡析】比喻對事物看得不清楚，只徒留模糊的印象。

贈人以言，重於金石珠玉

【譯註】用富於教益的話贈送給別人，對聽者而言，比寶石金飾更爲珍貴。

【出處】戰國·荀況《荀子·非相》：「贈人以言，重於金石珠玉；觀人以言，美於黼黻文章。」

【簡析】說明用言語來鼓勵別人的重要性。

饑不擇食，寒不擇衣

【譯註】當一個人餓到極點時，就不會挑剔食物的好壞；當一個人冷到極點時，就不會嫌棄衣物的好壞。

【出處】明·施耐庵《水滸傳》第三回：「自古有幾般：饑不擇食，寒不擇衣，慌不擇路，貧不擇妻。」

【簡析】說明在面臨緊迫的情勢下就無從選擇。

辭達而已矣

【譯註】言辭只要能表情達意就足夠了。

【出處】《論語·衞靈公》：「子曰：『辭達而已矣。』」

【簡析】說明文章的目的主要在傳情達意，而不是詞藻的堆砌。

二十畫

寶劍贈烈士，紅粉贈佳人

【譯註】寶劍這樣剛烈的器物，要送給有壯志的人，化粧品就要送給美麗的女子。

【出處】元・無名氏《凍蘇秦》第一折：「豈不聞寶劍贈烈士，紅粉贈佳人。以先生之才，怕不進取功名易如拾芥。但恐禮物微鮮，不足供長途之費耳。」

【簡析】表示送禮要送對人，才能物盡其用。

譬如北辰，居其所而眾星拱之

【譯註】就好像北極星一樣，位置永遠不變，而羣星環繞著它而分佈四周。北辰：北極星。

【出處】《論語・爲政》：「子曰：『爲政以德，譬如北辰，居其所而衆星拱之。』」

【簡析】比喻各方擁護一個人爲中心。

飄風不終朝，驟雨不終日

【譯註】突然而起的狂風，不會持續一整個早上的，突然而下的驟雨，不會持續一整天。

【出處】《老子》二十三章：「希言自然，故飄風不終朝，驟雨不終日。孰爲此者？天地也。天地尚不能久，而況於人乎？」

【簡析】後用以說明邪惡的勢力是不會維持長久的。

飄飄乎如遺世獨立，羽化而登仙

【譯註】感覺飄飄然的，好像遠離塵世而超脫獨立，身體生出一雙羽翼就要飛升成仙去

了。羽化：道教認爲人能飛升成仙，宛若生了羽翼一般。故此指成仙。

【出處】宋・蘇軾《前赤壁賦》：「浩浩乎如馮虛御風，而不知其所止；飄飄乎如遺世獨立，羽化而登仙。」

【簡析】形容在欣賞大自然的美景時，心中愜意的感受。

勸君更盡一杯酒，西出陽關無故人

【譯註】請你再多喝一杯酒，因爲只要你走出了陽關之後，就再也遇不到像我這樣的好朋友了。陽關：漢置關隘名，爲漢代出西域的南道，在今甘肅省敦煌西南，因在玉門關之南，故稱陽關。

【出處】唐・王維《渭城曲》：「渭城朝雨浥輕塵，客舍青青柳色新。勸君更盡一杯酒，西出陽關無故人。」

【簡析】常用在餞行送別的場合，表示離情依依的心情。

勸君莫惜金縷衣，勸君惜取少年時

【譯註】我奉勸你不要貪圖豪華的物質享受，而奉勸你要珍惜青春寶貴時光，好好努力。金縷衣：以金線刺繡的衣服，泛指華麗貴重的東西。

【出處】唐・杜秋娘《金縷衣》：「勸君莫惜金縷衣，勸君惜取少年時。有花堪折直須折，莫待無花空折枝。」

【簡析】勉勵人要珍惜寶貴的青春年華，及時努力，發憤圖强。

二十一畫

癩蛤蟆想吃天鵝肉

【譯註】在水池中的癩蛤蟆竟想吃天上飛的天鵝的肉。癩蛤蟆：即蟾蜍，比喻醜陋的人。天鵝：比喻美好的人或事物。

【出處】明・施耐庵《水滸傳》第一〇一回：「王慶那敢則聲，抱頭鼠竄，奔出廟門來，唾一口唾，叫聲道：『啐！我直恁這般呆！癩蛤蟆怎想吃天鵝肉。』」

【簡析】譏諷人脫離現實，癡心妄想。

露從今夜白，月是故鄉明

【譯註】從今天白露節開始，天氣逐漸轉涼，夜露更顯得分外的白，使人頓生寒意，也讓孤身在外的我，益加感到還是故鄉的月亮最圓最亮。今夜白：指適逢白露節的夜晚。白露節：是二十四個節氣之一，約在每年陰曆九月八日前後，至此之後天氣逐漸轉涼。

【出處】唐・杜甫《月夜憶舍弟》：「戍鼓斷人行，邊秋一雁聲。露從今夜白，月是故鄉明。」

【簡析】表達出對家鄉深切的思念。

黯然銷魂者，唯別而已矣

【譯註】最令人傷感而情緒低落的，可能只有別離吧。銷魂：形容極爲悲傷愁苦。

【出處】南朝梁・江淹《別賦》：「黯然銷魂者，唯別而已矣，況秦吳兮絕國，復燕宋兮千里。」

【簡析】說明離別帶給人的痛苦。

蠟燭有心還惜別，替人垂淚到天明

【譯註】眼看就要和心愛的人離別了，連蠟燭也爲此情此景而傷感，流著燭淚直到第二天的早晨。

【出處】唐・杜牧《贈別》：「多情卻似總無情，唯覺樽前笑不成。蠟燭有心還惜別，替人垂淚到天明。」

【簡析】形容離別時欲哭無緒的淒涼心情。

顧左右而言他

【譯註】梁惠王避開正題，將話題轉向別的地方去。

【出處】《孟子・梁惠王下》：「曰：『四境之內不治，則如之何？』王顧左右而言他。」

【簡析】比喻迴避問題不答。

二十二畫

讀書百遍，其義自見

【譯註】一本書只要讀熟之後，自然可不經解說就明白書中所要傳達的意思。

【出處】晉・陳壽《三國志・魏書・鍾繇華歆王朗傳》：「人有從學者，遇不肯教，而云『必當先讀百遍』。言『讀書百遍，而義自見』。」

【簡析】說明精讀的重要性。

讀書破萬卷，下筆如有神

【譯註】博覽羣書並且融會貫通，寫起文章來就能得心應手，如有神助。

【出處】唐・杜甫《奉贈韋左丞丈二十二韻》：「甫昔少年日，早充觀國賓。讀書破萬卷，下筆如有神。」

【簡析】來說明人經由苦學而增強寫作的能力。

讀萬卷書，行萬里路

【譯註】讀過古今中外許多的著作，所以知識廣博；走過許多的地方，見過許多的人事物，所以社會經歷豐富。

【出處】清・梁紹壬《兩般秋雨庵隨筆》卷五：「《眼鏡銘》：『讀萬卷書，行萬里路，有耀自他，我得其助。』」

【簡析】形容一個人的見多識廣。

聽其言而觀其行

【譯註】對待一個人除了要聽聽他說些什麼外，還要看看他實際上怎麼做。

【出處】《論語・公治長》：「子曰：『始吾於人也，聽其言而信其行；今吾於人也，聽其言而觀其行。』」

【簡析】說明要從一個人的言行舉止上，去判斷這個人的人品。

二十三畫

鷸蚌相爭，漁翁得利

【譯註】當鷸啄蚌，蚌也鉗住了鷸的嘴時，兩兩互相僵持不下，漁夫於是利用這個好機會，將牠們一起捉進漁網中。

【出處】漢・劉向《戰國策・燕策二》：「趙且伐燕，蘇代爲燕謂惠王曰：『今者臣來，過易水，蚌方出曝，而鷸啄蚌肉。蚌合而拑其喙。鷸曰：『今日不雨，明日不雨，即有死蚌。』蚌亦謂鷸曰：『今日不出，明日不出，即有死鷸。』兩者不肯相舍，漁者得而並擒之。今趙且伐燕，燕趙久相支，以弊大衆，臣死强秦之爲漁父也。」

【簡析】當兩方長期爭持不下時，最後得利的是第三者。

二十五畫

觀於海者難為水，遊於聖人之門者難為言

【譯註】看過廣大的海洋之後，其他的小水流就很難引起他的興趣；在聖人的門下學習過之後，一般的言論就很難讓他佩服了。

【出處】《孟子・盡心上》：「孔子登東山而小魯，登泰山而小天下，故觀於海者難爲水，遊於聖人之門者難爲言。」

【簡析】比喻一個人的見識及學問都很淵博。

觀棋不語真君子，把酒多言是小人

【譯註】看別人下棋的時候，靜靜觀棋賽的人，才是有君子風度的人；酒喝多的時候，藉酒裝瘋亂、咬舌根道人是非的人，才是小人行徑。

【出處】明・馮夢龍《醒世恆言》卷九：「觀棋不語眞君子，把酒多言是小人。」

【簡析】說明人切勿多言。

試題評量

選擇題型—第1回（請選出符合題目旨意的一個選項）

1.「一犬吠形，百犬吠聲」 (A)比喻世人不明事理，盲目跟從 (B)說明動物對不同現象的反應 (C)比喻天生萬物有同類相聚的特性。

2.「一沐三握髮，一飯三吐哺」 (A)形容病情嚴重 (B)形容求才心切 (C)形容生性多疑。

3.「一將功成萬骨枯」 (A)讚嘆將領的英勇善戰 (B)譏諷戰爭的殘酷 (C)揭露將領的兇狠。

4.「一朝天子一朝臣」 (A)比喻當新官上任後，會換上自己信任的從屬人員 (B)朝會時，滿朝廷都是君臣 (C)一日為臣就一日忠於君。

5.「一顧傾人城，再顧傾人國」 (A)形容暴君兇殘，殺人無數 (B)形容女子貌美，令人讚嘆不已 (C)形容武士勇猛，萬夫莫敵。

6.「十目所視，十手所指」 (A)強調人的美麗引人 (B)形容人的深受指責 (C)說明輿論的力量是很大的。

7.「十年磨一劍」 (A)形容因遲鈍而耗時費日 (B)誇大因生意興隆而等候日久 (C)說明長期努力鑽研某種學問的精神。

8.「人生寄一世，奄忽若飄塵」 (A)感嘆人生過於短促 (B)感嘆人生的飄浮不定 (C)感嘆人生的變化無常。

9.「人為刀俎，我為魚肉」 (A)比喻自己的身價高於別人 (B)比喻自己的懦弱無能 (C)比喻自己處於劣勢，處境危險。

10.「人皆可以為堯舜」 (A)表達效命賢君的願望 (B)鼓勵人們凡事以高標準自我要求 (C)說明人生而平等，可以角逐高位。

11.「人棄我取，人取我與」 (A)說明自己的惜物、節儉 (B)說明己之興趣與見解與眾不同 (C)說明己之樂善好施。

12.「三月不知肉味」 (A)形容吃齋唸佛的虔誠 (B)形容貧苦人家的飲食匱乏 (C)形容專心在某一件事物上，而將其他的事情置之身外。

13.「三折肱而成良醫」 (A)強調不屈不撓，才能完成任務 (B)比喻多歷挫折，經驗自然豐富 (C)比喻多冒險犯難，始成大業。

14.「士先器識而後辭章」 (A)說明修養品德比才學更重要 (B)說明具備生活技能比做學問重要 (C)說明由識器物而充實文章內容的重要。

15.「大匠誨人必以規矩」 (A)說明學習要虛心受教 (B)說明學習要遵守法則 (C)說明學習要持之以恆。

選擇題型一第2回

（請選出符合題目旨意的一個選項）

1.「大行不顧細謹，大德不辭小讓」　(A)是說凡事要知變通，以講求實效　(B)是說為人處事要注重品德，不必計較繁文縟節　(C)是說有德行的人，做事謹慎，待人謙讓。

2.「大塊假我以文章」　(A)表示藉文章可以教化大眾　(B)表示天地孕育人類的才華　(C)表示大自然中俯拾皆是創作的素材。

3.「凡事豫則立，不豫則廢」　(A)說明心境舒坦的重要　(B)說明事前計劃的重要　(C)說明行事果決的重要。

4.「千呼萬喚始出來」　(A)形容人不輕易露臉　(B)形容人態度高傲　(C)形容人退縮畏懼。

5.「方以類聚，物以群分」　(A)說明事物分類的方法　(B)強調環境對人的影響　(C)比喻人因氣味相投而糾集交好。

6.「文籍雖滿腹，不如一囊錢」　(A)諷刺讀書人不能學以致用　(B)感慨世道人心只重金錢而輕學問　(C)感嘆自己不能考中功名。

7.「天下熙熙，皆為利來；天下攘攘，皆為利往」　(A)諷刺人們唯利是圖的作法　(B)說明百姓忙於生計的辛苦　(C)強調經濟成長對國家的重要。

8.「天行健，君子以自強不息」　(A)指出天道與人道的相應關係　(B)鼓勵人們要努力不懈　(C)說明君子成就功業要有上天的庇佑。

9.「天命難知，人道易守」　(A)說明人可以掌握自己的命運　(B)說明成大事的條件是順應民意　(C)說明天意人心都是變動不居的。

10.「天時不如地利，地利不如人和」　(A)指戰爭的有利因素不包括天時、地利　(B)指作戰時以地理位置居中，形勢最有利　(C)指作戰有利的因素以人心所向、內部團結最為重要。

11.「天視自我民視，天聽自我民聽」　(A)強調上天主宰人類的力量　(B)強調統治者要重視民意　(C)強調人類與自然要互相依存共處。

12.「不以物喜，不以己悲」　(A)說明一個人的心如止水　(B)說明一個人的冷酷無情　(C)說明一個人的意志不會為環境所影響。

13.「不戚戚於貧賤，不汲汲於富貴」　(A)形容人溫和謙恭的態度　(B)形容人淡泊明志的胸襟　(C)形容人寬大為懷的氣度。

14.「不忮不求，何用不臧」　(A)形容安於淡泊的人寬闊的胸襟　(B)形容安於貧賤的人隱居的態度　(C)形容無欲無求的人誠實的本性。

15.「不求備於一人」　(A)說明不可以苛求他人是十全十美的　(B)說明不可以只靠一個人的力量　(C)說明不可以一味地防備一個人。

選擇題型 — 第3回

（請選出符合題目旨意的一個選項）

1.「不憤不啟，不悱不發」(A)說明處事重在圓融 (B)說明教學重在啟發 (C)說明求學重在立志遠大。

2.「日有所思，夜有所夢」(A)形容人的生活複雜 (B)勸人為學要有恆 (C)勸誡別人不要想得太多。

3.「止寒莫若重裘，止謗莫若自修」(A)比喻沈默是最好的試金石 (B)比喻多讀書可以防範謠言的產生 (C)比喻唯有加強自我能力，才能抵禦外界禍患。

4.「水可載舟，亦可覆舟」(A)說明一件事的兩極化 (B)說明水的重要 (C)說明水的善變。

5.「今年歡笑復明年，秋月春風等閒度」(A)勸人不要虛度光陰 (B)勸人及時行樂 (C)勸人重視休閒。

6.「月暈而風，礎潤而雨」(A)喻風調雨順 (B)喻見微知著 (C)喻天氣的變化萬千。

7.「尺有所短，寸有所長」(A)說明人或物皆有其長處及短處 (B)說明人或物皆有其表裡不一的情況 (C)說明人或物皆有其表現失常的時候。

8.「玉不琢，不成器」(A)說明器物成形

的過程　(B)說明選擇珠寶的標準　(C)說明知識及才能，都靠後天的學習而來。

9.「古者言之不出，恥躬之不逮也」　(A)說明交談要注重禮節　(B)說明人不可以言過其實　(C)說明說話要選擇時機。

10.「世混濁而不清，蟬翼為重，千斤為輕」　(A)說明自然萬物突變的原因　(B)說明社會是黑白不分，愚忠不辨　(C)說明死有重於泰山，輕於鴻毛。

11.「可憐無定河邊骨，猶是春閨夢裡人」　(A)形容戰爭的殘酷　(B)形容愛情的多變　(C)形容人事的無常。

12.「民為貴，社稷次之，君為輕」　(A)說明民以食為天　(B)說明應選民之賢者為君　(C)說明國家的根本在民。

13.「功成不受爵，長揖歸田廬」　(A)表示鳥盡弓藏的憤恨　(B)表示懷才遭忌的無奈　(C)表示功成身退的高潔志趣。

14.「以文會友，以友輔仁」　(A)說明為人要重友情，存心寬厚　(B)說明交友重在互相切磋，增進德業　(C)說明學習文章是交友的基本條件。

15.「以管窺天，以蠡測海」　(A)比喻對事物的觀察很仔細　(B)比喻對事物的瞭解僅限於片面　(C)比喻對事物的估量很準確。

選擇題型——第4回

（請選出符合題目旨意的一個選項）

1.「目不能兩視而明，耳不能兩聽而聰」(A)強調視力、聽力不可過度耗損 (B)強調視力、聽力已退化 (C)強調學習必須專心一致。

2.「出於幽谷，遷於喬木」(A)喻一個人的社會地位提高 (B)喻一個人的與世隔絕 (C)喻一個人的縱情山水。

3.「白沙在涅，與之俱黑」(A)說明一個人的定力不夠 (B)說明外在環境對人的影響很大 (C)說明大自然景物的變化。

4.「他山之石，可以攻錯」(A)喻以他人為墊腳石而達成目標 (B)喻虛心向別人學習，取人之長，補己之短 (C)喻借助別人的工具來解決自己的困難。

5.「字字看來都是血」(A)形容創作時的艱辛 (B)形容作品的血腥暴力 (C)形容創作時的悲痛。

6.「成人不自在，自在不成人」(A)說明唯有付出辛勞，才能得到成功 (B)說明唯有成功的人才能自得其樂 (C)說明唯有成熟的人才能自由自在。

7.「百足之蟲，死而不僵」(A)形容某人或事物的堅強不屈 (B)形容某人或事物的苟延殘喘 (C)形容某人或事物雖已消失，但其影響力依然存在。

8.「百萬買宅，千萬買鄰」(A)強調生活空間的難求 (B)強調好鄰居的難得 (C)強調生活消費的昂貴。

9.「朽木不可雕也，糞土之牆不可杇也」(A)喻廢物的不堪再利用 (B)喻簡陋住家的無法雕飾 (C)喻一個人一旦自甘墮落，就不堪造就。

10.「肉腐出蟲，魚枯生蠹」(A)喻事情的發生都是有原因的 (B)喻富有人家的不知惜物 (C)喻戰亂時沙場的慘狀。

11.「吃著碗裡，看著鍋裡」(A)說明人的分身乏術 (B)說明人的心不在焉 (C)說明人是貪得無厭的。

12.「自伐者無功，自矜者不長」(A)說明人應該積極進取 (B)說明人應該學習謙虛 (C)說明人應該自重自愛。

13.「如人飲水，冷暖自知」(A)說明自己的優缺點，只有自己知道 (B)說明唯有親身體驗，才能理解深切 (C)說明自己的所作所為，只有自己最清楚。

14.「如切如磋，如琢如磨」(A)比喻在技藝上的比賽競爭 (B)比喻在德業上的互相批評 (C)比喻在學業上互相研究學習。

15.「色不迷人人自迷」(A)說明人常為情色而迷惑 (B)說明人常因己之容貌而顧影自憐 (C)說明人常因美麗的景色而迷路。

選擇題型——第5回

（請選出符合題目旨意的一個選項）

1.「行百里者半九十」 (A)喻有能力者佔大多數 (B)喻事情愈接近完成愈困難 (C)喻善於健行者的耐力持久。

2.「言之無文，行之不遠」 (A)說明說話要著重說話的藝術 (B)說明學習的成果對行為的影響 (C)說明讀書人言語行為上的缺點。

3.「良劍期乎斷，不期乎莫邪」 (A)說明君子不可迷信怪力亂神 (B)說明奇珍異寶各有其侷限性 (C)說明品評事物時要以實際效益為主，而不在於名利。

4.「李杜詩篇萬口傳，至今已覺不新鮮」 (A)說明創作貴在創新，而不是一味擬古 (B)說明詩人名家都有江郎才盡的隱憂 (C)說明時代不同，對詩家作品評價亦相異。

5.「吾嘗終日而思矣，不如須臾之所學也」 (A)意謂學思並重 (B)意謂學重於思 (C)說明思之深，則學之勤。

6.「君子不重則不威」 (A)說明強健身心的重要 (B)說明治家理國要掌握方法 (C)說明待人處事要端莊慎重。

7.「君子周而不比，小人比而不周」 (A)說明有品德的人不會結黨營私 (B)說明有品德的人不會斤斤計較 (C)說明有品德的人不會思慮偏差。

8.「見善如不及，見不善如探湯」(A)說明人要重視實際經驗 (B)說明人對善惡應該清楚分明 (C)說明人在待人處事上要守分寸。

9.「見微以知萌，見端以知末」(A)比喻情況不同要以不同的策略應對 (B)比喻判斷一個人可由心思品行著手 (C)比喻由事情的徵兆，可以預測到事情的發生。

10.「吳宮花草埋幽徑，晉代衣冠成古邱」(A)對今是昨非的悲傷 (B)對盛衰榮枯的感嘆 (C)表達憂國懷君的慨嘆。

11.「私仇不入公門」(A)說明家醜不可外揚 (B)說明大事化小，小事化無 (C)說明處理事情要公私分明。

12.「我手寫我口」(A)表示一個人能知行合一 (B)表示一種自強不息的精神 (C)表示文筆流暢，毫不做作。

13.「作偽，心勞日拙」(A)說明費盡心機的人，下場越來越不好 (B)說明虛偽的人，容易精神疲勞 (C)說明自欺欺人的人，大都空想而虛度光陰。

14.「盲人騎瞎馬，夜半臨深池」(A)形容一個人技藝純熟 (B)形容一個人身處險境而不自知 (C)形容一個人具有冒險犯難的精神。

15.「空山不見人，但聞人語響」(A)藉由人聲，更襯托出深山的寂靜 (B)藉聞人聲不見人影，更顯出山林的詭異 (C)藉由人聲的迴響，襯托出山的高峻。

選擇題型——第6回（請根據題目的意思，選出一個合適的名句）

1. 形容社會的治安良好　(A)明人不做暗事　(B)四海之內，皆兄弟也　(C)夜不閉戶，路不拾遺。

2. 比喻有才能的人最容易遭到陷害　(A)直木先伐，甘井先竭　(B)大名之下，難以久居　(C)人怕出名豬怕肥。

3. 說明依照別人學習的方法學，無論如何也不會超越別人的成就　(A)知人者智，自知者明　(B)取法乎上，僅得其中　(C)長他人志氣，滅自己威風。

4. 說明對訪客的熱誠歡迎之意　(A)兒童相見不相識，笑問客從何處來　(B)花徑不曾緣客掃，蓬門今始為君開　(C)我醉君復樂，陶然共忘機。

5. 諷刺人們趨炎附勢的小人行徑　(A)合則留，不合則去　(B)見人說人話，見鬼說鬼話　(C)花開蝶滿枝，樹倒猢猻散。

6. 比喻為有同樣境遇的人而難過　(A)兔死狐悲，物傷其類　(B)西子蒙不潔，則人皆掩鼻而過之　(C)聖人不仁，以百姓為芻狗。

7. 比喻事物華而不實　(A)金玉其外，敗絮其中　(B)佛要金妝，人要衣妝　(C)芳草鮮美，落英繽紛。

8. 說明在任何場所都有人爭名奪利 (A)天下熙熙，皆為利來 (B)爭名於朝，爭利於市 (C)爭利亦爭名，驅車復驅馬。

9. 說明對國家故鄉的眷戀，或是不忘本的感情 (A)身在江海之上，心居魏闕之下 (B)胡馬依北風，越鳥巢南枝 (C)其人存，則其政舉。

10. 說明不好的事情是接二連三的到來 (A)屋漏偏逢連夜雨 (B)人為財死，鳥為食亡 (C)人必自侮，然後人侮之。

11. 形容因相思之苦，而身形日漸消瘦的樣子 (A)花紅易衰似郎意，水流無限似儂愁 (B)花自飄零水自流，一種相思，兩處閒愁 (C)思君如滿月，夜夜減清輝。

12. 說明透過每天的自我反省，使得自我每天不斷的成長 (A)自反而縮，雖千萬人，吾往矣 (B)往者不可諫，來者猶可追 (C)苟日新，日日新，又日新。

13. 多讚美人能接受環境的考驗 (A)既來之，則安之 (B)疾風知勁草 (C)近朱者赤，近墨者黑。

14. 說明人應多方採聽意見，否則易形成偏見，造成不好的後果 (A)姑妄言之，姑妄聽之 (B)知者不言，言者不知 (C)兼聽則明，偏信則暗。

15. 表示思念遠方的親友 (A)海上生明月，天涯共此時 (B)浮雲遊子意，落日故人情 (C)流水落花春去也，天上人間。

選擇題型—第7回（請根據題目的意思，選出一個合適的名句）

1. 比喻在自由的環境中，可充分的施展才能及抱負 (A)人生天地間，忽如遠行客 (B)海闊憑魚躍，天空任鳥飛 (C)浮雲一別後，流水十年間。
2. 比喻人常常會盲目的自滿 (A)家有敝帚，享之千金 (B)高岸為谷，深谷為陵 (C)眾心成城，眾口鑠金。
3. 說人膽色過人，能夠沈著應變突發的事情 (A)明人不做暗事 (B)既來之，則安之 (C)泰山崩於前而色不變。
4. 比喻去進行不可能做到的事 (A)扶搖直上九萬里 (B)挾天子以令天下 (C)挾泰山以超北海。
5. 表示對自我的嚴格要求，對他人要多方寬容 (A)宰相肚裡能撐船 (B)躬自厚而薄責於人 (C)笑罵由人笑罵，好官我自為之。
6. 比喻不畏艱難，勇往向前 (A)乘長風破萬里浪 (B)老當益壯，寧移白首之心 (C)因嫌紗帽小，致使鎖枷扛。
7. 比喻詩人意境超脫 (A)山在虛無縹緲間 (B)只在此山中，雲深不知處 (C)羚羊掛角，無跡可求。
8. 說明即使是再平常的人事物，於喜愛之人的心目中卻是最好的 (A)情人眼裡出西施 (B)山不在高，有仙則名 (C)白圭之玷，尚可磨也。

9.形容女子的容貌，無論是如何打扮都美得驚人 (A)天生麗質難自棄 (B)回眸一笑百媚生 (C)淡妝濃抹總相宜。

10.說明事物的變化，全在於內因 (A)一葉落知天下秋 (B)強自取柱，柔自取束 (C)事有必至，理有固然。

11.說明外在物質的追求，常令人匱乏不安，唯有心靈上的知足，才是真正的富有 (A)心誠求之，雖不中亦不遠矣 (B)天下大事必做於細 (C)奢者心常貧，儉者心常富。

12.說明很多人是名過其實的 (A)盛名之下，其實難副 (B)大名之下，難以久居 (C)出於其類，拔乎其萃。

13.說明在職應克盡職守 (A)陳力就列，不能者止 (B)用之則行，捨之則藏 (C)見利思義，見危授命。

14.說明人往往在不經意之間惹出災禍 (A)言有招禍也，行有招辱也 (B)患生於忿怒，禍起於纖微 (C)只因一著錯，滿盤都是空。

15.意思是不要將研究得到的心得或成果告訴別人 (A)人怕出名豬怕肥 (B)書不盡言，言不盡意 (C)莫把金針度與人。

選擇題型—第8回

（請根據題目的意思，選出一個合適的名句）

1. 說明去領會文中的旨意，才是學習的真正目的 (A)能讀不能行，所謂兩足書櫥 (B)書不盡言，言不盡意 (C)得意而忘言，得魚而忘荃。

2. 說明好壞事對自己影響的快慢 (A)從善如登，從惡如崩 (B)猛獸易伏，人心難降 (C)強自取柱，柔自取束。

3. 形容對愛情或理想的專一追求 (A)眼裡揉不下沙子 (B)眾裡尋他千百度，驀然回首，那人卻在燈火闌珊處 (C)曾經滄海難為水，除卻巫山不是雲。

4. 說明一件事的成功，不是只靠個人的能力及主觀的努力，還有外在環境的影響 (A)善始者實繁，克終者蓋寡 (B)善作者不必善成，善始者不必善終 (C)心病終須心藥醫，解鈴還得繫鈴人。

5. 比喻利用表面行為來掩飾，實則別有用心 (A)項莊舞劍，意在沛公 (B)大巧若拙，大辯若訥 (C)人心之不同，各如其面。

6. 說明治學之道在於博覽群書，謹慎發表 (A)上窮碧落下黃泉 (B)博觀而約取，厚積而薄發 (C)多聞闕疑，慎言其餘，則寡尤。

7. 比喻不分日夜堅持不懈的努力著 (A)朝聞道，夕死可矣 (B)逝者如斯夫，不捨晝夜 (C)焚膏油以繼晷，恆兀兀以窮年。

8.比喻寧願忍受困苦，也不肯與世苟合 (A)揀盡寒枝不肯棲，寂寞沙洲冷 (B)可以共患難，而不可以共處樂 (C)功成不受爵，長揖歸田廬。

9.說明學習要專心一致，才能有所得 (A)無冥冥之志者，無昭昭之明 (B)欲流之遠者，必浚其泉源 (C)立志在堅不在銳，成功在久不在速。

10.表現出受到排擠仍堅毅不屈的精神 (A)莫愁前路無知己，天下誰人不識君 (B)無意苦爭春，一任群芳妒 (C)眾心成城，眾口鑠金。

11.說明異性相吸的自然生理現象 (A)採得百花成蜜後，為誰辛苦為誰甜 (B)飲食男女，人之大欲存焉 (C)問世間，情是何物，直教生死相許。

12.說明尊敬祖先的重要 (A)前人種樹，後人乘涼 (B)身既死兮神以靈，子魂魄兮為鬼雄 (C)慎終追遠，民德歸厚矣。

13.形容內外皆真誠不欺的人 (A)誠於中而形於外 (B)心誠求之，雖不中不遠矣 (C)言必信，行必果。

14.稱讚不同流合污的高潔之士 (A)終身讓路，不枉百步 (B)眾士之諾諾，不如一士之諤諤 (C)新浴者必振其衣，新沐者必彈其冠。

15.形容國家因戰爭而混亂，使人終日不安的情形 (A)食無求飽，居無求安 (B)感時花濺淚，恨別鳥驚心 (C)世混濁而不清，蟬翼為重，千鈞為輕。

選擇題型——第9回

（請根據題目的意思，選出一個合適的名句）

1. 說明萬物皆有它的價值，只是須要人們用心去體察 (A)心誠求之，雖不中不遠矣 (B)萬物靜觀皆自得 (C)感人心者，莫先乎情。

2. 說明人在絕境中求生存，往往可以轉危為安 (A)行成於思，毀於隨 (B)置之死地而後生 (C)當斷不斷，反受其亂。

3. 說明唯有身在其後，才會知道個中滋味是甜是酸 (A)天下大事必做於細 (B)不食人間煙火 (C)當家才知柴米價。

4. 說明勤勞與否是導致學業好壞的要因所在 (A)業精於勤，荒於嬉 (B)眼觀四面，耳聽八方 (C)敏而好學，不恥下問。

5. 說明真正以身作則的老師是很可貴的 (A)十步之內，必有芳草 (B)居上位而不驕 (C)經師易遇，人師難求。

6. 說明人不可以驕傲，而應謙虛謹慎 (A)三思而後行 (B)滿招損，謙受益 (C)聽其言而觀其行。

7. 說明正在談論某人的事情時，某人就來得湊巧 (A)說曹操，曹操就到 (B)惡人自有惡人磨 (C)強將手下無弱兵。

8. 用以說明每個人學習的才分不同，專長

不同 (A)天生我才必有用 (B)君子坦蕩蕩，小人長戚戚 (C)聞道有先後，術業有專攻。

9.說明行動要果斷 (A)疑行無成，疑事無功 (B)燈蛾撲火，惹焰燒身 (C)甕中捉鱉，手到擒來。

10.說明人應將心比心，以較寬鬆的條件對待他人 (A)兒不嫌母醜，狗不嫌家貧 (B)寧可我負人，不可人負我 (C)與人方便，自己方便。

11.比喻因果報應，或以說明自食其果 (A)寢不安席，食不甘味 (B)種瓜得瓜，種豆得豆 (C)積善之家，必有餘慶。

12.說明事物發展到不能不變的地步 (A)窮則變，變則通 (B)萬變不離其宗 (C)審度時宜，慮定而動。

13.說明善待惡人會為自己留下後患 (A)不知鹿死誰手 (B)偷雞不著蝕把米 (C)養虎自遺患。

14.說明環境對人的影響甚鉅 (A)芳草鮮美，落英繽紛 (B)蓬生麻中，不扶自直 (C)樑木其壞，哲人其萎。

15.說明做好事一定會得到認同 (A)德不孤，必有鄰 (B)當面輸心背面笑 (C)朝聞道，夕死可矣。

選擇題型——第10回

（請根據題目的意思，選出一個合適的名句）

1. 形容文章作品的內容包羅萬象 (A)嬉笑怒罵，皆作文章 (B)能讀不能行，所謂兩足書櫥 (C)都云作者癡，誰解其中味。
2. 形容女人體態動人，舉止優雅 (A)翩若驚鴻，婉若遊龍 (B)莊生曉夢迷蝴蝶，望帝春心托杜鵑 (C)蒲柳之姿，望秋而落。
3. 形容疾惡從善的態度 (A)愛而知其惡，憎而知其善 (B)聞善言則拜，告有過則喜 (C)樹德務滋，除惡務本。
4. 喻環境對人的重要影響。後喻同一道理不一定可套用在所有情況上 (A)矮人看戲何曾見，都是隨人說短長 (B)橘生淮南則為橘，生於淮北則為枳 (C)暖風薰得遊人醉，直把杭州作汴州。
5. 形容領軍將帥們的腐敗無能，無法體恤自己的部下 (A)聲無小而不聞，行無隱而不形 (B)霧裡看花，終隔一層 (C)戰士軍前半死生，美人帳下猶歌舞。
6. 說明在學習上有一種執著而熱切追求的心 (A)學如不及，猶恐失之 (B)學而時習之，不亦悅乎 (C)學而不厭，誨人不倦。
7. 說明在學習時要聚精會神 (A)學不精勤，不如不學 (B)學而不思則罔 (C)學問之道無他，求其放心而已矣。

8. 說明人終須一死，所以凡事不要太過計較　(A)人事有代謝，往來成古今　(B)縱有千年鐵門限，終須一個土饅頭　(C)人生自古誰無死，留取丹心照汗青。

9. 說明創業的艱辛　(A)不遇槃根錯節，何以利器乎　(B)篳路藍縷，以啟山林　(C)天將降大任於斯人也，必先苦其心志，勞其筋骨。

10. 說明對自己作品的珍視　(A)藏諸名山，傳之其人　(B)文章千古事，得失寸心知　(C)文章本天成，妙手偶得之。

11. 諷刺那些善於興風作浪，玩弄手腕的勢利小人　(A)群居終日，言不及義　(B)惡人自有惡人磨　(C)翻手作雲覆手雨，紛紛輕薄何須數。

12. 形容老百姓熱情地迎接軍隊的盛況　(A)堂上一呼，階下百諾　(B)若大旱之望雲霓　(C)簞食壺漿以迎王師。

13. 諷刺那些趨炎附勢、喪失獨立人格的小人　(A)顛狂柳絮隨風舞，輕薄桃花逐水流　(B)採得百花成蜜後，為誰辛苦為誰甜　(C)匏巴鼓瑟而潛魚出聽，伯牙鼓琴而六馬仰秣。

14. 說明邪惡的勢力是不會維持長久的　(A)惡不可積，過不可長　(B)飄風不終朝，驟雨不終日　(C)靡不有初，鮮克有終。

15. 比喻一個人的見識及學問都很淵博　(A)激湍之下，必有深潭　(B)積土成山，風雨興焉；積水成淵，蛟龍生焉　(C)觀於海者難為水，遊於聖人之門者難為言。

填空題型—第11回（請根據題目的意思，填寫下列名句空缺的語詞）

1. 李華當上院長後，「□□□□，雞犬昇天」，他的親戚一個個都擔任要職。
2. 求學做事如果不專注，「一心以為有□□將至」，恐怕很難有傑出的成就。
3. 有了一次失敗的經驗，他痛定思痛，「□□□□，十年教訓」，終於重振基業。
4. 我相信「十步之內，必有□□」，只要你多方徵求，將可聘請到這方面的人才。
5. 赴伊朗參加亞太影展的代表團女團員，「入境□□」，頭巾包髮只露臉。
6. 懂得生活的人，把握當下每一分、每一秒，否則「□□□□，草生一秋」，時間一去就永不回頭了。
7. 昔日同窗，散居在各地，相聚不易，「人生不相見，動如□□□」，實在是一大憾事。
8. 十年歲月轉眼已逝，回想往事，只覺人生如「白駒□□」。
9. 半生飄泊，就像「□□踏雪泥」，想歇腳安身都是奢求。
10. 海外負笈三年，昔日女友早已琵琶別抱，重遊舊地，體會了「人面□□」的無奈惆悵。

11.老李最近春風滿面，原來是「人逢□□精神爽」，娶得美嬌娘了。

12.父親總是叮嚀我們要養成儲蓄習慣，因為「人無□□，必有近憂」，懂得未雨綢繆才是處世之道。

13.「三人行必有□□」，記取別人的優缺點，將可以使自己長進不少。

14.阿雄上高中才半年，成績就突飛猛進，真可謂「士別三日，□□相看」。

15.書法老師說「工欲善其事，必先□□」，沒有好毛筆，難以寫出好字。

1.（　）
2.（　）
3.（　）
4.（　）
5.（　）
6.（　）
7.（　）
8.（　）
9.（　）
10.（　）
11.（　）
12.（　）
13.（　）
14.（　）
15.（　）

塡空題型——第12回

（請根據題目的意思，塡寫下列名句空缺的語詞）

1.「□□□則亂大謀」，你一定要沉得住氣，否則整個計劃就泡湯了。

2.除非逼不得已，否則凡事寧可靠自己，因為「上山擒虎易，開口□□□」。

3.他現在的處境可謂是「上天無路，□□□□」，沒辦法解脫了。

4.人生的晚年智慧最為圓融，但總有「□□無限好，只是近黃昏」的感傷。

5.公眾人物言行要謹慎，否則一不留神，會遭到「□□□□，無病而死」的命運。

6.好的詩文往往是靈感湧現而來，所謂「文章本天成，□□偶得之」。

7.他雖貴為高官的子女，但行事仍不敢輕忽大意，因「□□□□，與庶民同罪」。

8.主政者若有「千軍易得，□□難求」的體認，就不會常換官員了。

9.你的表現也不比他好多少，就別在那裡「□□□笑百步」了。

10.古書有言：「天作孽猶可為，□□□不可活」，所以人類不要再破壞環境了，否則大自然的反撲是逃不掉的。

11.她的生活很富足，卻常擔心錢不夠用，真是「天下本無事，□□自擾之」。

12.長輩們總是訓示我們：「天道無親，常與□□」，要我們多做善事。

13.逃犯儘管狡猾無比，但畢竟「天網□□，疏而不漏」，他最終還是落網了。

14.小美和小英常吵架，卻也常在一起玩，這真應驗了「不是□□不聚頭」這句話。

15.念在我們兩家是世交的份上，你就「不看僧面□□□」，捧個場吧！

1.（　　）
2.（　　）
3.（　　）
4.（　　）
5.（　　）
6.（　　）
7.（　　）
8.（　　）
9.（　　）
10.（　　）
11.（　　）
12.（　　）
13.（　　）
14.（　　）
15.（　　）

填空題型——第13回

（請根據題目的意思，填寫下列名句空缺的語詞）

1.這首詩情意深婉，「不著一字，盡得□□」，格外動人。

2.這所學校的問題是比較棘手，但是「不遇□□□□，何以利器乎？」你正可以展現處事的能力，放手去做吧！

3.做學問必得日積月累，才能有成，所謂「不積□□，無以致千里；不積□□，無以成江海」，說的就是這番道理。

4.青春年少是人生快樂的階段，偏偏青年「愛上層樓，□□□□強說愁」，誇大自己的愁思寂寞。

5.華燈初上，台中公園就上映著「月上□□，人約黃昏後」的美好畫面。

6.他為什麼對你這麼好，「□□□之心，路人皆知」，你可別上當了。

7.他雖然精通琵琶，只是「□□雖自愛，今人多不彈」，他也就少彈奏了。

8.老高被資遣後，在市場賣小吃，他倒也怡然自得，說是「世路如今已慣，此心到處□□。」

9.人情世故是一道高深的課題，難怪古人要說「世事洞明皆學問，人情練達即□□」。

10.「世間萬物有盛衰，人生安得常□□」，要把握這精力充沛的年華，好好努力，才不枉此生。

11.別怪他態度變了，「世事短如□□，人情薄似□□」，誰教你現在這般潦倒。

12.為了公投問題，環保署長遞辭呈，這「平地□□□」，令行政院措手不及。

13.你今天嘴巴甜，禮貌週到，「□□□□，鮮矣仁」，到底打什麼主意，有話就直說吧！

14.現實社會中，「只有錦上添花，哪有□□□□」，人情就是這麼淡薄。

15.即使是自家人，講話也要多留餘地，因為「以言傷人，利於□□」，關係越親近，傷痛越深刻。

1.（　　）
2.（　　）
3.（　　）
4.（　　）
5.（　　）
6.（　　）
7.（　　）
8.（　　）
9.（　　）
10.（　　）
11.（　　）
12.（　　）
13.（　　）
14.（　　）
15.（　　）

填空題型——第14回

（請根據題目的意思，填寫下列名句空缺的語詞）

1.原來「兄弟□□□，外禦其侮」，難怪他們兄弟二人在家雖吵得兇，在外卻總是團結一心。

2.既然你有「生當做人傑，死亦為□□」的豪情壯志，那就好好的去闖蕩一番吧！

3.「用兵之道，□□為上」，各種比賽都以擾亂對手的心思為獲勝高招。

4.陳水扁先生雖然在台北市長的選舉中落敗，卻當上了總統，可謂「失之東隅，收之□□」。

5.計算數學題目時，即使一個小數點也不能錯，否則將「失之□□，差以千里」。

6.他出獄後不久又犯下一樁搶案，真是「江山易改，□□□□」。

7.他會患這種病，可說是「冰凍三尺非□□□□」，全來自於他多年的抽煙習慣。

8.我真是「有眼不識□□」，竟然不知道你是個大人物。

9.沒錢寸步難行，「有錢能使□□□」，由此可見金錢的重要了。

10.身為知識份子要多為社會貢獻自己的才學，不要再讓人們說「百無一用是□□」了。

11.雖然人都有一死，但「死有重於泰山，有□□□□」，所以千萬不要輕易斷送自己的生命。

12.我們做事要量力而為，以免引來「□□□□，不足以高飛」的嘲諷。

13.為非作歹的人「多行□□必自斃」，不信的話就等著看他們的下場吧！

14.以你的身分來報告這件事可說是「□□□，則言不順」啊！

15.上了這一流的學府，若不能有所收穫，那就有「如入□□空手回」的遺憾了。

1.（　　）
2.（　　）
3.（　　）
4.（　　）
5.（　　）
6.（　　）
7.（　　）
8.（　　）
9.（　　）
10.（　　）
11.（　　）
12.（　　）
13.（　　）
14.（　　）
15.（　　）

填空題型——第15回

（請根據題目的意思，填寫下列名句空缺的語詞）

1. 生活中若常保有「行到水窮處，坐看□□」的悠閒心境，壓力就減輕許多了。
2. 政治的詭譎，宦海的浮沉，我早已看開了，如今可以「竹杖芒鞋輕勝馬，誰怕？□□□□任平生」了。
3. 經濟不景氣，社會上「□□酒肉臭，路有凍死骨」的貧富差距現象更加明顯了。
4. 既然主管這麼唯利是圖，不顧道義，「良禽擇木而棲，賢臣□□□□」，你還是另謀出路吧！
5. 有些意見雖然尖刻了些，但「□□苦口利於病，□□逆耳利於行」，基於朋友之義，我還是得說。
6. 別為小事動怒了，身為領導人要「忍小忿而□□□」，才能成就大事業。
7. 有道是「君子之交□□□，小人之交甘若醴」，我和他的交情是真心相見，不在於形式上的客套。
8. 雖然這棟樓房不是位在市區，但是「君子□□□□，遊必就士」，可貴的是鄰居都是正直熱心的人。
9. 這條規劃成功的商店街，終年「車如□□馬如龍」，熱鬧極了。

10.球場如戰場，贏球的妙招就是「攻其無備，□□□□」。

11.人要有「□□□□焉，見不賢而內自省也」的體認，才能日新又新，精進不已。

12.你打電腦，我看報紙，也不妨礙到你，你卻有意見，真是「吹皺□□□□，干卿底事」。

13.秋天是懷人的季節，我常為曾經共享美好時光的人祝福，對月低語：「但願人長久，千里共□□」。

14.「佛要金妝，□□□□」，縱使你滿腹詩書，涵養深厚，也需要衣服來襯托氣質。

15.許多志士仁人「身在江海之上，□□□□之下」，對百姓生計、國家大事的關懷，依舊熱烈。

1.（　　）
2.（　　）
3.（　　）
4.（　　）
5.（　　）
6.（　　）
7.（　　）
8.（　　）
9.（　　）
10.（　　）
11.（　　）
12.（　　）
13.（　　）
14.（　　）
15.（　　）

填空題型——第16回

（請根據題目的意思，填寫下列名句空缺的語詞）

1. 說明越有成就的人越容易受到詆毀和批評：「事修而□□，德高而□□」。
2. 用以責難他人貶低自己，並一意抬高他人的身價：「長他人□□，滅自己□□」。
3. 說明擁有好的條件，比較能夠成就一番事業：「長袖□□，多錢□□」。
4. 形容人極端自私小氣：「□□□而利天下，不為也」。
5. 說明人若過分沈溺在某些事物中，就會迷失自我：「玩人□□，玩物□□」。
6. 勸人不要傳閒話，搬弄是非：「來說是非者，便是□□□」。
7. 比喻表面上是一種行動，但暗地裡卻採取另一種令人出乎意料之外的行動：「明修□□，暗渡□□」。
8. 形容志向高潔、目標遠大的人格：「非□□無以明志，非□□無以致遠」。
9. 說明人要珍惜青春時光：「花有重開日，人無□□□」。
10. 比喻因得到某些人事的幫助，而可以優先得到某些利益或機會：「近水樓台□□□，向陽花木□□□」。
11. 形容森林的幽暗與沈寂：「□□入深

林，復照□□上」。

12.比喻受騙上當是心甘情願的：「姜太公釣魚，□□□□」。

13.喻心灰意冷到了極點。後用以說明對事情抱持絕望的態度是最可悲的：「哀莫大於□□」。

14.喻原來極普通的人，尤指女孩，因機緣巧合，一下子變成極具身價的人：「飛上枝頭變□□」。

15.形容一種殷殷期盼的心情：「若□□之望雲霓」。

1.（　　）
2.（　　）
3.（　　）
4.（　　）
5.（　　）
6.（　　）
7.（　　）
8.（　　）
9.（　　）
10.（　　）
11.（　　）
12.（　　）
13.（　　）
14.（　　）
15.（　　）

填空題型——第17回

（請根據題目的意思，填寫下列名句空缺的語詞）

1.說明好朋友之間深摯的情感，無關距離的遠近：「海內存□□，天涯若□□」。

2.形容男子對心儀女子的傾慕之情：「窈窕□□，□□好逑」。

3.人處於孤寂中，特別想念遠方朋友及往日相處情誼：「□□春風一杯酒，□□夜雨十年燈」。

4.表示對國家忠貞，隨時可以為國家犧牲的人的氣節：「時窮節乃見，一一垂□□」。

5.說明人民基本的生活所需充足了，才會去重視道德與人格：「倉廩實則知□□，衣食足則知□□」。

6.比喻將權柄交給別人後，卻使自己受害：「倒持□□，授人以柄」。

7.藉以諷刺人只圖個人享樂，而不關心國家大事：「□□不知亡國恨，隔江猶唱□□□□」。

8.感嘆自己在時間之流中是如此短暫渺小：「寄□□於天地，渺□□之一粟」。

9.鼓勵人要奮發向上，不斷地求進取：「欲窮□□□，更上□□□」。

10.說明當地惡勢力太大，規勸他人不要與之相爭：「□□不壓地頭蛇」。

11. 鼓勵人要奮發向上，爭取大的作為：「□□本無種，男兒當□□」。

12. 用以告誡人們切莫虛度光陰：「□□不重來，□□難再晨」。

13. 用以形容田園生活的恬淡自在與閒適自得：「採菊□□下，悠然見□□」。

14. 說明治理政治應以人民為重：「國之興也，視民如□□；其亡也，以民為□□」。

15. 說明人應少聽拍馬屁的話，而應聽聽一些真心話：「眾士之□□，不如一士之□□」。

1.（ ）
2.（ ）
3.（ ）
4.（ ）
5.（ ）
6.（ ）
7.（ ）
8.（ ）
9.（ ）
10.（ ）
11.（ ）
12.（ ）
13.（ ）
14.（ ）
15.（ ）

填空題型——第18回

（請根據題目的意思，填寫下列名句空缺的語詞）

1. 說明人無論好壞，在臨終時所說的話都是出自肺腑的：「鳥之將死，其鳴也□；人之將死，其言也□」。
2. 規勸人切勿在發達之後，忘恩負義：「□□□□不可忘，□□□□不下堂」。
3. 比喻明明知道自己的處境已經岌岌可危，仍苟安於表面上的安定：「魚游於□□之中，燕巢於□□之上」。
4. 勸人應留口德，不要口出惡言：「甜言美語□□□，惡語傷人□□□」。
5. 比喻在工作中得過且過的怠惰心態：「做一天□□撞一天鐘」。

---

6. 說明不慕名利的情操：「富貴於我如□□」。
7. 說明對於提問人所提的問題，應該要因人而異，回答得難易適度：「善待問者如□□，叩之以小則小鳴，叩之以大則大鳴」。
8. 勸誡他人為善不欲人知，並且不要刻意為惡：「善欲人見，不是□□；惡恐人知，便是□□」。
9. 說明面對不熟悉的人，說話要多所保留，以免惹出不必要的麻煩：「逢人且說□□□，未可全拋□□□□」。

10.表示現實的情況是黑白不分，是非顛倒：「□□毀棄，□□雷鳴」。

11.比喻有長才的人一遇到機會，便會一展長才：「蛟龍得雲雨，終非□□□□」。

12.形容文藝作品富有藝術感染力，氣魄宏大：「筆落□□□，詩成□□□」。

13.說明雖有一時的損失，卻很有可能因此而得到某種利益，所以所謂的好壞，並不是一定的：「塞翁□□，焉知□□」。

14.說明如何成就一件事，全憑個人機智的靈活運用：「運用之妙，存乎□□」。

15.說明某人善於謀略及指揮：「運籌□□之中，決勝□□之外」。

1.（　　）
2.（　　）
3.（　　）
4.（　　）
5.（　　）
6.（　　）
7.（　　）
8.（　　）
9.（　　）
10.（　　）
11.（　　）
12.（　　）
13.（　　）
14.（　　）
15.（　　）

填空題型—第19回

（請根據題目的意思，填寫下列名句空缺的語詞）

1. 鼓勵年輕人把握時間，多學一技之長，充實自己的內涵：「萬事不如□□好，一生須惜□□時」。
2. 說明欲成就一件事情，所有條件都已備妥，只差關鍵性的一個要件：「萬事俱備，只欠□□」。
3. 說明要認識一個人，是需要經過時間考驗的：「路遙知□□，日久見□□」。
4. 用以形容犧牲自己的一切，去完成某一事物：「落紅不是無情物，化作□□更護花」。
5. 指人在不同的處境中就會有不同的希望或要求：「飽暖思□□，飢寒發□□」。
6. 說明一個人的善惡不是一分為二，黑白分明的：「愛而知其□，憎而知其□」。
7. 說明為正義而死是很難達到的：「慷慨□□易，從容□□難」。
8. 說明個人寧死不屈以保全名節：「寧可□□，不為□□」。
9. 說明待人行事要謹慎小心，否則容易招致禍患：「輕諾必□□，多易必□□」。
10. 形容有品德的人遇到困厄而不改其志，而無品德的人卻可以隨時同流合污：「蒲柳之姿，望□而落；松柏之質，經□

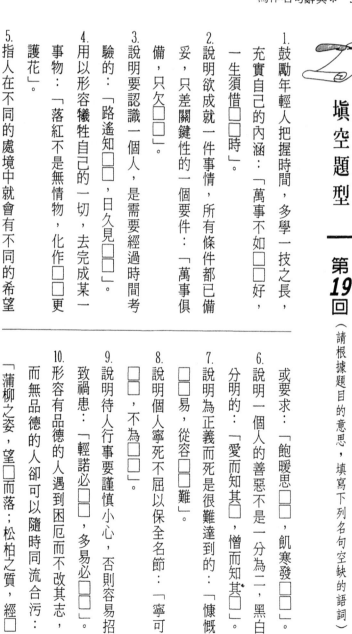

彌茂」。

11. 說明得人教益頗多：「與君□□話，勝讀□□書」。

12. 表達對母親的感激之情：「誰言□□心，報得□□暉」。

13. 說明平日和一些不尋常的人相互往來：「談笑有□□，往來無□□」。

14. 說明國家應該交由有賢有能的人來治理，才能有所作為：「賢者在□，能者在□」。

15. 說明有心求之卻求不得，無心求之卻很容易得到：「踏破□□無覓處，得來全不費功夫」。

1.（　　）

2.（　　）

3.（　　）

4.（　　）

5.（　　）

6.（　　）

7.（　　）

8.（　　）

9.（　　）

10.（　　）

11.（　　）

12.（　　）

13.（　　）

14.（　　）

15.（　　）

填空題型—第20回

（請根據題目的意思，填寫下列名句空缺的語詞）

1. 說明節儉美德的重要性：「□，德之共也；□，惡之大也」。
2. 說明人一旦失去了原有的優勢，反而境遇堪憐：「龍游淺水□□□，虎落平陽□□□」。
3. 比喻處事謹慎小心的態度：「戰戰兢兢，如臨□□，如履□□」。
4. 用來鼓勵人多做好事：「□□之家，必有□□」。
5. 比喻要達到目的，唯有採取實際行動，一味的空想是沒有成效的：「臨淵□□，不如退而□□」。

---

6. 形容一個人生活淡泊寧靜，雖無生死與共的患難交，卻有彼此坦誠的交心友：「雖無□□□，卻有□□□」。
7. 強調啟發式教育的重要性：「舉一隅不以□□反，則不復也」。
8. 比喻在學習的過程中，只要堅持到底，就必然有所成就：「鍥而不捨，□□可鏤」。
9. 比喻當整個團體遭到破壞時，個人想獨善其身是不可能的：「覆巢之下，焉有□□」。
10. 感慨人事的變遷，富貴無常：「舊時□

□堂前燕，飛入尋常□□家」。

11.比喻在學習的過程中雖有資質優劣之分，但只要持續不斷，最後仍能得到好的成績：「□□一躍，不能十步；□□十駕，功在不捨」。

12.形容離愁既深又長：「離恨恰如□□，更行更遠還生」。

13.表示送禮要送對人，才能物盡其用：「寶劍贈□□，紅粉贈□□」。

14.勉勵人要珍惜寶貴的青春年華，及時努力，發憤圖強：「勸君莫惜□□□，勸君惜取□□□」。

15.說明人切勿多言：「觀棋不語真□□，把酒多言是□□」。

1.（　　）
2.（　　）
3.（　　）
4.（　　）
5.（　　）
6.（　　）
7.（　　）
8.（　　）
9.（　　）
10.（　　）
11.（　　）
12.（　　）
13.（　　）
14.（　　）
15.（　　）

配合題型——第21回

（下列有十四個名句，請依左列句子做正確的配對，並填入空格內）

參考選項

(A) 二人同心，其利斷金
(B) 人過留名，雁過留聲
(C) 人之相交，貴相知心
(D) 人爭一口氣，佛爭一爐香
(E) 一日爲師，終身爲父
(F) 一登龍門，身價十倍
(G) 二虎相鬥，必有一傷
(H) 不關情處總傷心
(I) 八仙過海，各顯神通
(J) 人生識字憂患始
(K) 人善被人欺，馬善被人騎
(L) 一朝被蛇咬，三年怕草繩
(M) 人生貴相知，何必金與錢
(N) 人情翻覆似波瀾

1. 莉莉日前被一位導演挖掘，頻頻上節目亮相，立刻片約不斷，真是「□□□□，□□□□」。
2. 「□□□□，□□□□」，吆三喝四的酒肉朋友，怎算得上是知交。
3. 運動會場上同學們有如「□□□□，□□□□」，終於奪得錦標。
4. 「□□□□□□□」，若能永遠童稚無知，何嘗不是一種幸福呢？
5. 雖然說「□□□□□，□□□□□」，但

有時退一步反而海闊天空。

6.李先生經商失敗，昔日好友紛紛走避，「□□□□□□□□」，怎不令人慨嘆！

7.「□□□□，□□□□」，若能在人世留下好的聲望，也算不虛此生了。

8.他自從發生車禍後，就不敢再騎車上路，這正是所謂的「□□□□□，□□□□□」。

9.一個家庭中，夫妻若能「□□□□，□□□□」，還有什麼難關渡不過呢？

10.有道是「□□□□□，□□□□□」，雖然你不想跟他多計較，但也別表現得太軟弱，以免被他吃定了。

11.既然說「□□□□，□□□□」，那對於教導過我們的人當然應心存尊敬。

12.我看你們兩人別再僵持下去了，畢竟「□□□□，□□□□」啊！還是和解吧！

配合題型——第22回

（下列有十四個名句，請依左列句子做正確的配對，並填入空格內）

參考選項

(A) 小時了了，大未必佳
(B) 千里送鵝毛，禮輕人意重
(C) 山中無甲子，寒盡不知年
(D) 大廈將傾，獨木難支
(E) 山雨欲來風滿樓
(F) 人恆過然後能改
(G) 千里之行，始於足下
(H) 木受繩則直，金就礪則利
(I) 小人之過也必文
(J) 人生天地間，忽如遠行客
(K) 大勇若怯，大智若愚
(L) 匹夫無罪，懷璧其罪
(M) 亡羊補牢，爲時不晚
(N) 三十年河東，三十年河西

1. 求學做事都是要按部就班，循序漸進的，所謂「□□□□，□□□□」，絕非虛言。

2. 當年的他是何等的氣勢，如今竟這麼落魄，真是「□□□□□，□□□□□」啊！

3. 資優兒童也要後天的培養教育，否則會落得「□□□□，□□□□」的下場。

4. 公司人事將大幅調整，各部門的主管無不神情凝重，真有「□□□□□□□」

之勢。

5.成績退步了，莫灰心喪志，現在「□□□□，□□□□」。

6.別看他一臉傻氣，所謂「□□□□，□□□□」，真人不露相呢！

7.「□□□□□□□」，他常闖禍，卻也常企圖矇混過關。

8.相較於記事本上密密麻麻的行程，「□□□□□，□□□□□」的生活，多令人企慕啊！

9.甄試榜單一經公布，有關元先生的謠言又紛至沓來了，這是「□□□□，□□□□」，擅長運籌帷幄、行政歷練豐富的他，總會對有心高位的人造成威脅吧！

10.「□□□□□，□□□□□」，人也是需要經過學習和教育，才能成材成器。

11.眼看著公司快營運不下去了，但「□□□□，□□□□」，憑他一個人的力量也莫可奈何。

12.這是我從鄉間帶回來的盆花，「□□□□□，□□□□□」，請你留下吧！

配合題型——第23回

（下列有十四個名句，請依左列句子做正確的配對，並填入空格內）

參考選項

(A)不怕官，只怕管
(B)不怨天，不尤人
(C)天若有情天亦老
(D)天涯何處無芳草
(E)中心藏之，何日忘之
(F)日中則昃，月盈則食
(G)天命難知，人道易守
(H)仇人相見，分外眼紅
(I)不矜細行，終累大德
(J)日出而作，日入而息
(K)不在其位，不謀其政
(L)內舉不避親，外舉不避仇
(M)月子彎彎照九州，幾家歡樂幾家愁
(N)今朝有酒今朝醉，明日愁來明日愁

1.先賢說：「□□□□，□□□□」，所以別太相信算命了，還是腳踏實地面對生活吧！

2.人世的愛恨情愁有多深重，「□□□□□□□」就是最好的詮釋。

3.這件事應該交給總經理處理，我只是個小職員，「□□□□，□□□□」，不能逾權。

4.地方政府的基層人員，總有一種「□□□，□□□」的心態，對於高層長官的視察根本不放在心上。

5.修養品德要從生活中的小細節做起，因為，「□□□□，□□□□」。

6.人在成功得志時，絕不可驕傲怠惰，因為「□□□□，□□□□」，此時應居安思危才是。

7.農家生活「□□□□，□□□□」，步調規律卻很辛苦。

8.純真的感情是最美好的回憶，縱使時空改變了，也是「□□□□，□□□□」。

9.不論政府或公司，晉用人才都應秉持「□□□□□，□□□□□」的原則，才算客觀公正。

10.人生苦短，不如意的事十之八九，不妨「□□□□□□□，□□□□□□□」，暫且忘憂吧！

11.學測放榜了，正是「□□□□□□□，□□□□□□□」的時候，成績好壞就寫在考生臉上。

12.為了避免困擾，千萬別讓小邱見到小李，畢竟「□□□□，□□□□」哪！

配合題型—第24回

（下列有十四個名句，請依左列句子做正確的配對，並填入空格內）

參考選項

(A)功成不受爵，長揖歸田廬
(B)皮之不存，毛將焉附
(C)生於憂患，死於安樂
(D)世胄躡高位，英俊沈下僚
(E)民生在勤，勤則不匱
(F)生也有涯，知也無涯
(G)只可意會，不可言傳
(H)本是同根生，相煎何太急
(I)以貌取人，失之子羽
(J)只知其一，不知其二
(K)以小人之心，度君子之腹
(L)四體不勤，五穀不分
(M)用人如器，各取所長
(N)瓜田不納履，李下不整冠

1.古人有言：兄弟「□□□□□，□□□□□」，你們兩人就別再互相殘害來傷父母的心了。

2.在「□□□□□，□□□□□」的世俗下，沒有背景的人很難有飛黃騰達的際遇。

3.「□□□□，□□□□」，我們巴不得國家的經濟趕快復甦，怎麼會希望它不景氣呢？

4.有些感覺是「□□□□，□□□□」，實

在很難確切地形容出來。

5.對一件事若「□□□□，□□□□」就妄下定論，可能會造成誤判。

6.你不要「□□□□，□□□□」，我絕對不會做這種缺德的事。

7.他的外表雖不怎麼樣，卻有豐富的內涵，所以你可別「□□□□，□□□□」喔！

8.那些「□□□□，□□□□」的人，往往較缺乏生活能力。

9.既然是「□□□□，□□□□」，那麼我們更應把握光陰，努力學習才是。

10.有道是「□□□□，□□□□」，所以我們不要怕挫折的考驗，而在安逸的環境中更要有所警誡。

11.上位者若能「□□□□，□□□□」，就可達到人盡其才的功效了。

12.所謂「□□□□，□□□□」，考試時最好不要東張西望，以避免作弊的嫌疑。

配合題型——第25回

（下列有十四個名句，請依左列句子做正確的配對，並填入空格內）

參考選項

(A)色即是空，空即是色
(B)好心當成驢肝肺
(C)老驥伏櫪，志在千里
(D)如入鮑魚之肆，久而不聞其臭
(E)年年歲歲花相似，歲歲年年人不同
(F)共看明月應垂淚，一夜鄉心五處同
(G)有不虞之譽，有求全之毀
(H)合則留，不合則去
(I)同學少年多不賤
(J)死生有命，富貴在天
(K)成事不足，敗事有餘
(L)仰不愧於天，俯不怍於人
(M)知其一，未知其二
(N)同聲相應，同氣相求

1.我們兄弟雖散居各地，但在這中秋佳節「□□□□□□□，□□□□□□□」，相互思念的情懷是一致的。

2.你呀！總是「□□□□，□□□□」，從未辦妥過一件事。

3.與人相處難免「□□□□□，□□□□□」，所以也別太在意外人對自己的評論。

4.他雖已年近八十，但「□□□□，□□□□」，他還有滿懷的雄心抱負呢！

5.人的「□□□□，□□□□」，所以我們凡事莫過於強求。

6.眼見「□□□□□□□」，而自己還只是一個小職員，不禁感慨萬千。

7.他們兩人因志趣投合，自然而然地就成了「□□□□，□□□□」的好朋友了。

8.別把別人的「□□□□□□□」，否則以後就沒人想幫你了。

9.與品德不好的人相處久了，就有「□□□□□□，□□□□□□」的可能，所以交友不可不慎啊！

10.你對公司的理念「□□□，□□□□」，不必屈就。

11.若能領悟「□□□□，□□□□」的道理，就不會執著於情慾中而無法自拔了。

12.我做事一向光明磊落，「□□□□□，□□□□□」，所以沒什麼好心虛的。

配合題型——第26回

（下列有十四個名句，請依左列句子做正確的配對，並填入空格內）

參考選項

(A)投之以桃，報之以李
(B)言之非難，行之爲難
(C)見怪不怪，其怪自敗
(D)言過其實，不可大用
(E)求生不得，求死不能
(F)我心匪石，不可轉也
(G)君子絕交，不出惡聲
(H)防民之口，甚於防川
(I)我泥中有你，你泥中有我
(J)初如食橄欖，眞味久愈在
(K)別來何限意，相見卻無辭
(L)良言一句三冬暖，惡語傷人六月寒
(M)身無彩鳳雙飛翼，心有靈犀一點通
(N)我未成名卿未嫁，可能俱是不如人

1. 關於改革的方案，大家說得頭頭是道，不過「□□□□，□□□□」，能不能腳踏實地去做，還未可知呢！

2. 小李說話浮誇，有道是「□□□□，□□□□」，你要細察。

3. 與人相處時，說話要謹慎，「□□□□□□□，□□□□□□□」，一旦刺傷了他人，就難以彌補了。

4. 這篇文章用字平淡質樸，情意卻很誠摯，讀來「□□□□□，□□□□□」。

5.他現在的處境，簡直就是「□□□□，□□□□」，痛苦極了。

6.「□□□□，□□□□」，你怎麼可以道說隱私、口出穢言來傷人呢？

7.上次他全力支援我，這回我一定要「□□□□，□□□□」，盡力協助他。

8.當政者要有接受批評的雅量，不可壓制言論，因為，「□□□□，□□□□」，一旦造成民怨，就無法收拾了。

9.千言萬語都待重逢時向你傾訴，那知「□□□□，□□□□」。

10.愛你是一輩子的選擇，絕不改變，請你相信：「□□□□，□□□□」。

11.人生的路上，我們攜手同行，「□□□□，□□□□」，不需要言語的表白。

12.他們倆情意深篤，雖然分隔兩地，但是「□□□□□□□，□□□□□□□」。

配合題型——第27回

（下列有十四個名句，請依左列句子做正確的配對，並填入空格內）

參考選項

(A)其生也榮，其死也哀
(B)居必擇鄉，遊必就士
(C)知足不辱，知止不殆
(D)放長線，釣大魚
(E)其曲彌高，其和彌寡
(F)東邊日出西邊雨，道是無晴卻有晴
(G)放下屠刀，立地成佛
(H)忽見陌頭楊柳色，悔教夫婿覓封侯
(I)近鄉情更怯，不敢問來人
(J)知之者不如好之者
(K)掛羊頭，賣狗肉
(L)知者行之始，行者知之成
(M)明槍易躲，暗箭難防
(N)青出於藍而勝於藍

1. 做生意若懂得薄利多銷，這也是一種「□□□，□□□」。
2. 世人總以「□□□□，□□□□」的評言來勸導為非作歹的人改過遷善。
3. 王老先生「□□□□，□□□□」，是位人人尊敬的長輩。
4. 這部影片雖然很有深度，但「□□□□，□□□□」，上映後並不賣座。
5. 學生的成就超越老師，這種「□□□□□□□□」的實例所在多有。

6.因為環境對人的影響相當深遠，所以我們「□□□□，□□□□」，如此才是明智之舉。

7.女朋友的若即若離，讓他時有「□□□□□□□，□□□□□□□」的感覺。

8.人家說「□□□□，□□□□」，你要防備他在背後動手腳啊！

9.閨中少婦「□□□□□□□，□□□□□□□」，臉上難掩寂寞之情。

10.既然明白「□□□□，□□□□」的道理，那就不要貪得無厭了。

11.所謂「□□□□□，□□□□□」，求學問道若不能知行合一，是不可能學有所成的。

12.離家多年，如今好不容易得以回家探親，但「□□□□□，□□□□□」，只因害怕聽到壞消息。

配合題型—第28回

（下列有十四個名句，請依左列句子做正確的配對，並填入空格內）

參考選項

(A) 浮生若夢，爲歡幾何
(B) 持之有故，言之成理
(C) 高而不危，滿而不溢
(D) 病從口入，禍從口出
(E) 乘興而來，敗興而歸
(F) 流水不腐，戶樞不蠹
(G) 麻雀雖小，五臟俱全
(H) 桃李不言，下自成蹊
(I) 欲加之罪，何患無辭
(J) 視而不見，聽而不聞
(K) 留得青山在，不怕沒柴燒
(L) 振衣千仞岡，濯足萬里流
(M) 蚍蜉撼大樹，可笑不自量
(N) 海內存知己，天涯若比鄰

1. 周生的論說文章一向「□□□□，□□□□」，很有說服力。

2. 人多口雜，說話可得小心，別忘了「□□□□，□□□□」。

3. 「□□□□□，□□□□□」，何必汲汲於名利，戚戚於貧賤呢？

4. 時代變動不居，我們的想法也要不斷更新，正如「□□□□，□□□□」一般，才能永保青春。

5. 張老師教學經驗豐富，如今雖然退休

了，「□□□□，□□□□」，仍有很多後進登門問安請益。

6.長久在喧噪、忙碌的狀態中，不禁嚮往「□□□□，□□□□」的遼闊天地，自由自在，任情放歌。

7.憑你這點實力，就想駁倒他，簡直是「□□□□，□□□□」。

8.小王臥病近半年，意志消沈，好友都勸他：「□□□□，□□□□」，放寬心，養好身體最要緊。

9.好不容易有機會可以全家外出參觀書畫展覽，卻見美術館大門緊閉，結果「□□□□，□□□□」。

10.儘管我苦口婆心地勸他用功讀書，他仍是「□□□□，□□□□」。

11.這片文具行面積不大，但「□□□□，□□□□」，學生上課用品，一樣不缺呢！

12.他向來行事光明磊落，堅持原則，拿這點小事指責他，簡直是「□□□□，□□□□」。

配合題型—第29回

（下列有十四個名句，請依左列句子做正確的配對，並填入空格內）

參考選項

(A)猛將如雲，謀臣如雨
(B)得道者多助，失道者寡助
(C)晚食以當肉，安步以當車
(D)殺雞焉用牛刀
(E)眾人皆醉我獨醒
(F)貪多務得，細大不捐
(G)雲想衣裳花想容
(H)善游者溺，善騎者墮
(I)貧居鬧市無人問，富在深山有遠親
(J)從來好事天生險，自古瓜兒苦後甜
(K)送佛送到西天
(L)常將冷眼看螃蟹，看你橫行得幾時
(M)惺惺惜惺惺，好漢識好漢
(N)船到江心補漏遲

1. 他自官場退休後就過著恬淡而健康的生活，常常「□□□□□，□□□□□」的自得其樂。

2. 你可別倚仗權勢，肆行無忌，否則必定換來別人「□□□□□□□，□□□□□□□」啊！

3. 凡事若想得到大眾的支持，必不可違背正義，畢竟「□□□□□，□□□□□」啊！

4. 有道是「□□□□□□□，□□□□

□□」，人情的冷暖道出了人性的勢利。

5.求學問若能「□□□□，□□□□」，必將學博識廣。

6.貴公司「□□□□，□□□□」，業績必定蒸蒸日上。

7.事情發展到這種地步，已經是「□□□□□□□」，想要挽救也來不及了。

8.「□□□□□□□，□□□□□□□」，你現在吃些苦沒關係，相信終究會苦盡甘來的。

9.「□□□□□□」，這種小事何必勞動大駕，我來就夠了。

10.賽車高手結果死於車禍，可見「□□□□，□□□□」此言不虛。

11.他們兩人有很多相似之處，所以成為好友，正所謂「□□□□□，□□□□□」。

12.就像「□□□□□□□」一樣，女孩子當然喜歡把自己打扮得美麗動人。

配合題型——第30回

（下列有十四個名句，請依左列句子做正確的配對，並填入空格內）

參考選項

(A)無情花對有情人
(B)無顏見江東父老
(C)畫虎不成反類犬
(D)詩中有畫，畫中有詩
(E)群居終日，言不及義
(F)發憤忘食，樂以忘憂
(G)當局者迷，旁觀者清
(H)福無雙至，禍不單行
(I)落花有意，流水無情
(J)感人心者，莫先乎情
(K)道高一尺，魔高一丈
(L)萬般皆下品，唯有讀書高
(M)結交在相知，骨肉何必親
(N)慈母手中線，遊子身上衣

1. 既然對書畫藝術毫無所知，就別附庸風雅，否則「□□□□□□□」，徒然貽人笑柄。

2. 他求學做事總是「□□□□，□□□□」，所以能有卓越的成就。

3. 我在外奮鬥了十多年，依然一事無成，這次回鄉，實在「□□□□□□□」。

4. 擁有可以推心置腹的朋友，是人生的寶，因為「□□□□□，□□□□□」，豈能不珍惜？

5.王維詩畫意境高妙，「□□□□，□□□□」，後人難以出其右。

6.別老嫌媽媽嘮叨，「□□□□□，□□□□□」，她是用一針一線織就兒女的一生啊！

7.他日前爬山跌傷了右腳，尚未痊癒；昨天又發生交通意外摔傷左肩，不免大嘆：「□□□□，□□□□」。

8.警方計誘搶匪，籌劃周密，哪知「□□□□，□□□□」，歹徒還是脫逃了。

9.寒暑假要妥善規劃運用，別只是和同學「□□□□，□□□□」，浪費大好時光。

10.證照制度的建立是對專業技能的肯定，講究一技之長，「□□□□□，□□□□□」的觀念也該修正了。

11.雖然阿忠喜歡阿美，展開熱烈的追求，但「□□□□，□□□□」，恐怕是徒勞無功了。

12.很多問題都是「□□□□，□□□□」！你們兩人的感情問題，不妨參考親友的看法，或許會有轉機。

配合題型——第31回

（下列有十四個名句，請依左列句子做正確的配對，並填入空格內）

參考選項

(A)腹有詩書氣自華
(B)綠葉成蔭子滿枝
(C)過盡千帆皆不是
(D)魯班門前弄大斧
(E)養兒不肖不如無
(F)醉翁之意不在酒
(G)飽食終日，無所用心
(H)寧爲雞口，無爲牛後
(I)愛之太殷，憂之太勤
(J)寢不安席，食不甘味
(K)精誠所至，金石爲開
(L)寬以濟猛，猛以濟寬
(M)餘音繞樑，三日不絕
(N)疑則勿用，用則勿疑

1. 阿志生性懶散，退伍後也不找工作，只在家裡「□□□□，□□□□」，他父母只能乾著急。

2. 父母對子女的關懷，如果「□□□□，□□□□」，反而會使孩子喪失學習自主的機會，未必是件好事。

3. 他雖然衣著樸素，居處簡陋，但「□□□□□□□」，整個人都煥發著光采。

4. 只要你們真心相愛，堅持到底，相信「□□□□，□□□□」，總有一天她的父母會接納你的。

5.小郁不願到大學校就讀，選擇留在鄉間的迷你小學，她說：「□□□□，□□□□」。

6.有智慧的主管能掌握「□□□□，□□□□」的用人原則，充分授權，屬下全力以赴，業務自然蒸蒸日上。

7.負笈海外多年，昔日女友早已「□□□□□□□」了，過去的回憶，只能留藏心中。

8.施政是一門藝術，要「□□□□，□□□□」，政事才能調和。

9.社會上接連發生為了錢財而「子弒其父」、「孫弒其祖」的慘事，真是「□□□□□□□」。

10.許多人藉口應酬吃茶，其實「□□□□□□□」，另有目的。

11.這是一場高水準的演奏，音樂結束之後，令人有「□□□□，□□□□」之感。

12.在書畫行家面前揮毫，無異是「□□□□□□□」，但為的是能得到您的指點。

配合題型—第32回

（下列有十四個名句，請依左列句子做正確的配對，並填入空格內）

參考選項

(A) 臨財毋苟得，臨難毋苟免
(B) 癩蛤蟆想吃天鵝肉
(C) 操千曲而後曉聲，觀千劍而後識器
(D) 藏書萬卷可教子，遺金滿籯常作災
(E) 燕雀安知鴻鵠之志
(F) 讀萬卷書，行萬里路
(G) 螳螂捕蟬，黃雀在後
(H) 癡漢偏騎駿馬走，巧妻常伴拙夫眠
(I) 黯然銷魂者，唯別而已矣
(J) 鷸蚌相爭，漁翁得利
(K) 嘴上無毛，辦事不牢
(L) 甕中捉鱉，手到擒來
(M) 燕雀不知天地之高
(N) 飢不擇食，寒不擇衣

1. 「□□□□□□□□」，雄才大略者的遠大志向，一般人是無法明白的。
2. 有些年輕人做起事來總是丟三落四的，真應驗了「□□□□，□□□□」這俗話。
3. 古有名訓：「□□□□□，□□□□□」，所以君子愛財要取之有道，碰到危難也應勇於面對，不可逃避。
4. 扒手正下手偷別人的皮包時，沒想到警察就在他背後，真是「□□□□，□□

□□」啊！

5.警察追捕犯人若採取圍堵方式，相信會有「□□□□，□□□□」的效果。

6.所謂「□□□□□□□，□□□□□□□」，可見教育孩子應以增長他們的性靈為重，而非滿足他們物質上的慾望。

7.有道是「□□□□□□□，□□□□□□□」，世間許多不合理的事是沒有道理可言的。

8.當一個人在窮困潦倒時，就有可能「□□□□，□□□□」了。

9.憑你的條件竟想追求她，真是「□□□□□□□□」。

10.自古「□□□□□，□□□□□」，要和心愛的人分開是最令人感傷的。

11.一個人的見多識廣往往來自於「□□□□，□□□□」的累積，並非一蹴可幾的。

12.我們兩家公司唯有合作才是共創業績的良策，若雙方惡性競爭，將落得「□□□□，□□□□」的下場。

評量解答

選擇題

第一回

1.(A) 2.(B) 3.(B) 4.(A) 5.(B) 6.(C) 7.(C) 8.(A) 9.(C) 10.(B) 11.(B) 12.(C) 13.(B) 14.(A) 15.(B)

第二回

1.(A) 2.(C) 3.(B) 4.(A) 5.(C) 6.(B) 7.(A) 8.(B) 9.(A) 10.(C) 11.(B) 12.(C) 13.(B) 14.(A) 15.(A)

第三回

1.(B) 2.(C) 3.(C) 4.(A) 5.(A) 6.(B) 7.(A) 8.(C) 9.(B) 10.(B) 11.(A) 12.(C) 13.(C) 14.(B) 15.(B)

第四回

1.(C) 2.(A) 3.(B) 4.(B) 5.(A) 6.(A) 7.(C) 8.(B) 9.(C) 10.(A) 11.(C) 12.(B) 13.(B) 14.(C) 15.(A)

第五回
1. (B) 2. (A) 3. (C) 4. (A) 5. (B) 6. (C) 7. (A) 8. (B) 9. (C) 10. (B) 11. (C) 12. (C) 13. (A) 14. (B) 15. (A)

第六回
1. (C) 2. (A) 3. (B) 4. (B) 5. (C) 6. (A) 7. (A) 8. (B) 9. (B) 10. (A) 11. (C) 12. (C) 13. (B) 14. (C) 15. (A)

第七回
1. (B) 2. (A) 3. (C) 4. (C) 5. (B) 6. (A) 7. (C) 8. (A) 9. (C) 10. (B) 11. (C) 12. (A) 13. (A) 14. (B) 15. (C)

第八回
1. (C) 2. (A) 3. (C) 4. (B) 5. (A) 6. (B) 7. (C) 8. (A) 9. (A) 10. (B) 11. (B) 12. (C) 13. (A) 14. (C) 15. (B)

第九回
1. (B) 2. (B) 3. (C) 4. (A) 5. (C) 6. (B) 7. (A) 8. (C) 9. (A) 10. (C) 11. (B) 12. (A) 13. (C) 14. (B) 15. (A)

第十回
1. (A) 2. (A) 3. (C) 4. (B) 5. (C) 6. (A) 7. (C) 8. (B) 9. (B) 10. (A) 11. (C) 12. (C) 13. (A) 14. (B) 15. (C)

填空題

第十一回

1.一人得道　2.鴻鵠　3.十年生聚　4.芳草　5.問禁　6.人生一世　7.參與商　8.過隙　9.飛鴻　10.桃花　11.喜事　12.遠慮　13.我師　14.刮目　15.利其器

第十二回

1.小不忍　2.求人難　3.入地無門　4.夕陽　5.千人所指　6.妙手　7.王子犯法　8.一將　9.五十步　10.自作孽　11.庸人　12.善人　13.恢恢　14.冤家　15.看佛面

第十三回

1.風流　2.槃根錯節　3.跬步、小流　4.為賦新詞　5.柳梢頭　6.司馬昭　7.古調　8.悠然　9.文章　10.少年　11.春夢、秋雲　12.一聲雷　13.巧言令色　14.雪中送炭　15.刀斧

第十四回

1.鬩於牆　2.鬼雄　3.攻心　4.桑榆　5.毫釐　6.本性難移　7.一日之寒　8.泰山　9.鬼推磨　10.書生　11.輕於鴻毛　12.羽毛未豐　13.不義　14.名不正　15.寶山

第十五回

1.雲起時　2.一蓑煙雨　3.朱門　4.擇主而事　5.良藥、忠言　6.就大謀　7.淡若水
8.居必擇鄉　9.流水　10.出其不意　11.見賢思齊　12.一池春水　13.嬋娟　14.人要衣妝
15.心居魏闕

第十六回

1.謗興、毀來　2.志氣、威風　3.善舞、善賈　4.拔一毛　5.喪德、喪志　6.是非人
7.棧道、陳倉　8.淡泊、寧靜　9.再少年　10.先得月、易為春　11.返景、青苔
12.願者上鉤　13.心死　14.鳳凰　15.大旱

第十七回

1.知己、比鄰　2.淑女、君子　3.桃李、江湖　4.丹青　5.禮節、榮辱　6.太阿
7.商女、後庭花　8.蜉蝣、滄海　9.千里目、一層樓　10.強龍　11.將相、自強
12.盛年、一日　13.東籬、南山　14.赤子、草芥　15.諾諾、諤諤

第十八回

1.哀、善　2.貧賤之交、糟糠之妻　3.沸鼎、飛幕　4.三冬暖、六月寒　5.和尚　6.浮雲
7.撞鐘　8.真善、大惡　9.三分話、一片心　10.黃鐘、瓦釜　11.池中之物

12.驚風雨、泣鬼神 13.失馬、非福 14.一心 15.帷幄、千里

第十九回

1.身手、少年 2.東風 3.馬力、人心 4.春泥 5.淫欲、善心 6.惡、善
7.赴死、就義 8.玉碎、瓦全 9.寡信、多難 10.秋、霜 11.一席、十年 12.寸草、三春
13.鴻儒、白丁 14.位、職 15.鐵鞋

第二十回

1.儉、侈 2.遭蝦戲、被犬欺 3.深淵、薄冰 4.積善、餘慶 5.羨魚、結網
6.刎頸交、忘機友 7.三隅 8.金石 9.完卵 10.王謝、百姓 11.騏驥、駑馬 12.春草
13.烈士、佳人 14.金縷衣、少年時 15.君子、小人

配合題

第二十一回

1.(F) 2.(C) 3.(I) 4.(J) 5.(D) 6.(N) 7.(B) 8.(L) 9.(A) 10.(K) 11.(E) 12.(G)

第二十二回

1.(G) 2.(N) 3.(A) 4.(E) 5.(M) 6.(K) 7.(I) 8.(C) 9.(L) 10.(H) 11.(D) 12.(B)

第二十三回

1.(G) 2.(C) 3.(K) 4.(A) 5.(I) 6.(F) 7.(J) 8.(E) 9.(L) 10.(N) 11.(M) 12.(H)

第二十四回

1.(H) 2.(D) 3.(B) 4.(G) 5.(J) 6.(K) 7.(I) 8.(L) 9.(F) 10.(C) 11.(M) 12.(N)

第二十五回

1.(F) 2.(K) 3.(G) 4.(C) 5.(J) 6.(I) 7.(N) 8.(B) 9.(D) 10.(H) 11.(A) 12.(L)

第二十六回

1.(B) 2.(D) 3.(L) 4.(J) 5.(E) 6.(G) 7.(A) 8.(H) 9.(K) 10.(F) 11.(I) 12.(M)

第二十七回

1.(D) 2.(G) 3.(A) 4.(E) 5.(N) 6.(B) 7.(F) 8.(M) 9.(H) 10.(C) 11.(L) 12.(I)

第二十八回

1.(B) 2.(D) 3.(A) 4.(F) 5.(H) 6.(L) 7.(M) 8.(K) 9.(E) 10.(J) 11.([illegible]) 12.(I)

第二十九回

1.(C) 2.(L) 3.(B) 4.(I) 5.(F) 6.(A) 7.(N) 8.(J) 9.(D) 10.(H) 11.(M) 12.(G)

第三十回

1.(C) 2.(F) 3.(B) 4.(M) 5.(D) 6.(N) 7.(H) 8.(K) 9.(E) 10.(L) 11.(I) 12.(G)

第三十一回

1.(G) 2.(I) 3.(A) 4.(K) 5.(H) 6.(N) 7.(B) 8.(L) 9.(E) 10.(F) 11.(M) 12.(D)

第三十二回

1.(E) 2.(K) 3.(A) 4.(G) 5.(L) 6.(D) 7.(H) 8.(N) 9.(B) 10.(I) 11.(F) 12.(J)

教學類 K077

寫作名句辭典

主　　編　宋　裕
編　　著　南飛、謝淑玲、鄭美秀
責任編輯　吳家嘉

發 行 人　陳滿銘
總 經 理　梁錦興
總 編 輯　陳滿銘
副總編輯　張晏瑞
編 輯 所　萬卷樓圖書(股)公司
排　　版　浩瀚電腦排版(股)公司
印　　刷　百通科技(股)公司
封面設計　小雨

發　　行　萬卷樓圖書(股)公司
臺北市羅斯福路二段 41 號 6 樓之 3
電話　(02)23216565
傳真　(02)23218698
電郵　SERVICE@WANJUAN.COM.TW
大陸經銷
廈門外圖臺灣書店有限公司
電郵　JKB188@188.COM
香港經銷
香港聯合書刊物流有限公司
電話　(852)21502100
傳真　(852)23560735

ISBN 957-739-475-2
2018 年 2 月再版十一刷
2004 年 7 月再版
定價：新臺幣 400 元

國家圖書館出版品預行編目資料

寫作名句辭典 / 宋裕等編著.-- 再版. --
臺北市 : 萬卷樓, 2004【民 93】
面 ;　公分.　含索引
ISBN 957-739-475-2(平裝)
1.中國語言-成語,熟語-字典,辭典
802.35　　93003644